夜空中最闪耀的星

MUZILING
木子玲 著

内蒙古出版集团
远 方 出 版 社

图书在版编目 (CIP) 数据

夜空中最闪耀的星 / 木子玲著 . —呼和浩特 : 远方出版社，2016.1

（紫水晶情感小说系列）

ISBN 978-7-5555-0622-5

Ⅰ . ①夜… Ⅱ . ①木… Ⅲ . ①长篇小说—中国—当代
Ⅳ . ① I247.5

中国版本图书馆 CIP 数据核字 (2016) 第 024013 号

夜空中最闪耀的星

作　　者	木子玲
责任编辑	云高娃　李　可
出版发行	内蒙古出版集团　远方出版社
社　　址	呼和浩特市乌兰察布东路 666 号　邮编 010010
电　　话	（0471）2236471 总编室　2236460 发行部
经　　销	新华书店
印　　刷	北京富达印务有限公司
开　　本	650 × 940　1/16
字　　数	196 千
印　　张	17.5
版　　次	2016 年 3 月第 1 版
印　　次	2016 年 3 月第 1 次印刷
标准书号	ISBN 978-7-5555-0622-5
定　　价	29.80 元

原以为要的不过是一颗肾，却叫他付出了整颗心。

目录

第一章　你好，路先生

可他又想，她只不过是个还没大学毕业的孩子，怎么可能像一个历经了社会的人一样处事面面俱到，他微微弯了弯腰平视着只到他胸膛的李暖星，十分认真地对她说：“重要的东西，要放在重要的地方。”

阳光落在他宽阔的背上，可能是逆着光的原因，让李暖星觉得他浑身闪闪发光。

临近毕业考，李暖星趴在图书馆里埋头“啃着”《成本会计》，一看到成本计算题，她皱了皱好看的眉，又拨了两下头发，拿着手机打开计算器正准备计算数据，电话就嗡嗡地震动开了。她看了一眼显示为作家的来电，不知是觉得好笑还是什么，猫着腰悄悄往图书馆外走去。等一出了走廊，她就按了接听键。还没来得及的说话，就听见电话那头“啊啊啊”地叫了好几声。

“沐梓玲！你又闯什么祸啦？”

“小星快救我……呜呜。”沐梓玲撒着娇，在电话里吧唧地亲了电话两口：“我把初吻都送给你了，你要是不救我就友尽！”

李暖星低着头看着自己脚上的鞋，在心里算了算沐梓玲总共献给了自己多少次初吻。反正她一有事让自己帮忙，就喜欢抱着电话亲自己……

“你知道唐晓岚吗，她最近写了本书特别好看，我连夜追完了她的书，然后忘记时间了。”沐梓玲在电话那头懊恼地说着，李暖星都能想到她这会儿肯定窝在被子里顶着两只熊猫眼，她一追起小说来简直是不舍昼夜。

“所以呢？”李暖星又问。

“你要救我啊，今天十二点盛华酒店开业，我要是赶不到那里去做礼仪小姐，肯定死定了！”沐梓玲对着电话咆哮着：“我跟你同窗四年，是你贴心的小棉袄，没功劳也有苦劳……”

这都什么跟什么，乱七八糟的。要是再不制止她，她肯定会连红军长征几万里都往她身上套。

“你跟负责你们的主管说了么，可以找人代替你么？”李暖星心思细腻，怕沐梓玲让她去了，沐梓玲的主管到时候不同意，回头再训她。

“嗯嗯，你现在就出门，我主管刚好就在咱们学校附近，他说可以载你去盛华，到时候就不会迟到了。”李暖星还没答应她到底会不会去，她就又抱着电话吧唧着亲着，兴冲冲地对着电话喊：“我就知道你最好了。”

李暖星张了张口还想再问点什么，电话那边就传来嘟嘟嘟的声音，她一看手机，被挂断了。然后有一条短信进来：“活菩萨，主管车牌号：XJ88678。姓路。我等你回来，请你吃大餐。”

李暖星一边转身往图书馆走去，一边发了个好字回了过去。然后想到沐梓玲那个守财奴抱着手机纠结晚上要破费的事，捂住嘴偷偷地笑了笑。

既然主管在门外等，她肯定不能将书放回宿舍了，匆匆将书装进手提包里就往门外赶。好在学校图书馆离校门并不远，她一路小跑着赶过去，到了大门口，她看了看手机的时间，才过去四分钟。

正想再打电话问问沐梓玲主管开的是什么牌子的车子，才将她的电话调出来，就看见一辆车子往她这边开了过来。她看了看尾号，急忙招了招手，那车子便在她面前停了下来。等车玻璃摇下来时，她有礼貌地朝车主点了点头："是路先生吧？"

那人微微一愣，淡淡的嗯了一声。

看来就是他没错了，李暖星拉开了车门钻了进去，又朝他笑了笑："让您送我去盛华，真是麻烦了。"

路先生似乎不怎么喜欢说话，只是点了点头，又专心致志地开起车来。李暖星讨了个没趣，撇了撇嘴，视线落在车子里的一本杂志上。她拿起来随手翻了翻，里面都是一大串的英文。盛华离她的学校还有四十多分钟的路程，路先生又不跟她说话，她只好翻着杂志打发时光。

正看到有趣的地方，车子一个急转弯，她的身子因为惯性向右边栽了过去，就在她以为要撞上车玻璃时，路先生急忙按住了她的肩膀。她缓缓舒了一口气，还好还好，不然脑袋肯定要疼好几天了。她正要说声谢谢，就听路先生一板一眼地说："系好安全带。"

那句谢谢被她咽回了肚子，暗自腓腑这年头长得好看的人，要么性格太风骚，要么就是高傲冰山男，眼前这一只就是典型的后者。嘀咕归嘀咕，看着路先生不苟言笑的面瘫脸，她还是老老实实地系上了安全带。

杂志已被她看了一半，她将手机拿出来看了看，路程已经走了一半，也许下车后杂志能被她看完，她又低着头去看杂志。

一页读完后，她正翻着下一页，陆先生忽然踩了一个急刹车。只听杂志“刺啦”一声，被她撕烂了……

李暖星本就是个爱书的人，她的每本书都保护得非常好，一学期下来除了封面有些旧，其他地方就跟新的一样。看着本来崭新的杂志被撕坏，她的好脾气一下子就变得不好了。她正要将头伸出窗外，路先生就将车玻璃锁了起来，李暖星按了几次，都没有反应。她气呼呼地看着路先生：“前面的那个车，刚刚就超速，现在又随意停车，这是不遵守交通法则，我为什么不能说他？”

“把头伸出去有危险，难道你不知道？”路先生侧过头看了她一眼，不冷不热地说道。

李暖星被他一提醒，这才反应过来刚刚那举动是挺傻的。平时做了错事，她就喜欢低着头不吭声。就像现在，她把杂志撕烂的那一页小心翼翼地铺平夹在杂志里，低垂着头就不说话了。

前面的车不一会儿又继续朝前开，路先生启动了车子，也许是发觉方才说话太过严厉，这次开口时语气柔缓了许多：“那本杂志你要是喜欢看，等下了车就带走吧。”

“真的？”李暖星有些不信，那杂志在国内根本买不到，她平时也只能在互联网上过把眼瘾。完全没想到会在路先生的车上见到实体。

路先生点了点头，视线一直紧盯着前方。李暖星像是怕路先生会反悔，将杂志像宝贝一样装进了手提包里。路先生见她这小孩子一样的举动，倒是笑了笑。

因为前面的车主这一耽搁，眼看着就要到十二点，李暖星有些急了：“十二点之前咱们能赶过去吗？”

路先生抬起手腕看了一下表，开口说："前面那辆车要是在路口拐弯的话，我们就能到。"

李暖星心里祈祷了好几遍，希望前面的那个车主不要再挡住他们的路了。好在老天听见了她的心声，过了红绿灯后，路先生车速明显提快了许多。一路疾驰到盛华后，李暖星看了下手机，见还有十分钟就要到十二点了，连再见都来不及说，慌慌张张地就往车外跑。

路先生在她身旁又说："不要急，我带你进去。"

李暖星想了一想，路先生是主管，由他带着自己进去也好，至少不用再问人换衣间在什么地方。她笑眯眯地随着路先生下了车。

等路先生将她带进大堂时，礼仪小姐都已经站在大门的两侧了，见了路先生与李暖星，都齐齐地弯着腰喊道："欢迎光临。"

李暖星一副快要哭了的表情，她是不是来得太晚了。

大门左侧站了六位礼仪小姐，右侧只站了五位，也就是说，她应该站在右侧的。她踟蹰地站在路先生身后，不知道现在是该先站过去还是该先换上礼仪小姐的旗袍。

就在她犹豫不决的时候，路先生似是看见她没跟上来，转过头看着她说："还不快点，等下就真的来不及了。"

李暖星哦了一声，垂头丧气地就往路先生身边走。

"知道换衣间在哪里么？"路先生问。

李暖星摇了摇头。

路先生似是对她这迷茫的表情没有办法，叹了一声气，拿着手机拨了个电话号码，只说了他在大堂，又嗯了几声就挂了电话。连一分钟都不到，就看见一个身穿西装的中年男人从电梯里急匆匆地走出来，对着路先生又是握手又是鞠躬。

李暖星张大了嘴巴，想不到盛华竟然会对兼职礼仪培训的主管这样客气。

“她是今天的礼仪小姐，原本是不会迟到的，因为坐我的车子，所以耽搁了一点时间，应该不会扣工资吧？”路先生看向那个中年男人，声音淡淡地说着。

李暖星瞄了一眼那个男人的胸牌，见上面写的是大堂经理，她悄悄擦了把汗。

“路先生放心，您带来的人，我一定会安排好的。”大堂经理如是说。

李暖星歪着头看了一眼路先生，想不到他不过一个兼职的小主管，竟然让经理像上宾一样对待。大堂经理对着她做了一个请的手势，示意她跟在他身后。她还没从路先生为什么这么受大堂经理的待见里缓过神来，就见路先生已朝电梯的方向走去。

“请问您是路先生的……”大堂经理一边帮她引路，一边轻声地问她。

“他是我做兼职的主管。”李暖星老老实实地回答。

大堂经理一愣，好像有些不太明白李暖星话里的意思，又换了种方式问她：“您的父母是不是在许氏集团的高层工作？”

这下李暖星听懂了，她连忙摆了摆手，许氏集团在梅城那可是数一数二的服装品牌设计公司，她跟大公司可是半点边都沾不上的。

大堂经理有些不死心，还想继续问出点他想知道的东西，可还没再问出点什么，就见李暖星一见换衣间的牌子，拎着装着旗袍的袋子说了声谢谢就往换衣间里跑了过去。

李暖星进了换衣间连忙将头发盘好，匆匆穿上旗袍，怕时间赶不及，慌里慌张地往楼下走去，刚在大门的右侧站好，便看见门外的门童点燃了爆竹，噼里啪啦的声音让她忍不住想要把耳朵捂起来。

盛华酒店的老板据说是梅城数一数二的富商，所以盛华的剪彩仪式引来了许多记者。李暖星是个安分守己的好学生，从来都是在学校读书，第一次看到这种场面不由睁大了眼睛，见那些记者提着长枪短炮进了大堂后，有专门的负责人将记者带到了一片空旷的区域。

等记者们落座后，有人拿起话筒试了试音，设备都调整好后，示意仪式开始。

李暖星对剪彩仪式并不好奇，趁大家的注意力都在记者提问上时，她拿起手机偷偷拍了一张现场的照片传给了沐梓玲，那货成天梦想着要做一个畅销书作家，天天念叨着要写一本书，然后开新书发布会，请好多好多的记者来采访她。虽然现在她还没写出什么名堂，但是做做梦还是可以的！她刚把照片发送完就看见大堂经理往旋转门这边走来，她急忙将手机塞进了口袋，然后若无其事地挺直腰板。

“你。”大堂经理指着李暖星：“你不要站在这里了，今天助剪的人不知道为什么没有来，你来做一下助剪，剪彩马上就要开始了。”

李暖星啊了一声，她低头看了看自己的旗袍：“我穿着这个去做助剪吗？”她回头看了一眼其他兼职的女生，自己跟她们穿得都一样，那些记者眼睛那么尖，一看就知道她做助剪是凑数的。

大堂经理看了下手表，眼看着马上就要剪彩了。在她身旁悄悄地说：“助剪的女孩子我之前见过，跟你身材差不多，你拿着钥匙去换衣间把402号衣柜里的衣服换上，快去。”

“吃人嘴短，拿人手软。”李暖星嘀咕了一声，接过钥匙就往换衣间跑去。手机嗡嗡嗡地震动个不停，进了换衣间后她把手机的扬声器打开，一边换助剪的衣服，一边打着电话：“作家，又怎么啦？”

“小星，主管给我发了信息，说他临时有事不能送你，结果我睡得太死没听见手机响，现在才醒，你怎么去的盛华啊？”沐梓玲打了个哈欠，困意十足地说着。

正在换衣服的李暖星微微一顿，正要跟她说是路先生送她来的，就听见换衣间外发出一阵雷鸣般的掌声，她知道马上就要开始剪彩了。于是换好了衣服后就将电话匆匆挂掉，拔下钥匙就要往记者区跑过去。

才跑了没几步远，就看见路先生换了一身剪裁得体的西装，站在走廊里似是在等着什么人。他身后是巨大的落地窗，阳光落进来洒在他身上，这让李暖星忽然想起了曾经沐梓玲口中经常说的言情小说里的男主角。

纵然她不犯花痴，可是这个时候，她觉得路先生是真的好看。

路先生忽然转过身看着她，她的脸刷得一下红了，低着头往记者区走。才与他擦肩而过，路先生就抓住了她的胳膊，李暖星诧异地看了他一眼。

“作为助剪，不该跟剪彩的人一起上台吗？”路先生带着她一起向记者区走去。

“我知道呀，只不过，裁剪的人……”

李暖星还没说完话，就见路先生已走上了台，她只好跟在他的身后。然后从工作人员的手里接过剪刀，托着剪刀上了台。路先生一上了台，镁光灯便闪烁个不停，李暖星有些不适应突如其来的光，忍不住想要用手去遮挡。

“对不起，我的眼睛不能适应太强烈的灯光，请大家不要拍照。谢谢配合。”路先生看了一眼极度不适应镁光灯的李暖星，对着记者淡淡一笑。

“好的好的。”早就听说今天剪彩的会是个神秘大人物，这些记者早早地就在盛华门口蹲点，如今开幕式一开始，听见神秘大人物自报家门，这才知道剪彩的人竟然是许氏集团的副总裁，堂堂许氏集团的副总裁现身盛华剪彩，这样的大标题在梅城已足够博人眼球，记者自然不会再为了拍些照片去得罪眼前这位大人物。于是纷纷放下手中的相机，只拿着笔记本噼里啪啦地敲着键盘，将剪彩仪式进行实况报道。

李暖星没有见过这样的大场面，站在台上小腿都忍不住打战，完全听不见大家都说了什么。只是看见陆先生短短几分钟的发言，就让台下的记者发出好几次热烈的掌声。最后李暖星不知道自己是怎么下台的，剪刀交到工作人员的手中时她还有些恍惚。

等回到换衣间的时候，她拿出手机拨通了沐梓玲的电话：“玲子，你应该正在看盛华地现场报道吧？”

“嗯呐！呜呜，我太激动了，我居然看见了我的男神。”沐梓玲兴奋地嚷嚷。

“今天剪彩的人你知道是……”

“小星，我就知道你跟我最心有灵犀了，么么哒，我男神就是今天剪彩的人，许氏集团的副总裁陆子期啊。”沐梓玲一提起陆子期，声音比刚刚又大了好几倍：“我快嫉妒死你了，早知道今天是去做助剪，就是枪林弹雨我也会爬起来去盛华的啊！”

李暖星心里呵呵了两下，沐梓玲的男神一天一个变，昨天看个美剧就迷恋布鲁斯威廉斯，今天看个韩剧就变成了李准基，不知道这会儿陆子期怎么又成了她的男神了。

“小星，你不要鄙视我，陆子期是国民男神，又不是我定义的，你去百度下陆子期就知道了，许氏集团副总这几个字，足够震住我们这一票女孩子了，而且他没有恋爱史啊，最最关键的是，他笑起来特别迷人。他只接受过一期的财经杂志访谈，只有一张侧脸就迷死我了啊！”沐梓玲在那头哇哇一阵解释，让李暖星耳朵都快起茧子了。

换衣间的门从外面被打开，她朝门口看了一眼，原来是其他几个兼职的女孩进来准备换衣服了。她对着她们笑了笑，提着手提包就往换衣间外走去。

沐梓玲在那头还在说陆子期有多厉害，李暖星一直就几个单音节字回她。过了一会儿，沐梓玲终于有觉悟地听出李暖星在敷衍她，于是也不再说陆子期有多好了，只是让她拍一张陆子期的照片……

电话挂了以后，李暖星整个人都觉得不太好了，有这样一个二货朋友，她觉得自己的格调一下被降低了好多。虽然她也把陆子期当作偶像，但是也没这么激动好吗！刚刚她还蹭了陆总的车子，不是表现得挺正常的么。不过……当时她要是知道开车的是陆子期，没准和沐梓玲的情况比也好不到哪里去！

正这样想着，就看见陆子期换下了刚才剪彩时的那身西装，穿着米色休闲裤，上身是一款白色衬衫。她心里暗暗骂了一句风骚，刚才载她的时候，还穿的是亚麻色的 T 恤，下面是条牛仔裤。要不是他穿得太随意，她能随随便便就把他认成兼职的主管吗！她暗自腓腑着，却不敢抬头看他，灰溜溜地就想往旋转门外走。

“李暖星！”

眼看着她就要走到门口了，忽然被陆子期从身后叫住。“陆先生您好。”李暖星嘿嘿一笑：“您找我有什么事啊！”

正与陆子期说着话的几个人，见陆子期喊住了李暖星便识趣地走开了。李暖星有些不明白了，刚刚陆子期不是跟其他人聊得挺愉快么，怎么会找她啊。

“你在酒店兼职，竟然连联系方式也没有给人事一份，要是以后酒店有事找你，又联系不到你的人怎么办？”陆子期沉着声说。

李暖星的家庭虽算不上很富裕，但也不是缺衣少食，从小到大父母都将她当成宝贝一样捧在手心里，何曾受到这种冷言冷语地待遇。平时一遇到委屈，她就喜欢沉默。就像此刻她低着头什么话也不说，两手不停地揉搓着衣角。

陆子期注意到她这个小动作，不禁语气柔了几分：“你把准考证落在我车子里了，我没有你的联系方式，找了盛华负责人事的，还有主管经理，才知道你不是盛华招的兼职人员，又找到你兼职的公司的人事，结果都说没有李暖星这个人。我又让兼职公司的人再去查，才知道你在帮沐梓玲代班！”

一听见准考证掉在他车子里，还让他忙活了大半天找她，那些委屈顷刻间都没有了，对他只有满满的谢意。要是准考证没了，她大四最后一学期考肯定要挂科，这样的话毕业就遥遥无期了……她睁着水灵灵的大眼睛看着他：“谢谢你啊。”

还知道谢他，陆子期多少是有些意外的。方才他说的话，对于一个才见过一次的女孩来说，多少是有些苛刻的。以他的学识跟修养，向来不会这样待人。只是一想到方才他找了好几个人都没有她的联系方式，他心中就隐隐地有些不舒服。这若是许氏集团的员工，早就让她辞职走人了。

可他又想，她只不过是个还没大学毕业的孩子，怎么可能像一个历经了社会的人一样处事面面俱到，他微微弯了弯腰平视着只到他胸膛的李暖星，十分认真地对她说："重要的东西，要放在重要的地方。"

说完这句话，他将准考证从口袋里拿出来还给她。阳光落在他宽阔的背上，可能是逆着光的原因，让李暖星觉得他浑身闪闪发光。

"成光大学离盛华不算近，你怎么回去？"陆子期又问。

"坐公交回去。"李暖星说。

"我正好要去看我一个朋友，再送你回去吧。"陆子期说。

"这样是不是太麻烦了？"李暖星有些不好意思。

"呵，是谁见了我的车子就迫不及待地往里冲……"陆子期笑着看了一眼李暖星。

陆子期一笑，身旁经过的几个女生都忍不住地回头去看。李暖星就更不好意思了，低着头就往门外冲。

陆子期在她身后跟了上去，当李暖星才走到人行道的时候，陆子期就将车子开了出来："上来吧。"

李暖星想了想，坐公交的话要一个多小时才到学校，坐他的车子半个小时就可以到，一咬牙，就厚着脸皮钻了进去。

因为知道他根本不是什么路先生，这一次在车里她变得拘谨了很多。就像个小学生一样老老实实地坐在座椅里，陆子期侧目看着她满身戒备的样子，不禁莞尔，把车载音响打开，放的是一段很欢快的钢琴曲，李暖星听到这段音乐，一下子就笑了起来，她的手指在大腿轻轻敲着，好像她的腿是钢琴键一样，一边弹一边笑着说："这个曲子的名字叫《always with me》，在我小时候，妈妈最先教会我弹的就是这首呢。"

陆子期微微笑了笑，专心致志地开着车子。

有音乐流淌在车内，李暖星也不再觉得尴尬，这一路上她听到的十几首钢琴曲，竟然都是她会弹的。

在陆子期将车开到成光大学的门口时，她还沉浸在曲子里没有出来。陆子期喊了她两声，她才缓过神来。急忙拿着包就要下车，脚踏出车门时，又忽然想起了沐梓玲交代她的任务，她对着陆子期谄媚的一笑，在陆子期还没反应过来时，只见她举起手机对着他连拍了好几张照片。

之所以陆子期在媒体面前很少露面，有很大一部分原因是他不喜欢让别人拍到他的脸，他眉头微微一皱，李暖星像是怕他会生气，对着他做了个鬼脸，连忙将车门啪的一声关上，高声喊着再见，飞一般地向校门口跑去。

陆子期在车内看着她欢快的背影，微微有些出神。电话铃声在这时候响了起来，他低头去看了一眼备注为父亲的来电，将耳机插在手机里，按了接听键。

"父亲！"电话那头一直沉默着，这是许义山与他多年以来的习惯，只要他不先开口喊他，许义山就不会开口。

"我在皇夏医院，你现在就过来。"许义山声音有些沉重，末了似是不放心陆子期不能尽快赶来，又加了一句："婉云要吃王记的糕点，你顺路买一些来。"

"好。"陆子期握着方向盘的手忽然增了几分力道，方向盘一转，往皇夏医院开了过去。

第二章　心存芥蒂

院长说："术后不要开那些可开可不开的药，小姑娘不经吓，态度要和蔼一些。"

下午大课的时候，沐梓玲拿着核算成本的书进了教室，凑近了李暖星，见她抱着计算器埋头苦算，啧啧了两声，一屁股在她旁边坐下，用手指戳了戳她的胳膊。

李暖星瞥了她一眼："别闹，我正算着题呢。"

"照片呢？"沐梓玲开门见山，一来就要看照片。

李暖星一副我受不了你的表情，将手机从口袋里掏出来塞进她手里，又低着头去算数字。沐梓玲将相册调了出来，忽然哇了一声，惊得李暖星手中的中性笔一抖，好好的2写成了3。李暖星狠狠瞪了一眼沐梓玲，她有轻微的强迫症，不喜欢涂改数字，不喜欢有错别字。现在被沐梓玲一吓，肯定是要改的。

沐梓玲讨好地笑了两声，狗腿子般地为她捏着肩膀："好嘛好嘛，是我错了，谁叫你把陆总拍得这么好看。你看这角度，再看这笑容，哎，不去当影星实在是太对不起他这张脸了。其实你应该仰拍，这样会显得陆总更高大一些。不过这样子看，已经让我深深地陷进去了……"

“沐梓玲，要不要我到时候拍陆总的裸体给你看？”李暖星咬牙切齿。

“好啊好啊！”沐梓玲欢快得要命，好像马上就能看见陆总的裸体一样。

“要不要我把他的真人喊过来让你膜拜。”李暖星愤愤不已。

“那估计你是请不来的，陆总这样神一样的人物，我们就只能幻想幻想了，呃……这样说来，陆总的裸体更是不可能了，小星，你太坏了，居然欺骗我这颗纯真少女心。”沐梓玲一脸受伤的表情，哀怨地看着李暖星。

“你把智商丢到哪里去了？”现在才反应过来李暖星是在逗她，完全不是沐梓玲的一贯作风啊。

呵呵，沐梓玲一脸傻样儿地笑了笑，拿出透明胶将刚刚李暖星不小心写错的数字粘掉，把本子推到了她跟前。沐梓玲神经大条，经常一激动就让李暖星频频出错，所以粘个数字，改个错别字什么的，已经达到了炉火纯青的地步。李暖星看了一眼刚刚写错数字的地方，好像她比上次更进了一步，连旁边的数字都没有影响到，她笑眯眯地看了沐梓玲一眼："要是成光举办用透明胶粘错字地比赛，我肯定力荐你去，没准你能夺魁。"

沐梓玲已经从男神的照片里回到现实，哪能听不出来李暖星在变相损她，她心虚地笑了笑："放学后，请你去吃至尊麻辣烫。"

至尊麻辣烫就在宿舍楼后面的小吃一条街上，所谓的至尊麻辣烫，就是所有能煮的速冻食品都往汤锅里煮。因为店开在学校附近，东西便宜又好吃。所以她们隔三岔五地就要去饱食一顿。多半都是李暖星请客，沐梓玲家境并不富裕，每年的学费都是靠兼职挣来的，可是今天沐梓玲却主动要请她吃饭，若是以往她就拒绝了。只是白天的时候她替沐梓玲做了兼职，知道沐梓玲想换着方式谢谢她，若是她再推脱就矫情了。

核算成本课的老师姓王，带着一个宽边眼镜，讲课的时候最喜欢手夹着粉笔头面对着学生在黑板上写着演算步骤。之所以这么做，就是怕学生上课精神不集中，他面对着学生也能将讲台下面发生的一切尽收眼底。因为他太严格，就有了一个王管的绰号。

后来大家一上核算成本的课程，都将精神高度集中。生怕他抓到自己开小差，然后影响了平时成绩，到时候期末考试不好合格。

所以沐梓玲今天破天荒地没有带笔记本偷偷地写小说，一本正经地拿着书很认真地听王管上课。下课铃一响，王管夹着教科书出了教室的门，大家才敢拿起课本往教室外走。

李暖星将书装进手提包里，看了一眼仍然埋头苦读的沐梓玲，顿时乐了，她就说沐梓玲怎么舍得放弃那么高大上的梦想老老实实地做题，感情她在纸上创作呢。她干咳了两声："下课了，说好的至尊麻辣烫呢？"

"等一下，我马上就写完了，还差几个字。"沐梓玲奋笔疾书，头也不抬一下。

李暖星凑近了去看她写的东西，见她在纸上写着一句诗：人面不知何处去，桃花依旧笑春风。

"你这写的是什么故事啊，感觉好像很悲伤的样子。"李暖星见她已经将本子合上，知道她这是写完了，好奇心被提了起来，颇有兴趣地问道。

"等书出版了，我送你样书，你看了就知道啦。"沐梓玲得意地扬了扬眉。

“你的小说，会出版吗？”李暖星惊讶地看着沐梓玲：“就像咱们看的言情小说那样吗？”

沐梓玲狠狠地点了点头：“小星你真是我的福星，帮我兼职了一下，出版社的编辑就给我打了电话，说这个故事她特别看好，要我尽快改好。”

“啊，玲子你太厉害了，我居然认识了作家朋友。”李暖星不淡定了，拉着她就往班级门口走：“这么大的喜事，你一定要请我吃饭。”

“嗯嗯。”沐梓玲一提起她的小说，两眼都在放光。为了保持神秘感，一路上不管李暖星怎么问她写的是什么故事，她死活就是不肯说。到了麻辣烫的店里，李暖星仍然没从沐梓玲的口里套出半点话。

没能打探出她究竟写得是什么故事，只能化悲愤为食欲。李暖星一口气点了一大堆各种各样的丸子。

平时压根不喝酒的两个人，因为沐梓玲就快要实现出书的梦想，到旁边的小商店里买了两瓶啤酒。等麻辣烫煮好后，她俩各自抱着碗吃得畅快淋漓。李暖星拿着酒瓶跟她干了一下：“玲子，人家都说只要做一件事坚持下去，就会成功。我觉得你以后一定能成为一个有名的作家，加油！”

沐梓玲喝了一大口啤酒：“跟你认识这么久，我从来都没跟你说过心里话，其实认识你这个朋友，我真的挺高兴的。你也知道我为什么要从宿舍里搬出来，你们的家庭条件都比我好……”

很多没有说出口的话，因为喝了酒就壮了胆，沐梓玲咕嘟嘟地又灌了两口酒。

“我没有……”李暖星着急地想要解释，却被沐梓玲豪气地一挥手打断了。

“我知道你从来没有戴有色眼镜看我，所以我无论做什么事，第一个想到的就是你。就好比我不能兼职的时候找不到人，我能想到的人是你。就好比我的书马上就要出版了，我能想到的人也是你。”沐梓玲打了个酒嗝，不怎么喝酒的她此时有些醉了。

李暖星也不劝她，知道她现在正高兴。虽然她平时很少跟李暖星说到小说的事，可是李暖星知道她热爱写小说，如今梦想快要实现了，她是想找最亲近的人来分享喜悦。

“来，干！为咱俩长长久久的友谊！”沐梓玲举起酒瓶子，大声地说。

李暖星学着她的样子，对着酒瓶豪爽地喝了起来。喝了几口，被呛得连连咳嗽，沐梓玲见她喝个酒也能被呛住，哈哈一笑，然后自己又被口水呛住。两个女孩子，你看着我，我看着你，顿时哈哈大笑起来。

正笑的欢快时，李暖星的手机响了起来。她从包里把手机拿出来，笑嘻嘻地按了接听键：“爸爸，你想我啦？”

电话那头的人沉默了一下，十分认真地说：“你爸爸出了车祸，现在被送到皇夏医院，如今还昏迷不醒，需要找到他的亲人填写手术同意书，你尽快赶来吧，”

李暖星只觉得脑袋轰隆一声，好像什么炸开了。她整个人瘫在座椅上，有些颤抖地问：“他还好么？”

“这个要做了手术后才知道，你尽快来吧，早点做手术，病人也能早点脱离危险。”话才说完，对方就挂了。

李暖星面色惨白，蹭地一下从椅子上站了起来，拿着包就往小店外冲。

“小星，怎么了？”沐梓玲的酒被李暖星吓醒了一半，拉住满脸泪水的李暖星问：“出了什么事，你说啊。”

“我爸爸，爸爸他出车祸了。”李暖星的目光里没有一丝光彩，整个人像得了一场大病一样。

沐梓玲紧紧抱住了她，拍着她的背轻声说：“不要怕，我陪你一起去，在哪家医院？”

“皇夏。”她低着头往外走，沐梓玲拿着钱包付了账就追了上去。

六神无主的李暖星被沐梓玲牵着坐进了出租车，一路上她都不知道是怎么到的皇夏医院。等沐梓玲喊了她好几声，她才擦掉脸上的泪。沐梓玲陪着她往二楼的病房走去，203 病房外的长椅上坐着一个穿白大褂的医生，见她们来了就站了起来：“哪位是李长生的女儿？”

“我是。”李暖星走到医生的跟前，哑着声说。

“你先签字吧。”医生面无表情地说了一句，又往病房里走了进去。

李暖星的手根本就握不住笔，她低头看着密密麻麻的字，上面说只要签了字，手术中出现的非医疗事故皆不负责。她握住中性笔的手，不敢写下自己的名字。

“小星，你先把字签了吧，这种同意书只是一个格式，一般不会出什么事的。”沐梓玲站在一旁劝她，要是不签字，那她的爸爸就一直做不了手术，到时候越拖越危险。

从小到大，她写过太多遍自己的名字，唯有这一次让她下笔最觉得艰难，她用尽所有的力气签了名字，就瘫坐在地上再也起不来了。沐梓玲硬将她抱着往椅子上拖过去，拿着手术同意书给了病房里的医生。

医生看了一眼签字栏，又看了一眼心电仪，见心跳显示正常，便走出了病房，看了一眼目光无神的李暖星，对着沐梓玲说："你既然是她的朋友，她现在这个样子肯定什么事也做不了了，你替她去一楼把医药费先交了吧。"

医生说完这句话，就将一张药物缴费清单递给了沐梓玲，沐梓玲正要拿着清单去缴费，李暖星忽然站了起来："玲子，我去交吧。"

"你这样子能去缴费么，好好休息吧，等下我就回来。"沐梓玲往电梯的方向走了几步，又折了回来，紧紧握了握她的手："小星，刚刚我进去看了下叔叔，仪表显示的都是正常的。"

李暖星没有说话，只是点了点头。

等沐梓玲走了以后，那个医生又去别的病房查房，她坐在椅子上不敢进去看病房里的人，生怕看见鲜血淋漓的画面，只抱着头默默地流泪。

长长的走廊里安静的可怕，只能听见心电仪发出的滴滴声。她紧紧抓着自己的膝盖，有些想哭，这会儿却怎么也哭不出来了。这个时候，她特别想跟妈妈说一会儿话，拿出手机看了眼时间，已经深夜两点了，妈妈身子本来就不太好，若是知道爸爸出了车祸……她将手机又塞进了手提包里。

"李暖星？"她听见有人叫她，以为爸爸又出了什么事，连眼泪都来不及擦，抬起头去看说话的人。

方才电梯在二楼停了一下，陆子期看见走廊的椅子里坐着一个人，觉得有些眼熟，于是走出来看看，没想到真的是李暖星。中午还活蹦乱跳的小姑娘，这会儿却跟丢了魂一样，直觉让他觉得李暖星肯定是出了什么事，他在她面前蹲了下来，放轻了声音看着她问："出什么事了？"

不问还好，一问李暖星的眼泪就止不住了，她哭的时候并不大声，只是安静的流泪。他习惯性地想拿纸巾递给她，让她擦眼泪，却摸了摸口袋，发现下来的匆忙纸巾跟钱包都放在了四楼的 VIP 病房里。只好又说："再难的事，也要先想办法解决啊，你就这样一直哭，该让你来解决的你也躲不掉啊。"

过了良久，李暖星哽咽地说："我爸爸就在里面，可是我不敢去见他。"

陆子期一愣，很快又问她："医药费交了么？"

"嗯！"

"手术费呢？"

"什么？"李暖星抬起头看着他，医生刚刚只要她交医药费，并没有说手术费的事，以前她也从来没有进过医院，所以对医院的流程她一无所知。她一脸无知的看着陆子期，压根就不懂他在说什么。

陆子期从她的表情里就明白医生还没跟她谈及手术的环节，他心中大概也有了了解，若是李暖星的爸爸真是命在旦夕，医生不会到现在还让他躺在病房里。他走进病房看了一下李长生，见他左腿缠着白纱布，额头上也有一些创伤，短暂的昏迷也许是撞到了头部所致。心电仪滴滴答答有规律地走着，李长生各项生命指标都很正常，根本不会有任何的生命危险。而李暖星却坐在走廊里吓得脸色惨白，一定是主治医生危言耸听。

"不要怕，你爸爸现在只是昏迷，不会有任何的生命危险。"他将看到的李长生的状况说给她听，又对她说："等医药费交了以后，医生会安排手术给你爸爸，大概要有两到三万的样子。你给家里打电话准备一下。"

知道李长生没有生命危险，她的脸才有了些血色，从椅子上站了起来，一脸认真地道谢。陆子期有些不习惯性格大大咧咧的女孩子忽然这么一本正经地道谢，他只点了点头就向电梯走去，走到电梯时，好像又想起什么事，对着她问：“你爸爸一时半会儿是醒不过来的，现在这个点，应该是不会安排手术了，你睡哪里？”

成光大学离皇夏医院并不算近，李暖星来的匆忙并没有想过晚上要怎么过，陆子期这样一问，她才想起来晚上无处可去。陆子期就站在电梯门口，好像要问出她晚上是怎么打算的才会走，她支支吾吾地说就在椅子上凑合一晚上。

哪有人在椅子上凑合的，就算要陪护，至少还要带些被褥什么的。陆子期眉头微微一皱，似是并不满意李暖星的回答，正想要说些什么，电梯叮的一声就开了。

沐梓玲拿着缴费清单从电梯里走出来，看见陆子期正巧就站在电梯门口，她长大了嘴巴啊啊了两声，陆子期以为她像其他的女孩子一样将他错认为影视明星，只淡淡地开口说：“我不是明星，你认错人了。”

“我知道你是谁，你是陆总啊。哎呀！我终于见到真人了。”沐梓玲一脸奸笑地想要上前握他的手，又想起自己方才吃麻辣烫的时候拿着油乎乎的签子根本没来得及洗手，只好将伸到他面前的手缩了回来：“久仰，久仰。”她就跟古代的大侠遇到大侠时那样，两手抱成拳头作揖。

她拜完陆子期后才想起来自己是来干嘛的，连忙对着陆子期挥了挥手，急急地跑到李暖星的跟前，狗腿子般地说：“小星啊，不是我爱男色不爱你，是男神一下子出现在我面前我有些把持不住，我给你赔不是。”

电梯门合上的时候，陆子期就听见沐梓玲惊天动的声音。

对于外面对他的传闻，他多半是能听到一些的，却不知道自己的名声竟然已经散播到大学里了。想到方才沐梓玲一下就能认出他是谁，想都不用想肯定是李暖星透露给她的。就连媒体采访他时，他最多只是给个侧脸……

电梯到了四楼时就停了下来，他才走到408地病房门口，就看见李秘书拿着文件夹在病房外徘徊。李秘书一见到他，急忙擦了把额头上的汗，将文件递给了他，低声道："您回来的正好，这些文件都等着总裁签字呢。"

最近许义山脾气越来越大，这让李秘书为许义山做事如履薄冰，唯恐说了什么话让许义山不高兴。陆子期将文件接过之后，看了一眼李秘书，又说："这么晚了还要你来送文件，真是辛苦你了，明天放你一天假，好好休息吧。"

李秘书听到能休息，心里自然高兴，哎了一声，脸上露出了一些笑容。这才去搭电梯。

陆子期拿着文件走进了病房，看见许义山正拿着小刀给许婉云削苹果。许婉云抱着遥控器在看动画片，也不知道她看的是什么，就见她笑倒在床上都起不来了。陆子期走到她跟前将遥控器拿了过来，按了关机键。电视啪的一声灭了，许婉云撇了撇嘴，很不满意陆子期的专制独裁，哼了两声，将头埋在枕头里不去看他。

"你这丫头，我不让你看电视，你就跟我吵嘴，子期不让你看，你就只敢怒不敢言，原来你就知道欺负我。"许义山抱怨归抱怨，手里的刀子一直没停，等将苹果削好后，将苹果递给陆子期，示意他拿给许婉云。

陆子期看了一眼放在病床旁边的垃圾桶，里面躺了好几个削好的苹果，看样子都是许婉云死活不肯吃的。他将枕头掀了起来，许婉云眨巴眨巴眼睛委屈地看着他：“哥，我不想吃东西。我一点也不饿，真的。”

“不饿也要吃一点。”陆子期摸了摸她的头，眼神温柔得能滴出水来。

许婉云最受不住这样的陆子期，她心不甘情不愿地拿起苹果，小心翼翼地咬了一口，就跟吃毒药一样咽了下去，又吃了两三口，就要把苹果扔进垃圾桶。陆子期看了她一眼，她低着头又乖乖啃了两口。

陆子期见她实在吃不下，才将苹果拿了过来，却没有扔进垃圾桶，只从许义山手里将刀子拿过来，将她咬过的地方削掉，拿着苹果吃了起来。许婉云睁大了眼睛看着他，她知道陆子期这个人十分讲究，从不吃别人剩下的东西。没想到他会吃自己吃不下的苹果。

“婉云，只要是父亲的心血，我都不想让它白白浪费。不要说是许氏集团，哪怕是这么一个小小的苹果，我都会想办法让它发挥到最大作用。”陆子期一语双关，说的每一句话许义山与许婉云都懂，许义山似是没料到陆子期会说这些话，不禁有些动容，许婉云却低下了头。这时候陆子期又说：“不仅是我跟父亲希望你能好起来，整个许氏集团都希望你能好起来。父亲就你这么一个女儿，还指望着你能回去接任他的位置……”

“哥，医生说我……”

“不要去听医生说什么，关键是看你自己想不想要好起来。那些被医生诊断活不过几个月的人，最后却能活得好好的人大有人在，为什么你就不行呢？”陆子期将她从床上扶起来，把枕头塞在她身后，语重心长地说着。见她眼眶微微有些红了，便将她抱在怀里轻轻拍着她的背：“我是你哥，比谁都希望你能健康快乐，我也在努力联系国内一流的医生，他们为你的病开了好几次医学交流会，父亲在联系国外医学界朋友。婉云，我们这么多人都在为你努力，你有什么理由不吃不喝，你知不知道，你就任性那么一下下，难过的却是我们这么多人。”

许婉云不是不知道这些日子身边的人为她付出的一切，可是她就是吃不下，又有什么办法，她眼泪吧嗒吧嗒地就往下掉，陆子期心疼得难受，这个妹妹是他看着长大的，平日里将她当作宝贝一样捧在手掌心，当他知道她得了病也许活不了多久的时候，他的难过绝不亚于许义山。可是现在许义山快要被她的病压垮了，连许氏集团都几乎不管了，他不能在这个时候倒下来，他轻声哄着她：“你不是最想让我陪着你去旅游么，以前我总是忙着跟父亲一起打理许氏没时间陪你。等你稍微好一些，我就陪你去好不好？”

许婉云点了点头，陆子期虽然不是她的亲哥哥，可是他说的话对她最管用。这也是为什么许义山非要把他叫来医院的原因。这会儿许婉云看着许义山这些日子陪着她，整个人都老了好几岁的样子，心里更是过意不去，可是她又说不出道歉的话，嘟囔着嘴说要喝粥。

许义山一听见她要喝粥，脸都笑开了花，拿着手机吩咐家里的张嫂做她最喜欢喝的皮蛋瘦肉粥。现在是凌晨三点了，张嫂原本早就睡下了，可是一听见她要喝粥，高兴地爬起来给她做粥。

许婉云知道大家都这么关心她，心里愧疚不已。看着许婉云刚想开口说话，陆子期就像是知道她要说什么，笑着摸着她的头：“只要你积极配合医生的治疗，我们所有人的付出就都是值得的。”

许婉云嗯了一声，又觉得困了，打了个哈欠。陆子期又将她扶着躺了下去，将病房里的灯光调暗。

许义山拿着车钥匙起身，想要开车回去将张嫂煮的粥带过来。还没走到电梯门口，就见陆子期追了出来。陆子期手里还拿着文件，从上衣口袋里拿出签字笔递给他："父亲，这是集团高管的计划书，还有一些决策书，您要尽快签字。"

许义山瞥了一眼文件："你是集团副总，怎么就不能签呢？"

"越俎代庖的事我并不想做。"陆子期铿锵有力地说。

"那你应该明白，为什么在婉云查出了病后，我就再也不管集团里的事，现在集团里，就你的职位最高，怎么就成越俎代庖了？"许义山有些怒意，对陆子期方才说的话十分不满，却碍于在医院会影响到其他病人的休息，刻意压低了声音问他。

"父亲，集团姓许不姓陆，重大决策还需您亲自定夺比较合适。"陆子期将签字笔塞到他手上，执意要他签字。

许义山气得大喘着气，却拿这样的陆子期一点办法都没有："你这个不孝子，我养了你二十多年，给你最好的生活环境，让你接受最好的教育，如今婉云一出了事，需要你帮我了，你却想置身事外……"

陆子期被他训，面色丝毫不变，目不转睛地看着他，一定要他签下字。许义山将自己的名字签上后，将文件噼噼啪啪地甩在他身上，面色铁青的就要往电梯里走，在电梯门即将要关上的时候，陆子期伸手挡住了电梯的门，胳膊险些被夹住。许义山急忙又将电梯按开，怒气冲冲地骂他："什么事不能等我回来再说，平日里你的沉稳呢？"

"父亲，我有一件事要问您！"陆子期堵在电梯门口，一字一句地说："您是不是在做什么新计划？"

“你是指什么事？”许义山不知道陆子期在说什么，也不知道他现在为什么就像变了一个人一样。

陆子期见他心胸坦荡的样子，也许真是他多想也不一定，可是话已经问出了口，他只好又问了另一个问题：“您是不是不打算再管许氏了？”

“我没管的这段时间，许氏不是被你带的很好吗？”许义山一听见陆子期问这个话，立刻火冒三丈：“你是我儿子，我送你出国念金融管理图的什么，不就是想当我老了以后能享受几天清闲！”

“可是许氏迟早要还给婉云的……”

陆子期话还没说完，就被许义山一把推到了电梯外，陆子期被他推得一个踉跄，连连后退了好几步，等站稳后电梯早已经下去了。他看着电梯的方向出了一会儿神，才拿起电话给医院的院长打了电话。

医院的院长与陆子期是忘年交，知道陆子期不会无缘无故的深夜骚扰他，便按了接听键，

听见陆子期要他给203病房地李长生换一个主治医生，不由有些好奇203的李长生与他有什么关系，还没问出口时，就听见他那头有些嘈杂的声音，接着又是嘟嘟声。他看了一眼被挂掉的电话，这个臭小子，他骂归骂，却知道陆子期不会无缘无故地让他换医生，又打电话吩咐了副院长，另外安排新的主治医生给李长生。

陆子期到了二楼时，就看见李暖星整个人躺在长椅上，身上只盖了一件单薄的衣服，这衣服他倒是有些印象，是她刚刚那个朋友的。许是整个楼层里的通风不太好，他有些洁癖，浓重的药水味让他忍不住微微皱了皱眉，204的病房住的病人也许

醒了，家里人带着小孩子来看病人，小孩子闹腾的大喊大叫，整个楼层都快要被小孩掀翻了。可是在这么吵的地方，李暖星却睡得这样熟，丝毫没有被打扰到。他站在椅子边，静静地看了她良久。又走的离她远一些才拿出手机按下了一串号码。

大概过了十几分钟左右，有人拿着皇夏五楼的钥匙送了过来。陆子期拍了拍李暖星，李暖星以为是医生叫她，一下子就醒了过来："我爸爸怎么了？"

"你爸爸没事，我是看你在走廊里睡就问问，你朋友呢？"陆子期在椅子的另一边坐了下来，看着她满脸的倦容，轻声地问她。

"接了编辑的电话，说要晚上熬夜改稿子，就先回去了。"听见李长生没事，她整个人又放松了下来。蜷缩在长椅里，整个人显得单薄瘦小。

陆子期微微侧目，他总觉得婉云自从生病后就瘦的不像话，可是看到李暖星这时候的样子，忽然觉得婉云还不算太瘦弱。不知道她那个朋友到底算不算她的好朋友，居然在这个时候留她一个人在医院。

"你拿着钥匙去五楼睡一会儿，等医生要安排手术的时候会提前给你打电话，你不要把手机设定为静音。"陆子期将钥匙递给她后就站了起来，进了病房看了看李长生的状况，见他气色还算不错，轻轻关上了病房的门。

李暖星有些呆愣地站在病房的门口，完全不明白陆子期为什么要对她这么好，他们不过是才见了一面的人，说陌生人也绝不为过。她虽是困得连眼睛都睁不开，却犹如一只被惊吓的猫一般，戒备森严地看着他。

"我十八岁出国留学，生了大病住在医院，身边连一个亲人都没有，那个时候就在想，要是身边有一个人能够帮帮我就好了……可能是看你现在这样，让我想起我在国外的留学生涯吧。只是让你睡一会，对我来说没付出什么，去吧。”陆子期看出李暖星对他心存戒备，便将过去的事说给她听，因是想起在国外的留学生涯，眸子里有一丝悲伤划过，快得让李暖星就像看到的是幻觉。

“可是，万一医生晚上来查房……”李暖星还有些犹豫，低着头捏着手里的钥匙。

陆子期抬手看了一眼腕上的表：“都快五点了，医生也要休息一下的，你爸爸的身体状况很好，这会儿医生不会来的。”

“不用，我就躺在那里睡一会儿就好了。”李暖星像是想起什么，赶紧说。

“五楼的钥匙我只有一把，现在给你了我肯定是进不去的。再说，今夜我也要陪着我妹妹，不打算休息。”陆子期知道她是怕与他共处一室，于是开口跟她解释。

这时候手机的电话响了起来，他拿着手机按了接听：“你睡醒了？”

“你跟爸爸怎么都不在了？”许婉云嘟囔着。

“父亲回去给你带粥了，我怕在房间里吵到你，就出来转一转。”陆子期怕影响到其他病人休息，用手捂住手机压低了声音对许婉云说着话，余光看见李暖星坐在长椅上又快睡着了，他轻轻拍了拍她，指了指她手上的钥匙，示意她跟他一起往电梯走。

李暖星低着头想了一想，明天爸爸要做手术，她确实要好好休息一下才有精神照顾好他。况且陆子期说了晚上不会再去五楼，那她也没什么好顾忌的了。于是从椅子上站了起来，随着他一起往电梯里走。

“不许打开电视，我马上就回来陪你。”陆子期对着电话说，也许是电话里的人对着他撒娇，李暖星看着他微笑的模样，忽然想起沐梓玲说他笑起来最迷人，当时并不这样觉得，现在一想，又觉得他笑起来是真的好看。

陆子期将电话挂了之后，就看见李暖星靠在电梯的墙壁上又睡着了。电梯叮的一声在四楼响了一声，门打开了。

“到了么？”李暖星揉了揉眼，想也没想就要往外走。

陆子期拉住了她，觉得她这懵懵懂懂的模样有些可爱，笑着说：“是我到了，你还要再上一层。”

李暖星哦了一声，电梯门就快要关上的时候，她又赶紧按了开门的键：“陆先生，你电话是多少啊，我记一下，等我休息好了后把它还给你。”

陆子期看了一眼半睡半醒的李暖星，就算现在把电话号码报给她，也不见得她能全部输对，他问她要了手机，将自己的电话号码输进去存了备注，然后又用她的手机给自己打了一个电话，这才把手机还给了她。

“你一个人上去可以吗？”陆子期看了一眼靠在电梯里打着哈欠的李暖星，觉得她这个样子上去，会不会等下直接在电梯里就睡着了。

“可以的，就一层，我不会睡着。”为了让自己清醒一些，她伸手在自己胳膊掐了一下，疼得嘶的一声，整个人果然醒了好多。电梯门就快要关上的时候，她拿着手里的钥匙朝陆子期晃了晃：“你真是好人。”

他是好人么，只不过顺便为她图个方便罢了。他看了一眼电梯，见升到五楼的时候，还是给她打了电话确认一下，知道她这次没有睡过去，便挂了电话往许婉云的病房走去。

李暖星到了五楼的休息室时，躺在柔软的大床上立刻睡了过去。直到电话铃声再次响起的时候，她一个激灵，立刻爬了起来去接电话。

“是李暖星么？”电话那头的人声音非常温和。

“是的。”

“因为昨天你爸爸的主治医生要给另外一个病人做手术，所以换我来为你爸爸做手术了。现在提醒你一下，你洗漱好后就赶过来，术后病人还需要照顾……”

“为什么要换医生，是不是爸爸的病更严重了！”她根本听不见医生后面说了什么，只想着换主治医生是不是因为昨天那个医生不能做大型的手术，吓得她一身的冷汗。

“你这丫头，别人都往好里想，你就偏偏自己吓自己。”医生在电话那头笑了几声，又说：“你爸爸的手术对你来说是个大手术，但对我们医院来说，也就是接个骨，缝个针罢了。昨天晚上来了一个重病患者，你爸爸的主治医生就被派去抢救了。”

医生的话让李暖星整个人都放松了下来，看来李长生是没什么大事的。她挠了挠头发，瞄了眼手机屏幕上的时间，竟然都中午十二点了。又问了医生什么时候安排手术，医生说要到一点左右。

挂了电话后，她爬起来梳头洗脸，睡了一觉，整个人也精神了起来。因为心里惦记着爸爸的手术，用了十分钟就收拾好了。一出门就给陆子期打电话，想把钥匙还给他。但是电话提示的是关机，她只好又把钥匙装进手提包里，想着等下次再见到他的时候还给他。

等她到了李长生的病房时，看见医生拿着李长生的病例正在看，她脚步放得特别轻，生怕打扰到医生。

医生在病例上又加了几种药品，转过身看见李暖星小心翼翼的样子，对她笑了笑："不要担心，等做了手术，你爸爸就醒了。"

李暖星点了点头，局促地坐在病房里的凳子上，看见桌子上还有冒着热气的小笼包。

"您还没吃早饭？"她紧抿着唇，将自己心里的想法问了出来。

医生开好了药物清单，将清单递给她。看了一眼桌子上的包子，又说："早吃过了，这是其他病房的病人家属硬要送给我的。怎么，你还没吃早饭？"

李暖星使劲儿摇了摇头，就算没吃早饭，那也不能吃医生的东西啊，她才摇了头，肚子就特别不给力的咕噜噜地响了起来，她羞的脸红得就像一个大苹果，压根不敢去看医生。

"我刚还在想这包子肯定是要被扔掉的，现在你来得正好，总之都是病人家属的一片心意，你吃了吧。"那医生笑起来，也许是怕打扰病人休息，他说话特别轻。

这样和蔼可亲的医生让李暖星也笑了起来，她伸手捏起一个包子塞进嘴里，边吃边说："是哪个病房的人送的包子啊，要不我把钱还给她……嗯，这包子真好吃。"

"让家属知道包子是我吃了不是更好？"就快要走到病房门口的医生脚步停了一下，回头看着她说："出了病房的门往右一直走到尽头，有免费的开水可以喝。等你吃饱喝足了，再去楼下交今天的药费。"

医生说完后，就将门带上出去了。她拿着药费单看了看，药费单上的字她看不懂，但是看见医生签字那一栏里填的是赵逸辰，她心里默默赞叹了一声赵医生果然是好人啊。吃完了包子，又打了开水喝了几口，才下楼去交药费。

赵逸辰出了病房后直接进了主任室，将李长生的病历拿起来又看了看，心里不明白为什么这样一个小手术要让他这个主任级别的医生亲自上阵。正纳闷的时候，办公室电话就响了，一看来电显示是院长，急忙将电话接了起来。

“李长生的手术做了没有？”

“马上就安排了。”

“早饭那个小姑娘吃了么？”

“吃了，给她买的包子。”

“术后不要开那些可开可不开的药，小姑娘不经吓，态度要和蔼一些。”

赵逸辰心暗自腓腑了一下，一向话少的院长现在变得这么啰唆，他能不知道对待这个小姑娘要温柔么。全院的人就数他对待病人态度最好了，要不能被忽然叫来给李长生做手术么。大半夜接到要做手术的指示的时候，他就特别好奇对方是什么来历，他还没开口问呢，就听见院长在电话那头咳咳了两下，然后电话就挂了……

这都什么人嘛，他又不做手术，又不抢救病人，干嘛要把电话挂那么快，赵逸辰撇了撇嘴，看了一眼电脑显示屏的时间，见做手术的时间快要到了，便收拾收拾准备去做手术。

李长生的手术本来说大不大，说小不小。可手术室里的人一看到身为主任的赵医生亲自上阵，立刻打起了十二万分的精神，以为李长生术前出现了什么意外状况。

赵逸辰有多年的手术经验，由他亲自主刀，这场手术完成得十分漂亮。缝针的时候，他还给李长生打了一个特别好看的蝴蝶结。等手术室的灯灭了以后，李长生被推了出去。

李暖星早早地就在手术室外等着了，一看见移动床架上的李长生，立刻站了起来。赵逸辰拍了拍她的肩："你爸爸的手术是我目前为止做过的最满意的手术了。"

"赵医生，谢谢你。"李暖星激动的不知道要说什么好。

"去吧，要不了多久你爸爸就醒了。"赵逸辰对她说。

李暖星又对着他连连谢了好几声，弄的赵逸辰都有些不好意思了。等李暖星随着小护士一起将李长生送回病房后，他才拿出手机给陆子期发了一条信息：陆先生，手术结束了，一切情况都很好。

第三章　如意结如意

这世上最残忍的不是时间能使人变得不再青春懵懂，而是当你变得成熟、成为强大的人之后，却用尽全身力气都没有办法让你在乎的人平安健康。

下午三点的时候，李长生就醒了，这个时候不能进食，只能喝点温水，李暖星坐在病床边有些不知道该怎么办才好，一会儿问他渴不渴，要不要再喝一些水。李长生被她绕的头晕，让她去散散心她也不肯。

其实手术做完后，只要等着骨头长好也就没什么大问题了。可李暖星总觉得出了车祸是一件要人命的大事，电视上看的新闻只要出了车祸都有生命危险，所以一刻也不肯离开李长生，生怕他术后有后遗症危及生命。

李长生被她紧张兮兮的模样逗得笑了，伸手想要摸摸她的头。她吓得赶紧握住他的手不让他乱动。门在这时候开了，李长生朝门口望了一眼，看见进来的人身穿米白色衬衫，下身一条同色休闲裤，这个人他觉得有些熟悉，却一时想不起在哪里见过。以为他是来找李暖星的，便笑着跟李暖星说："你朋友来了。"

李暖星以为是沐梓玲来了，心里还有些疑惑，她大半夜的赶稿子，怎么可能这会儿过来。一回头就看见了陆子期倚在墙壁上看着她。原来是他啊，她扒拉了两下头发朝他嘿嘿一笑。

“手机没电了，充了电才看到有一通未接来电。”陆子期说。

她给他打电话干嘛了，一上午因为爸爸要做手术她都处于高度紧张的状态里，愣了好半天的神才想起来她为什么要给陆子期打电话，急忙从桌子上的手提包里拿出钥匙递给他。陆子期接过钥匙后，又看了一眼李长生，对着他微微点了点头，便往外走了出去。

“小星，你是怎么认识他的？”李长生想了半天也没想出来在哪里见过他，于是好奇地问她：“他叫什么啊？”

“陆子期。”对于前面的问题，她一时半会也不知道怎么回答，总不能告诉爸爸她在做兼职的时候认识的吧。家里人最反对她上学的时候做兼职，她眯着眼讨好地朝李长生笑了好几下，想把问题糊弄过去。

李长生念了好几遍陆子期的名字，忽然恍然大悟地说：“许氏集团的副总是不是他？”

李暖星纳闷地点了点头，有些不明白为什么李长生这么激动。

这下李长生知道为什么他觉得陆子期有些熟悉了，原来是在财经杂志上看见过：“小星啊，你能不能帮爸爸一个忙！”

“什么忙？”李暖星问。

“咱家也是做服装设计公司的，你知道吧，能将暖星服饰做成许氏集团那样，一直是我这辈子的愿望，许氏集团的总裁许义山我这辈子肯定指望不上要他的签名了，但是陆子期的应该不难……”

“爸爸！”李暖星满头的黑线，她以为沐梓玲追星追的已经够过了，看到爸爸这样她才明白原来沐梓玲那根本不算什么。

“他现在应该还没走远，快去帮爸爸要签名！”李长生说风就是雨，似乎马上就能坐起来去找陆子期要签名。

“哎哎，爸爸你刚手术，不能起来啊。”李暖星急了：“好了好了，我去要签名，这就去要。”

李暖星从包里翻出笔跟本子，想着陆子期应该还没走太远，看了一眼李长生：“爸爸，我等下就回来啊，你千万不要乱动。”

李暖星出了门就看见陆子期坐在走廊的椅子里打着电话，她在他身旁坐了下来，低着头拿着手里的笔在本子上涂涂写写，好像是在打发时光。

“父亲近日都不会回集团，你先把要签字的文件放在我办公室，等我下午回去带到医院给他签字。”陆子期揉了揉眉心，有些疲惫地说：“你也不要太在乎别人的看法，我到底有没有意图架空许氏，不是他们几张嘴说说就能颠倒黑白的。”

“王叔，我知道你是为我好，可现在我还抽不出时间去整顿集团内部，婉云的病比以前更厉害了，父亲现在一门心思地照顾婉云，集团的事他根本都不想再管了。我能怎么办……”陆子期重重地叹了一口气，也不知电话那头说了些什么，他忽然站了起来，走到窗户边将窗子打开，深深吸了几口气：“那就让他们去说，正好我也想看看集团里到底有多少人是真的在帮父亲做事。”

陆子期也不管王叔在那头还在说些什么，直接将电话掐断了。他紧紧握住了手机，神情十分气愤。

李暖星抬起头时正好看见他气得青筋暴起的模样，紧抿着唇不敢跟他说话，有些犹豫还要不要让他给爸爸签名。

“你找我还有事？”陆子期将手机装进了口袋里，看着她问。

“没……没事。”李暖星觉得现在的陆子期让她有些害怕，站了起来灰溜溜地准备进病房去陪李长生。

“我看起来让人很害怕么？”这会儿陆子期已调整好了情绪，又恢复成温文尔雅的模样。

李暖星是个诚实的孩子，她点了点头，虽然听出他已经不生气了，可刚刚他怒气冲冲的样子还是将她吓住了。

陆子期没再跟她说话，只看了一眼她手上的本子。见她是在画素描，只不过他打个电话的功夫，她就已经将他的轮廓勾勒了出来。

“为什么要画我？”陆子期见她低着头就像个被训斥的小学生，有些怀疑方才是不是真的太凶，不由放低了声音问她。

“爸爸说，要你的签名。可是……光签名字没照片。有些不好看。我就想着画一幅出来你再签……”就像是小学生上课一样，老师问什么，她答什么。

从没听说过签名还可以这样，陆子期忽然笑了起来，从她手里拿过她的本子，在上面签下了自己的名字。还给她后摸了摸她的头：“要是那些不听话的人像你这样该多好，这样我能少操好多心。”

陆子期丢给她这句话后便往电梯的方向走去，李暖星歪着头很认真地想了想，她看起来像省心的人么？

拿着本子进了病房后，她翻了翻白眼，把本子递给了李长生。李长生心里那叫一个乐啊，摸着陆子期的亲笔签名笑得嘴角都快要裂开了。

“爸爸，咱能不犯花痴吗？”李暖星受不了了，忍不住地抱怨。

“等你接了爸爸的公司，你就知道爸爸为什么这么崇拜陆子期了。他才二十五岁，就做了许氏集团的副总，关键是集团里很多元老不服他，他还能将大权握在手心里……”李长生滔滔不绝地说着陆子期的奋斗史，李暖星听得十分认真，忽然想起刚刚在走廊里，看见陆子期对着电话紧紧皱着眉头的样子，好像有点明白为什么了。

“小星，你妈妈知道我出车祸后，没有犯哮喘吧？”李长生突然想起什么，赶紧问她。

被这一问，她才想起来根本没跟妈妈说他手术的事，所以没钱交手术的费用，那钱是谁交的？

“妈妈还不知道你做手术的事，我就怕她会犯病呢。”李暖星跟他说。

“好孩子，懂事了。”李长生笑呵呵地摸了摸她的头：“那做手术的钱是谁替你交的？”

“我一个好朋友，她替我先垫的。”李暖星想了一想，只有沐梓玲知道她爸爸做手术的事，钱一定是她先交的。想到这儿，她心里都觉得温暖到不行，拿出手机给沐梓玲编了一条特别肉麻的短信：玲子，你说你咋这么好呢，替我垫了医药费不说，还垫了手术费，呜呜，我要嫁给你！

短信才发完，电话就响了。

“小星，我没给你交手术费啊，医生都没说叔叔什么时候做手术，我连手术费的单子都没有见到。”一接通了电话沐梓玲就赶紧跟她说：“叔叔什么时候做手术，我才起来，准备去医院跟你换班照顾叔叔。”

“爸爸已经做完手术了，你要是太困就不要来了……”

“等着我来，一个小时后我就到了。”好像是怕李暖星拒绝她，也不等李暖星再说什么，啪的一声将电话挂断了。

李暖星看着暗下去的手机屏幕，不是玲子交的手术费，那还是谁呢，难道是陆子期吗？她悄悄看了一眼李长生，可能是术后很容易犯困，李长生躺在病床上已经打起了鼾。她轻手轻脚地退出了病房，拿出手机拨通了陆子期的电话，电话那头响了好久都没人接听，她只好挂断了电话。这会儿李长生睡得正熟，她又怕进去扰他清静，在走廊里慢慢地走着。

不一会儿手机又响了，她一看是陆子期的电话，赶紧按了接听。

“我妹妹才睡下，所以我的手机调的是静音，你的电话我没听见。你找我有事？”陆子期的声音低沉悦耳，传到她的耳朵里，让她忽然冒出一个奇怪的想法，要是陆子期有一天失业了，其实可以去做电台主播……

“喂？你在听么？”

李暖星瞬间被拉了回来，扒拉了两下头发，是不是跟沐梓玲在一起时间长了就会被传染，她怎么这么快就跑题了。她咳了咳：“我爸爸的手术费是你帮我交的么？”

“手术费？”陆子期似是没反应过来她在说什么，很快又说：“不是我交的。”

不是他么，那还有谁呢？李暖星这下也不知道是谁了，这年头还真有做好事不留名的人？

“陆先生，您要吃什么，我给您订餐吧！”

李暖星听见陆子期身旁的人在问他吃什么，想一想陆子期昨天又开车送自己回来，又借地方让自己睡，当下朝着电话那头喊：“陆先生你不要吃外面订的饭啊，我知道这附近有一家店经济又实惠，我请你去吃啊。”

这一喊，惹的走廊里几个小护士都回头看她，她不好意思地吐了吐舌头，一着急就忘记这是在医院了，她捂住嘴一副知道自己错了的模样，又悄悄对着手机说："陆先生，我在一楼的门口等你，不见不散哦。"

"好。"这会儿陆子期心情似乎不错，笑着挂了电话。

身旁的秘书见他刚刚看着最新决策书的时候脸色还不太好，现在才敢试着跟他多说几句话："陆先生，王副总的这个计划书您看……"

"天下熙熙，皆为利来，天下攘攘，皆为利往。我不信王副总不明白这样的道理，无缘无故肯给我们许氏让这么优惠地价格，不可能只是想做宣传这样简单。这份计划书做的根本不够详细，也不够明确。"陆子期拿起身边另一份计划书，摊开在李秘书的面前，指着上面罗列的一条条数据报告，一字一句地说："这才叫作计划书。"

李秘书已明白陆子期的意思，将王副总的计划书收了起来，停了半晌后又问："以后都由您替许总代签了么？"

陆子期揉了揉额头，点了点头："稍晚一些，父亲会亲自发邮件将我代理总裁这件事发到公司高管的邮件里。"

"陆先生，容许我多言几句。"李秘书微微弯了弯腰，在他耳边低声说："现在您代理总裁并不合适，集团很多人都在造谣您图谋不轨。"

陆子期才到许氏没有多久，内部的事他也早有耳闻，李秘书能对他这样说在他意料之中。他也知道李秘书能做这么多年，必然是许义山的心腹。如今许义山将李秘书给他用，言下之意再明显不过。他看了一眼满面认真的李秘书，轻声地说："父亲年纪大了，婉云又不知道能撑多久，我不忍心让父亲为了婉云操碎心，又要收拾集团里的烂摊子。昨夜父亲虽然什么都没跟我说，可是我闻到了他身上特别重的烟味。”说到这里，陆子期眼底划过一丝哀伤：“您跟着父亲的时间最长，许多外人不知道的事，您心里就跟明镜儿一样。如果父亲知道他辛辛苦苦创立的许氏集团，现在被一些别有用心的人想要瓜分，您说他会怎么想？”

李秘书一愣，对于集团的事他知道归知道，可从来不会参与进去，也不会多嘴地问出来。他一直都知道自己是个秘书，现在被陆子期一问，反倒是让他不知道该怎样回答他。

“他们想要做什么，我都清楚得很，可是我不动他们，不是因为我怕他们，只是因为父亲现在受不了这样的打击。”陆子期看着他说：“若是婉云的身子能好一些，或者父亲什么时候有能力去接受现在的许氏，我会毫不犹豫地让那些人卷铺盖走人。”

自从接触陆子期后，李秘书总觉得陆子期处事手段不如许义山那样老练，手段也不如许义山那么快准狠，所以在陆子期身边做事时，多少是觉得陆子期的能力尚且欠缺。可是如今听见陆子期的这番话，让他忽然有些明白为什么许义山这么放心地把许氏集团交给陆子期来打理了。

从陆子期的身上，李秘书仿佛看见了当年年轻气盛的许义山。

正在李秘书出神的时候，躺在病床上的许婉云身子微微动了动，有了要醒过来的迹象。陆子期做了个让李秘书出去的手势，在许婉云醒来后，无论集团里有什么大事，都会避而不谈，这是许义山与陆子期的一贯作风。

李秘书将带来的文件整理进文件夹，轻轻地退了出去。

许婉云睁开眼睛下意识地去找陆子期，结果看见陆子期拿着水果刀正在削苹果，整张脸垮了下去。自从生了病，她吃什么都会吐，唯有苹果能吃下去几口，所以许义山跟陆子期总是喜欢给她削平果。

“哥，我真的不想吃苹果了。”许婉云哭丧着脸：“求你了，我吃够苹果了。”

陆子期正要去劝她，就看见放在他手边的手机屏幕亮了起来，显示的是李暖星打来的电话。他将苹果递给了许婉云，许婉云不敢违背陆子期的意愿，不情不愿地拿着苹果象征性的啃了两口。

见她吃了点苹果，陆子期才接了电话。

“陆先生，您是不是在忙啊，我在一楼已经等了一会儿了，要是您在忙，我可以买了饭给您送上去。”因为李长生的手术进展得很顺利，李暖星的心情美得冒起了泡泡，跟陆子期说话时，语气也很轻快。

许是李暖星的快乐传染到了陆子期，他微微笑了笑，轻声说：“我现在就下去。”

听见陆子期要下楼，许婉云的眼睛一亮。她心里想的什么，陆子期不用猜都知道，板着脸严肃地看着她：“至少要再吃掉半个苹果，我才会走。”

“哥……”许婉云噘着嘴跟他撒娇。

“叫我哥也没用，医生说了你必须每天吃一些东西。”陆子期无视她的不情愿。

许婉云抱着苹果咔擦咔擦啃了好几大口，苦着脸把苹果吃下去半个。

“乖。”陆子期这才对她和颜悦色，将电视打开，调到了她喜欢看的综艺节目："只允许看半个小时，半个小时以后，要乖乖睡觉，知道么？"

"你快点走，啰唆死了。"许婉云知道他还没吃饭，猜测给他打电话的人是喊他一起去吃饭的，于是催他离开。

陆子期又把空调的温度调高了一度，摸了摸她的额头，见她没有发烧，这才放心地离开。

等陆子期出了电梯到了一楼时，就看见李暖星站在医院的门口等着他。门口有一大片阴凉的地方，李暖星却没有站在阴影处，而是站在阳光底下，今天的天气很好，阳光洒在她的身上，陆子期能看见她额头上有一层细汗。于是走快了两步，将口袋里的纸巾递给了她。

"你怎么不站到凉快的地方？"陆子期问她。

李暖星拿着纸巾擦了擦额头上的汗，朝他笑着说："她们都站在凉快的地方，我怕你看不见我嘛。"

陆子期看了一眼站在阴凉处的几个人，似乎对她说的话有一些无奈："这才几个人，我还不至于连你都找不出来。"

可是看见她这傻傻的模样，倒也觉得有几分天真。于是陆子期顺着她的意思又说："但你站在这里，我出了电梯就看见你了。"

李暖星用一脸'我说的没错'的表情看了眼陆子期，头抬得高高地往前带路。

从李暖星身上，陆子期仿佛看见了还没有生病的许婉云，两年前的时候，许婉云也喜欢站在大太阳底下等着他，无论天气有多炎热，她都没有改过这个习惯。以前他笑许婉云傻姑娘，可是现在听见李暖星这么说，心不禁疼了起来。

这世上最残忍的不是时间能使人变得不再青春懵懂，而是当你变得成熟、成为强大的人之后，却用尽全身力气都没有办法让你在乎的人平安健康。如果可以，他宁愿躺在病床上的人是他，可是能么，不能！

陆子期看着蹦蹦跳跳往前走的李暖星，依稀间好像又回到许婉云身子倍棒的时候，连看着李暖星的眼光都变得温柔起来。

李暖星带着陆子期走的是皇夏医院后面的老胡同，胡同里种着年份已久的梧桐树，此时正值夏季，枝繁叶茂，两人走在树荫下，倒也没觉得有多热，陆子期忽然想起当年他在国外念的理工大学也有这样大片大片的梧桐……

李暖星忽然转过头看着陆子期，从口袋拿出一个东西，挠了挠头发，有些不好意思地说："我差点忘记把这个给你了。"

他低头去看，才看清她手里攥的是一个红绳编织的如意结。

"是我自己编的，你妹妹不是生病了么，讨个吉利。"李暖星见他神情微愣，以为他看不上这样的小玩意，于是讪讪地收了手，准备把如意结装回口袋里。

陆子期却按住了她的手，将如意结从她手里拿了过来："谢谢你的好意，我回去就把这个如意结给我妹妹。"意识到刚刚自己的失态，他对她解释："刚刚我只是没想到，你会编这种东西，所以有点出神了，抱歉。"

"没……没事。"李暖星没想到陆子期竟然会为了一个如意结跟她道歉，这会儿倒有些不好意思起来。干笑了两声，又继续往前走去。

到了李暖星说的饭店，陆子期才知道她说的便宜又好吃指的是什么。

低头看了一眼老板娘端上来的蛋炒饭，他拿起筷子吃了起来。本来指着能吃饱肚子就行，可是等吃到嘴里，才知道这炒饭味道很是不错。

“是不是很好吃？”李暖星献宝一样：“虽然我没去过皇夏医院，可是这家饭馆我都来了好几回了，就是冲着这个饭来的。”

为了一个蛋炒饭坐公交车一个多小时，这是很有毅力的人才能做到的。陆子期点了点头，对这家餐馆做的饭表示认可。

“要不是你帮我这么大的忙，我才不带你来这里吃呢。”得到陆子期的肯定，李暖星开始骄傲起来：“这是我跟沐梓玲的聚集地。”

离开大学也有了好几年，他都快忘记了大学生活是怎么样的情形。只依稀记得当年上大学的时候，也曾跟着朋友经常一起去一家小餐馆吃饭，倒不是说味道一定会有多好吃。只是因为两个人关系好，才会跑这么远一起吃饭。

李暖星肯将她跟朋友聚会的小餐馆介绍给他，倒是让他有些意外。就好像本来是只是两个人的聚集地，现在多了他一个。

他愿意帮助李暖星，纯属是个顺便的事情，没想到她会放在心上。愿意接受她请的饭，只是因为不想让她觉得欠他一个人情。现在她把跟好朋友聚会的地方告诉了他，让他觉得有些盛情难却。

毕竟他在社会闯荡了好多年，也算看透人情冷暖，对大学里还没毕业的女孩子，终归觉得有些代沟。总觉得她们天真烂漫，跟他也没什么话题可以聊。

于是吃完饭，他下意识地想要拿钱包结账，然后回医院去照顾许婉云，李暖星看见他要拿钱包，赶紧按住了他，很认真地说：“都说了是我请你了！”

陆子期的手微微一顿，第一次出门跟女人吃饭是对方掏钱付账，还不习惯女人买单。

等李暖星将钱付完，两个人回到医院后，她支支吾吾了半天，终于把最想问的问题问了出来：“陆先生，我爸爸的手术费，真的不是你出的啊？”

怪不得要请他吃顿饭，其实最想问的就是这个吧，陆子期看着她骨灵精怪的样子，嘴角微微扬了起来，跟她一字一句地说：“真的不是我垫付的手术费，你父亲做手术的时候，我正在照顾我妹妹。”

不是他啊，李暖星哦了一声。眼神里带着些疑惑，不是他，不是沐梓玲，那还能是谁呢？她还没傻到以为有人给她垫付了医药费之后，还会悄悄离开。

许是看出她的疑惑，陆子期又说：“也许是家里的人呢？”

“不可能是家里人，我妈妈身体不太好，爸爸出车祸的时候我就没有通知家里面的人。”李暖星立马否定了这个可能。

陆子期还想说什么，手机铃声就响了。电话按了接听键之后，陆子期的声音变得又轻又柔，虽然听不到对方说什么，可是听见陆子期哄着电话里的人再吃点水果之类的话，就猜到应该是他口中的那个妹妹了。

等陆子期挂了电话，李暖星小心翼翼地问了一句：“你妹妹住院很久了吗？”

提到许婉云的病，陆子期神情黯然，点了点头。

“严重么？”李暖星又问。

“我们正在努力地救她。”陆子期没有说严重还是不严重，只告诉了她这么一句话。许婉云的病情很不乐观，医生说多活一天是一天，可是他就是不肯接受现实，找了很多专家，得到的结果都大同小异。

提及许婉云的病，陆子期叹了一声气，他不在的时候，许婉云总是不吃东西，也不肯休息，不管是谁劝她，都丝毫没有作用。

刚刚的电话就是许义山给他打的，让他赶紧回去。似乎是怕陆子期觉得他在骗陆子期回去，又把电话拿给许婉云，陆子期一听见她撒娇的口气，就知道她肯定又不吃东西了，只好在电话里先好言好语地哄劝几句。

“我得先上去了，你父亲的事没什么问题，应该养好了就能出院了。”陆子期心里担心着许婉云，对李暖星说完这句话之后，就快着步子朝电梯的方向走去。

下午的时候，沐梓玲顶着一头乱糟糟的头发站在了李暖星的跟前，本来说好是给她打了电话一个小时之后就会赶过来，结果路上堵车就堵了一个多小时。再过来的时候，李长生又睡过去了。

“对不起啊，我真的不是故意要来晚的。”沐梓玲对她傻笑了一下，说话都变得没有底气。李暖星是她是最好的朋友，以前她都吃李暖星的蹭李暖星的，等李暖星有了困难需要人帮助的时候，她却窝在家里写稿子。越想，越觉得对不住李暖星，头低都快让李暖星找不到了。

“玲子，你帮我想想会是谁帮我交的手术费，我没有你聪明，想了半天也想不出来谁会帮我交了钱还能不告诉我们。”跟沐梓玲是好朋友，知道她的愧疚心又开始作祟，于是找个话题把她的注意力转移到别的事情上。

结果两个人坐在医院走廊的长椅子上商量了两个多小时，直到李长生又睡醒了，依然没有什么结果。

钱不是白拿的，来历不明的钱让李暖星如坐针毡。下午七点时，赵逸辰来病房给李长生做术后检查，李暖星趁着这个时间抓住赵逸辰就问是谁给她爸爸交的手术费。

赵逸辰也是一头雾水，头一次知道还有人替别人交手术费不留名的。但是想到李暖星是上面特意要求关照的女生，于是答应她，会帮她查一查缴费记录。

第四章　岁月不饶人

有些事情，总是不能细想。一旦触及往事，纵然不会让人泪流满面，却也会觉得现实不忍直视。

晚上的时候，李暖星知道了结果。缴费的人刷的是银行卡，上面写的是许义山的名字。看到这名字，李暖星愣了愣，她跟许义山并没有交情，他会帮她交钱，完全在她意料之外。

正在她迷惑的时候，赵逸辰猛地一拍脑袋，哎呀了一声。

李暖星转过头看着赵逸辰，有些懵懂。

“你不是认识陆子期么，许义山是陆子期的父亲。”经赵逸辰这么一提醒，李暖星就更迷惑了，她跟陆子期根本就不熟，许义山压根犯不上帮她交手术费。

“麻烦您帮我把这张照片传给我，我去找许义山，把钱还给他。”她看着赵逸辰，眼睛清澈的如一潭清泉，能倒映出赵逸辰的身影。

“许义山是咱们这儿的首富，估计也看不上你这两三万块钱，兴许他看你跟陆子期认识，刚好顺手付了医药费呢？”其实不是赵逸辰不给她这个照片，而是他知道，就算她去找了许义山，许义山也不见得会见她。

许义山为了许婉云的病，几乎已经放下了许氏集团所有的工作，现在除了医生专家之外，任何人都不会见。

“他见不见我是他的事，可是我总该去谢谢他的。”李暖星抬头去看赵逸辰，目光有一股执拗。

赵逸辰没有办法，只好把照片传给了李暖星。李暖星转过身子，又跟沐梓玲交代了李长生醒来之后怎么照顾他的事，才拿着手机往电梯里走。

还没走几步远，沐梓玲忽然想起什么，小跑到她身边低声问：“你知道许义山在哪里么，这么冒失地过去，会不会打扰了人家，别到时候好心办了坏事，让人讨厌就不好了。”

沐梓玲虽然平时精神大条，可在关键时候，却显得体贴周到起来。

李暖星点了点头，就算不知道许义山住在哪里，可是她有陆子期的电话。陆子期是许义山的义子，所以有足够的理由去相信，如果她打电话找陆子期问许义山的事情，陆子期应该能告诉她一些。

沐梓玲看见她这么笃定能找到许义山，也不再说什么，转身去了李长生的病房。

她进了电梯，低头找陆子期的电话号码，打了过去。

中午吃完饭回来后，她亲眼看见陆子期接了他妹妹的电话，然后进了电梯。现在都过去了四五个小时，也不知道他现在走了没有。电话是通的，可是陆子期却一直没有接。李暖星有些急了，别人的钱握在自己手里，她总觉得不安生，希望能快点把钱还回去。

电梯叮的一声开了，是五楼到了。她出了五楼，站在长长的走廊里，不知道这么去找陆子期对不对。五楼的休息室她来过一次，这次算是轻车熟路。

走到门口的时候，陆子期终于接了电话。

“有事么？”电话那头的陆子期似乎是在赶时间，一接通了电话，立刻出声问她。也许是遇见了什么不好的事情，他的语气里有些冷，不似李暖星平时听见的那般温和。

听见陆子期的口气不太温柔，李暖星的手心里不知不觉就出了一层汗，可是她还不至于忘记给他打电话的目的是什么。

“你父亲帮我交了手术费，我想把这个钱还给你父亲，但是找不到他的联系方式……”

“是我父亲帮你交的手术费？”陆子期重复了一遍李暖星的话。

“是的。”李暖星十分确定。

“你从哪里知道是他帮你交的？”陆子期问。

“我托赵医生帮我找的缴费记录。”李暖星说。

“你现在在哪里？”陆子期又问。

“在上次你让我来看的五楼休息室门口。”陆子期简短的几句话，让她意识到很可能他正在忙，于是赶紧又说：“要是你在忙，我就过会儿再打给你。”

“你先好好休息一下，我两个小时之后要去医院照顾我妹妹，到时候我再联系你。”

“好的。”李暖星说。

陆子期对李暖星说完这句话，直接挂了电话。继续对着正在听他开会的几个下属说：“今天的会议先到这里，回去之后就跟你们的部下说清楚，以后要按照我的方式来签署交易合同，否则出了纰漏，一切责任由签署合同的员工负责。”

陆子期之前一直是副总，以前开首脑会议的时候，虽然每次都会到场，却一直坐在许义山的身边做旁听。可是这一次开会，许义山却没有到场。

集团总裁没有到，开会的人变成了陆子期，这意味着什么，大家都心知肚明。

会议快结束的时候，有人站了起来："陆总，之前我们都按许总的模式来签合同，从来没有出过任何问题。现在忽然要改签合同的模式，难免会有些不适应，可能会因此导致工作进度缓慢，到时候……"

"工作进度是很重要，但制度却不容忽视，好的制度可能刚施行起来的时候有些困难，可是顺了之后，反而会促进工作的进行。"陆子期没有说下属说的话有什么不妥之处，语气里却流露出不容置疑。

"这……"

下属还想再说什么，陆子期却已经站了起来开始收拾桌子上的会议材料，一边开口说："以前负责许氏集团的人是我的父亲，现在的负责人是我。父亲要全心全意照顾婉云，我要全心全意照顾许氏。如果你们对我有任何意见，可以直接给我父亲发邮件。"

几个下属互相看着彼此，似乎在通过眼神交流着什么。

"你们应该知道，眼下我父亲最相信的人是谁。"陆子期并不打算跟他们绕弯子，开门见山地说："在你们做决定前，先考虑好能不能承担得起做了事情之后的结果。"

说完这番话，陆子期拿着会议的资料直接出了会议室。

李秘书跟在他身后，赞赏地点了点头。

进了总裁室，陆子期将会议资料放在桌子上，双手撑在办公桌上，揉了揉太阳穴。现在父亲刚把大权交到他手上，今天只是第一次高层例行会议，就已经开始有人拿着父亲来打压他，虽然之前他已经有了准备。只是事情发生时，他还是有些不舒服。

伸手将领带扯了扯，眉头微蹙。

李秘书进了总裁室，看见陆子期正拿着杯子大口大口地喝水，将早上整理好的要他签名的文件递给他。

陆子期放下杯子，拿起文件看了看。只用了短短十分钟，将文件迅速归纳整理好，最后在几个文件上签了他的名字。将剩下的文件又交给李秘书，神情十分严肃："下次要是再把这些文件交上来，就让那些连字都懒得签的高层走人。"

"他们是不是因为换了老板，所以行事谨慎了？"李秘书不懂里面的弯弯绕，摸了摸头。

陆子期叹了一声，继而解释道："要真是这样就好了，他们是联合起来给我一个下马威，想让我知道，整个集团，只有我的父亲支持我。"

一席话，令李秘书立刻紧张起来，会议纪要他擅长，可是钩心斗角他就不在行了。

"那我们怎么办？"李秘书问他。

"您放心，既然父亲敢把集团交给我，就说明这些人我可以应对。"看出李秘书的顾虑，陆子期出言安慰。

跟着陆子期做了几天的事，李秘书看出他年轻有为，胆识过人，见他这么自信，心里也有了底，于是拿着陆子期签好的文件，出了门。

坐在空荡的办公室里，陆子期看着透过落地窗的阳光洒在厚厚的卡其色地毯上，神情微微有些恍惚。以前许婉云没有生病的时候，她经常来这间办公室玩。当时在办公桌的右边放着一张贵妃榻，许婉云经常躺在塌子上看书。

每次许婉云都会跟许义山抱怨，总说许义山虐待他。别的人像他这么大的时候，还在外面逍遥快活、花天酒地，可他却被许义山要求来集团上班，跟着许义山一起处理集团的事物。

许义山疼爱许婉云，多次抱怨之后，当许婉云再来办公室的时候，许义山就不再让他工作，而是让他陪着她一起玩。

许婉云只比他小五岁，性格却像孩子一样。他就算不工作，也很少能像她一样玩起来没个时间限制。总是隔一阵子就会看一下表，这个时候许婉云就会嘟囔着他像个小老头。

后来她身体渐渐不行了，来办公室的次数越来越少，许义山看见那张贵妃榻也会忍不住落泪，索性最后让人搬了出去。那天他刚好出去办事，回来时没有看见贵妃榻，心里说不出的难过。

现在许义山全心全意地照顾许婉云，这两天又把所有的权力都交给他。他才又动了把那张贵妃榻再搬回来的打算。

门在这时候被人敲了敲，他收了思绪，喊了一声请进。

进来的人是穿着蓝色工装的搬运工人，身后跟着李秘书。李秘书一直跟随在许义山身边，也是看着许婉云长大，自然知道这张贵妃榻意味着什么，于是连说了好几声小心轻放，让搬运工人将贵妃榻放在了办公桌的右边。

当人都退出去的时候，陆子期还恍恍惚惚的，好像那张贵妃榻就一直摆在那里，许婉云也从来没有病过。

明月几时有，把酒问青天，不知天上宫阙，今夕是何年，我欲乘风归去，又恐琼楼玉宇，高处不胜寒……

手机铃声清脆悦耳，是许婉云曾经拿着他的手机专门给她设置的专属铃声。

他这才想起来还要去医院看她，最近因为她生了病，加上所有的专家给的结果都是不容乐观的，只要一闲下来，他就会时不时地走神。他深吸了一口气，缓了缓情绪，才按了接通键。

“你什么时候来啊？”许婉云在电话那头对他撒娇。

“这就准备出门，你吃过饭没有？”陆子期取了车钥匙，将总裁室的门关上。

“每天都是那几样饭菜，早都吃腻了。”许婉云哼哼了两声，正抱着手机准备跟陆子期大吐苦水，坐在一旁的许义山见她有了一点生机，连忙将刚刚削好的苹果递给她，想让她在这个时候能吃一点东西。许婉云瞪了一眼许义山，摆了摆手，说什么也不肯吃。

许义山拗不过她，只好拿陆子期威胁她：“你要是一口都不吃，那你也别想陆子期过来看你。”

陆子期刚将车子开出去，听见电话那头许义山不再用平时宠着她的口气说话，就猜到她下午什么都没有吃了。于是顺着许义山的话又说：“你知道的，我是听父亲的，父亲如果不让我来看你，那我是不会去的。”

“好，好，从小到大，你都站在爸爸的那边。就爸爸对你最好啦。我现在就吃，总行了吧，你快点过来吧。我一个人无聊死了。”许婉云拿着许义山递过来的苹果，咔擦咔擦啃了好几大口，对着电话嚷嚷着说：“听见了吧，我在吃东西呢。”

“你乖一点，再有二十多分钟我就到了。”听见她吃东西，陆子期的心放下了一大半。

到了医院，陆子期又哄着许婉云吃了一些东西，陪着她说了很多话，聊了快两个小时，从小时候她怎么淘气到她上大学的时候翘了多少课，一边说一边给许婉云做动作，学她翘课时偷偷摸摸的样子。逗得许婉云哈哈大笑，最后笑累了，歪着头沉沉地睡了过去。

陆子期将被子小心翼翼地盖在她身上，轻轻地退出了房门。

许义山在外面并没有走远，站在走廊里听着他们二人的聊天，眼眶变得通红无比。陆子期出了门，正好看见许义山将眼镜摘下来，拿着帕子擦着眼睛。

“父亲，现在的医学技术一天比一天进步，婉云的病迟早能治好的。”知道许义山心里不好过，陆子期想来想去，只说出了这一句话。

国内的医生大多数都是许义山联系的，许婉云的病情恶化到什么程度，许义山比他还要清楚。

许义山站在走廊里，一向说一不二，商场上所向披靡的男人，此刻却显得不堪一击。过了好半晌，他才走到陆子期的身旁，拍了拍他的肩膀，语重心长地说：“我信你，所以把许氏集团交给你。婉云信你，所以时时刻刻都想要你陪着。我老了，那些风风雨雨的，我也扛不动了。所以，婉云跟许氏，我都拜托给你了。”

自从婉云生了病之后，许义山仿佛一夜之间迅速苍老，鬓角也出现了清晰可见的白发。

“好。”陆子期不忍再看许义山这样的神情，答应了他。

只要是陆子期答应的事情，从来都是说到做到。许义山吃了定心丸，脸色才稍微好看了一些。

“父亲，我还有一件事想要问您。”陆子期忽然又说。

“什么事？”许义山看着他说。

“李暖星您认识么？”陆子期紧紧盯着许义山，似是要从他的表情里发现什么。

“不认识，怎么了？”许义山反问他。

"她的医药费是您交的！"陆子期说。

"不错，有什么问题么？"许义山对此事毫不隐瞒，看着陆子期说："听李秘书说你跟一个丫头吃过饭，而且还把楼上的休息室借给她睡了一晚上，你们不是熟人么？替你的熟人交了手术费，不过是顺手的事情，值得让你这么费心思，要特意问一下？"

许义山说此话时，语气并不怎么好。

陆子期还想问什么，都只能就此打住。许婉云的病已经让许义山心烦意乱，他不该在这个时候再给他添堵。

许义山看了眼手腕上的表，许婉云病情恶化，就是睡着了也会很快醒来。他要在她醒着的时候确保能在她身边看着她。于是趁着稍微能喘口气的时间，看着陆子期问："集团的事情怎么样了？"

"接手得很顺利。"最近许义山老态龙钟，为了许婉云操碎了心，他自然是能隐瞒一些事就隐瞒一些事。集团的事他目前能够处理好，自然不会再让许义山出山。

许义山嗯了一声，表示对陆子期很赞赏，又说："你也去休息一下，晚上我跟你换班看着婉云。也不知道是不是我年纪大了，连个夜都熬不动了。以前加班加点地工作，都没觉得累，现在稍微睡得晚一些，第二天都起不来。"

许义山一边说着话，一边伸手在腰上捶了几下，感叹了一下："到底是岁月不饶人啊。"

陆子期一直都知道许义山的腰不好，坐的时间稍微长一点，腰就会酸疼无比。今天下午因为要处理集团的事，许义山一直坐在床前陪着许婉云，他的腰自然不会好到哪里去。陆子期站在他跟前，微微弯下腰，替他轻轻捶着腰。

许义山浑身一震，有些惊讶地看着陆子期。这些年他将陆子期当作亲生儿子一样养了二十多年，可是陆子期一直不肯与自己亲近，从记事起就一直叫他父亲。听听，多么书面化的词。在外人眼里，陆子期能干、优秀、又肯孝敬他，可是这些又有什么用，都是些表面的东西。陆子期一直跟他隔着一个沟，毕竟不是自己亲生的。他这腰不好，好多年的老毛病了，以前不是没在陆子期面前抱怨过，可是陆子期从来都只是听听，要么就是让他去看医生。却从来没像今天一样替他捶过……

“子期啊，等婉云身体好点了，我们一家好好出国度个假，好不好？”许义山眼眶有些湿了。

正在替他捶腰的陆子期微微一顿，半晌说了一个好字。自打他有记忆的时候开始，许义山一直都连名带姓地叫他陆子期，好像是生怕他不知道他是姓陆的一样。叫他子期，是他二十几年来听见的第一次。一家人，他喜欢听这个词。

病房里传来一阵咳嗽声，是许婉云醒了。

“去休息一会儿吧，等我扛不住了就叫你。”许义山对他说。

“好。”知道许义山是怕婉云时日不多，才会时时刻刻都陪在婉云身边，陆子期也不再像以前那样劝他注意身体，只是考虑他的身体会吃不消，又说：“您别硬扛着，我跟婉云都还需要你呢。”

许义山对他摆了摆手，往婉云的病房里走去。

陆子期站在病房外看着走路有些蹒跚的许义山，神色微微有些难过。许义山曾对他严厉苛刻，以前贪玩的时候，许义山会拿着竹条抽他的手掌心，小时候总想着，要是有一天长得比他高、比他壮就好了，这样他就不会再抽自己的手心了。结果一年又一年过去，他的个子比许义山高出了很多，也终于比他强壮了。却又希望再回到当年他还是个瘦弱少年的时候，这样，许义山还很高大威严，婉云还活泼得像个小兔子。

有些事情，总是不能细想。一旦触及往事，纵然不会让人泪流满面，却也会觉得现实不忍直视。

以前总觉得天塌下来也没什么大不了，办法都是人想出来的，他会努力想出方法去面对一个又一个的难题。所以在国外生了一次大病，差点死掉的时候他没有觉得无助。接手许义山满是问题的许氏集团，他没有觉得艰难。可是却在许义山跟婉云的身上，让他感到无力。

就算你有再殷实的物质，就算你有再大的权力，可面对生老病死，你唯一能做的，也只有看着他们老去、死去，最后只剩下你。

他本来就是个孤儿，听说母亲生他的时候难产而死。他有个父亲，活不见人，死不见尸。所以他很早就被送到了孤儿院。他找了那么多年，却始终杳无音信。本该是跟他最亲近的人，在他的世界里，陌生的就像一个符号。不知道他们长什么样子，也不知道他们的姓名，这个陆氏，还是因为当时一块刻着陆字的玉佩而有了姓。

也许最近许义山跟婉云的变化太大，让他不禁又想起当年那些不愿意提起的往事，他拿着手机又给医院的院长打了一个电话，问最近有没有可以跟许婉云的肾匹配的人。院长在那边说了一些一直在努力寻找肾源之类的话，他就明白肯定是还没有找到了。

挂了电话之后，才发现手机有一条信息，是李暖星发的，问他大概几点会来医院。他很快就拨了回去，电话响了不到三秒钟，就立刻被人接通了。

“陆先生，您现在在哪里啊。”李暖星问他。

“你到五楼的休息室来，我在休息室里等你。”片刻的功夫，陆子期已缓了过来，温和地对李暖星说。

“好的，我马上就到，您稍微等我一下。”李暖星很快挂了电话。

陆子期刚要说让她不要着急之类的话，电话就已经传来嘟嘟的挂断声。他将手机装进口袋里，往电梯的方向走。

到了休息室，他才刚进了房间，就听见门铃声。打开门，看见李暖星正喘着气，可能是一路小跑来的原因，她额头还有一层汗。

工作的习惯，让陆子期习惯等对方先缓过来再谈事情。面对李暖星，他不知不觉地就将工作上的习惯带了进来，对李暖星微微让了一让，示意她先进来说话。

李暖星朝他嘿嘿笑了笑，连忙摆手，大喘着气说：“我就不进去了，来就是想让您帮我把钱还给许先生，顺便替我转达一下谢意。”

她是个实在人，中午的时候就已经将三万块从银行里取了出来，装进她的包包里，为了怕遭人惦记，还把钱用纸巾包好。从包包里拿出来给陆子期的时候，清一色都是白的。

陆子期没见过这么还钱的，稍稍愣了一下。李暖星有些尴尬地挠了挠头，跟他解释了一下：“现在的坏人这么多，要是被人发现我装这么多钱，被偷了怎么办。”

要是真被贼惦记上了，就是包再厚的纸，也是无济于事。可是看着她这么认真的样子，陆子期就没把这番话说出来。虽然跟李暖星认识没两天，但是从她的言谈举止上可以看得出来，她单纯的就像是一张白纸，社会给她什么颜色，她就会染上什么颜色。陆子期跟李暖星只有吃过饭的交情，她却把三万块就这么放心地交给了他，这么相信人的性格，不是天生太笨，就是被家里人保护得太好，李暖星明显是属于后者。

在李暖星身上，陆子期忍不住就把她往许婉云的身上靠，两个人年纪相仿，性格也相似，就连说话的口气都如出一辙。面对这样的女孩子，他不自觉得把声音放得又轻又柔，好像在他面前的人不是李暖星，而是许婉云。

“不用数了，我父亲帮了你这么大的忙，你也不至于少了我父亲的钱。”看着李暖星在门口拿着钱，一张张地数给他看，陆子期说。

“亲兄弟还得明算账呢，当面点清才对。这是两千，你数一下看对不对。”李暖星给陆子期刚刚数好的钱，让他再数一遍。

陆子期拿她没有办法，对她说：“这里到处都是监控，你确定要站在门口点钱？”

一直都知道医院有监控，却在点钱的时候忘了这茬，想到刚刚她就站在走廊里把包包翻开拿钱的样子，都可能被监控通通录了下来，这么市侩的模样让她的脸憋得通红通红的。

这模样，像极了许婉云遇到尴尬的时候才会做出的表情。每到这种时候，陆子期都会去摸摸许婉云的头。这时候他不自由自主地就去摸了摸李暖星的头，亲密的举动让李暖星睁大了眼睛。

等到李暖星反应过来后退了几步的时候，他才反意识到他这种举动有多么不合时宜。就算李暖星再怎么像许婉云，可李暖星就是李暖星。

“抱歉，你跟婉云太像了。以前我就是这么摸她的头的。”看着李暖星满是防备的眼神，他赶紧跟她解释。

听到是这个原因，李暖星才收起了戒备的眼神，哦了一声，又指了休息室，跟他说："要不，我们进去数如何？"

这么执拗的性格，陆子期还是第一次见到。都说了不用再点这些钱了，就算真的少了，也没有什么关系。三万块钱对于许义山来说根本微不足道。可是李暖星摆出一副不当着他的面把钱点清就誓不罢休的姿态，让陆子期不得不侧了身子让她进了休息室。

李暖星进了休息室，不再有任何顾忌，当着陆子期的面，把包包里的钱一股脑儿都倒在了沙发上，然后盘腿往沙发上一坐，一边点一边数着数儿。点钱的姿势看着倒是很专业，像极了他们集团的出纳。陆子期站在一旁静静地等着她把三万块一张张地点完。见她十分利索地将钱又按四十张一叠重新整理好，熟练的程度跟集团的会计不相上下。

"你专业是学什么的？"他问。

"会计。"李暖星将钱已经全部整理好："喏，总共三万块。"

"选的专业挺好，适合女生做。"陆子期说："我会把钱替你给我父亲的。"

"谢啦。"李暖星如释重负，钱已送到，她还得回去照顾她爸爸，于是跟陆子期随便又说了几句就匆匆说了声再见。

休息室里，陆子期看着那三万块，有些出神。

第五章　云泥之别

“像我哥这样的男人，不可能跟你很熟悉的。”许婉云对她嫣然一笑，语气里倒没有瞧不起的意思：“一个平时穿着云天的人，怎么可能跟穿着杂牌衣服的人很熟悉呢。”

到了半夜，许义山必须要休息一下，才给陆子期打了电话，让他跟自己换班。陆子期将三万块装进了公文包里，在见了许义山的时候亲自交给了他。

许义山打开公文包看了一下，问了钱的来龙去脉。知道是李暖星还的时候，神色微微有些变化。陆子期敏锐地察觉到，在门口压低了声音问着许义山：“父亲，您有没有瞒着我做了一些不该做的事。”

“你说的这像话吗！我是你爸爸，这就是你跟爸爸说话的态度？”许义山横眉冷竖，狠狠推开了陆子期，将公文包提着往电梯的方向走。

许义山做事一向沉稳，甚少有这种发怒的时候，像是在阻止他继续追问什么。陆子期三两步追上了许义山，赶在他进电梯前拦住了他。

“父亲，自从婉云病了之后，我越来越看不明白您了。以前您不管做什么事，至少从不瞒着我跟婉云，可是现在您做的很多事，都是我不清楚的。”陆子期目光直视许义山：“您从我很小的时候就教育我，做人要行得正、做得端，才能顶天立地。我一直按您的教诲来做事，可是您现在在做什么？”

“我在做什么？”被陆子期一个反问，许义山声音高了一个分贝，很快意识到这是在医院，声音又压了下去：“我这辈子就只有两样东西最重要，许氏跟婉云，我把许氏给了你，就只剩下婉云。你还问我在做什么，我现在做的一切都是为了婉云。”

“父亲，专家已经在尽力找肾源了。”最近许义山的行动太缜密，他也查不出蛛丝马迹，只是偶然间听见许婉云说也许很快就能找到肾源，他才反应过来有一些不对劲。晚上的时候他给院长打电话，院长根本就没有提肾源的事。而许义山在婉云跟前，从来只说极有把握的事，那肾源从何而来。

“你想说什么就直说，你是我养大的，用不着学外人那一套。”许义山冷哼了一声。

“我们现在只能等。”陆子期说。

“等？”许义山现在最不想听的就是这个等字，就算他能等，可是婉云也等不了了，他看着陆子期气不打一处来：“就算她不是你的亲妹妹，可是你在她心里比我都重要，你忍心看着她死在你跟前么？那些外人拿这话来气我，现在连你也气我。”许义山有很严重的心脏病，医生不止一次建议他要静养，可是婉云一生了大病，他鞍前马后照顾婉云，几乎没睡过一个好觉。现在又被陆子期气到，顿时有了昏厥的现象。

陆子期连忙拿出手机就给院长打电话，语气都在颤抖，婉云已经出了事，要是许义山再有什么事……他简直不敢再想下去。

好在院长来得很快，知道许义山心脏病是老毛病了，顺便把药也带过来给许义山服下。许义山吃了药，跟陆子期一句话都不愿多说。拿着公文包里的三万块钱就要开车回去。刚刚许义山的样子把陆子期吓坏了，坚持要开车送他回去。

在许义山心里，许婉云比任何人都重要，要是两个人都回去了，那谁来照顾婉云。面对陆子期的强硬，许义山比他还要硬气。最后两个大男人，就跟看着仇人一样看着彼此。这可急坏了站在中间的院长。

“要不……让李暖星过来照顾一下婉云？”院长左右为难，最后出了一个折中的主意：“她跟婉云年纪差不多大，应该能聊得来。”

许义山没说话，但是脸色微微缓和了一些。

陆子期知道他这是默认了院长的话，为了许义山的安全着想，他明知道打这个电话不合时宜，却还是硬着头皮打了过去。

电话响了好几声都没人接，陆子期看了看时间，都已经凌晨三点了，这个时间，估计这小姑娘也该睡了，他微微有些着急，要是李暖星不能来照顾婉云，他实在想不出还有谁能来帮忙照顾婉云。就在他要按挂机键的时候，就听见听筒里传来一个好像还没睡醒的声音。

“喂。”李暖星才把李长生伺候着睡下，趴在床头迷迷糊糊地睡了一会儿，电话忽然响了。怕把李长生吵醒，她连看都没看直接接了起来。

“对不起，我打扰到你了。”陆子期从来没求过人，这会儿有事拜托李暖星，有些不自在。

李暖星听着这声音有些熟悉，看了眼来电显示，见是陆子期的名字时，她立马就醒了。拿着手机蹑手蹑脚地往病房门外走去。等走到确定不会把李长生吵醒的距离时，才对着电话说：“没事儿，我也没睡呢，你需要我的帮助么？”

能这么晚打电话找她，肯定是需要她帮忙的。陆子期帮了她这么大一个忙，许义山又提前帮她把手术费交了，这么多人情债，她不是把钱还了就完事儿的，要是能帮他们，她心里也舒服点。

李长生的伤又不重，不可能到这么晚还没睡。知道李暖星在撒谎，陆子期为她的通情达理感到愧疚。这么晚打扰一个小姑娘，他活了这么多年，还是第一次做出这样的事，可是眼下他又没有别的办法，只好将来意告诉了李暖星。

她还当是什么大事，原来就是照顾一下他的妹妹。她还没见到许婉云就跟陆子期打了包票，说一定能照顾好她。电话挂了之后，她又看了一眼李长生，见他的仪表都很正常，才留了一张字条给他。告诉他她去楼上照顾陆子期的妹妹，可能要晚点下来。

等李暖星到了许婉云住的那层楼时，许义山仍旧没什么好脸色，只是在看见李暖星的时候微微点了一下头，说：“婉云就先拜托你了。”

“放心吧，我妈妈身体不太好，我经常照顾她的，照顾人我可有经验了。”李暖星拍了拍胸脯。

许义山对陆子期还有着气，跟李暖星说完话就去电梯等着，陆子期也知道刚刚确实气到了许义山，这会儿就如同犯了错的孩子一样，低着头往电梯的方向走。李暖星挠了挠头，一时没弄明白是什么情况，忽然听见许婉云在病房里喊了一声口渴。

电梯在这个时候来了，可是许义山听见许婉云醒了，下意识地就想去照顾她，腿才往病房的方向迈出了一步，就被陆子期急忙拦住了，许义山刚刚消下去的气这会儿又立刻涌了出来，正想要训斥陆子期，就听见陆子期说："父亲，你真的需要休息一下，要是婉云看见你这么憔悴，她心里也不好受。您今天晚上好好休息一下，等明天再来照顾婉云。您放心，我送你回家之后就会立刻赶过来。"

"是啊，要是我生病的时候看见爸爸也身体不好，我也会难受的。"似乎是猜出他们两个为什么起争执，李暖星忽然出声道，然后又对着他们两个人说："我去照顾婉云啦。"

看见一个小姑娘都这么懂事，而陆子期却偏要跟他反着来，许义山冷冷地哼了一声，往电梯里走。

陆子期跟在他身后也进了电梯，站在电梯里，陆子期拿着手机给李暖星发了一条信息：今天晚上麻烦你了，改天我请你吃大餐。

病房里，李暖星正把保温瓶里的水倒出来，拿着两个杯子凉着水，听见手机叮的一声响了，知道是什么人给她发的短信，想着等把许婉云的水凉好了再去看短信。当她把水端到许婉云的旁边时，就见她许婉云指尖飞快地在她的手机上打着字，她有些纳闷地看着许婉云，不是说她生了很严重的病么，怎么看起来好像很精神啊。

许婉云知道李暖星再看她，对她招了招手，拍拍自己身边的位置，笑道："来啊，坐这里。"

"哦！"李暖星拿着水杯在她身边坐下，把水杯递给了许婉云。

许婉云一边喝水一边把手上的手机递给了李暖星："我替你回了短信了。"

李暖星低头看着手机的屏幕，这才知道方才的短信是陆子期发的，而许婉云回的信息让她非常想吐血，上面说帮了陆子期这么大一个忙，不仅要吃大餐，还要很漂亮的裙子……

她根本不知道许婉云会帮她回复信息，信息显示的是发送成功，她再想撤回已来不及了。本来只是纯粹地想帮陆子期一个忙，结果弄成了她像有所图谋一样。她低着头，正想给陆子期发条信息，解释一下短信不是她发的。就听见许婉云说："我哥他不喜欢欠别人的，你今天帮他照顾我，不问他要点什么，他心里会不好受的。"

李暖星跟陆子期认识满打满算也没超过一个星期，对于陆子期是个什么样的人她完全没有了解，而许婉云却是跟陆子期一起生活了二十年的人，论了解，她绝对有话语权。

只微微一想，就把手机塞进了口袋里，她不想让陆子期觉得亏欠她什么，如果只是要个裙子就能让陆子期不想那么多的话，那又没什么大不了的。

"你跟我哥很熟么？"许婉云歪着头看着李暖星，上上下下地打量着她，似乎有些不相信。

"也不是太熟。"如果说熟悉，那许婉云不可能没有见过她。如果说不熟悉，又担心许婉云戒备心太重，反而不愿意跟她聊天。那她就没有办法逗许婉云开心了。她一向很少撒谎，一说谎就容易脸红。现在怕被许婉云看出来，她就低着头不想让许婉云看见她的窘态。

"我就说呢。"许婉云一副了然于心的样子，把杯子朝她晃了晃。

李暖星把杯子接了过来，放在桌子上，好奇地问她："怎么了？"

"像我哥这样的男人，不可能跟你很熟悉的。"许婉云对她嫣然一笑，语气里倒没有瞧不起的意思："一个平时穿着云天的人，怎么可能跟穿着杂牌衣服的人很熟悉呢。”

云天这个牌子李暖星非常熟悉，是许氏集团所出品牌中最高端的，因为她们家的公司也在做服饰，而许氏集团是服饰品牌中的佼佼者，所以她很清楚云天这个品牌的价钱。她身上的衣服跟陆子期的衣服一比，根本就是天壤之别。虽然许婉云说的话挑不出来有什么错，可是她却如鲠在喉，身上每一件衣服，都是她爸爸亲自设计的，虽然比不上大牌子，却在她心里比什么牌子都好。

“我身上的衣服，是我爸爸设计的。”李暖星也知道这时候根本不该跟一个生了病的人计较，可是听见许婉云说她身上的衣服是杂牌，她就忍不住说了出来。

许婉云微微一愣，似乎没想到她家跟许氏是从事同一个行业，轻声说了一句抱歉。然后又从枕头底下拿出一个便笺本，看着李暖星说：“帮我把那个抽屉里的笔给我。”

不知道许婉云要笔做什么，可她还是从抽屉里把笔拿给了她。

许婉云低着头在便笺本上涂涂画画，李暖星怕她在写日记或者很隐私的东西，背对着许婉云没有去看。病房里顿时寂静下来，大概过去了十几分钟，许婉云依然没有要停的意思，她知道许婉云是生了重病的人，应该好好休息，正准备劝许婉云改日再写的时候，就听见病房的门把手被人拧开的声音。她抬头去看，见是陆子期已经匆匆赶来。

陆子期一进病房，看见许婉云躺在床上，拿着笔在便笺本上写着什么。他疾步走过去伸手就去夺她手里的笔，怒斥道：“我们都在想办法让你多活几天，你还嫌命长了是不是？医生是怎么说的，不让你再动笔，不准再画设计稿，你听不懂还是怎么样？”

在许婉云面前，陆子期一向待她很好，就算她做了错事惹他不高兴，他最多就是冷着脸低声训她几句，何时当着一个外人的面让她难堪过，她的泪水顷刻间夺眶而出：“我这不是想帮你朋友一把么？”

帮她什么？李暖星被许婉云的话弄得莫名其妙，她没有说要许婉云帮忙做什么，正想要问许婉云是什么意思，正好看见陆子期拿着方才许婉云手里的便笺本朝她看了几眼,这下她就更莫名其妙了。

当陆子期意识到许婉云是好意时，就像往常错怪了她时会有的动作，伸手去揉她额前的齐发刘海，可是手还没碰触到她的额头，她就撇过了头不让他碰。他的手停在半空中，微微有些尴尬。

“对不起，哥哥给你道歉。”陆子期说。

许婉云干脆背过身子，连看都不看陆子期。

“既然你回来了，我可以走了么？”虽然不知道他们兄妹两个人吵架到底关她什么事，可是不知道为什么，她就是不喜欢许婉云。现在陆子期回来了，她一秒都不想留在这里。

过了良久，病房的两个人都没一个人理她。这算是默许她能走了么？李暖星转身就往门外走。才出了病房的门，就听见病房里一阵急促的脚步声朝她的方向传过来，许婉云卧病在床，不可能是她，知道是陆子期过来了，她刻意放慢了脚步，想等着他出来。不一会儿，陆子期就追上了她。她转过头看着他，见他手里还拿着许婉云的便笺本。直觉让她觉得刚刚陆子期生气的原因就是这个本子。

果然，陆子期将便笺本递给她，她一眼就看出上面画的衣服正是今天她穿的衣服，只是在领口和袖口处做了修改，一下子就明白了许婉云所说的帮她是什么意思。她的脸一下就红了，开口跟陆子期解释：“许婉云刚刚说我身上的衣服是杂牌，我跟她解释是我爸爸设计的,没有想要她帮我改良我爸爸的设计。”

似乎没想到是这样的过程，陆子期沉默了片刻。

李暖星以为他不信她，又解释："她是病人，如果不是她说我的衣服是杂牌，我也不会跟她说这个。而且，我根本不知道许婉云会服装设计。"

陆子期知道她根本没有说谎，许婉云在设计圈内是很有名气的，却用的是艺名——念伊，所以圈内人很少有人能将许婉云跟念伊联系在一起。只是他不知道，为什么很久没画设计稿的婉云，会忽然在今天晚上又画了起来。

"你要是不信就算了，反正我跟她也不熟，跟你也不熟。今天我帮了倒忙，大餐不用请了，裙子更不用买了。"等了半天，没等到陆子期说什么，李暖星有些泄气，罢了，陆子期跟许婉云本来就是兄妹，他信许婉云也无可厚非。她本来就不是能言善辩的人，能解释的都解释了。

第一次想办好事结果却办砸了的感觉不太好，被人不信任的感觉更不太好，她垂头丧气地往电梯的方向走。

陆子期看着她单薄瘦弱的背影，忽然在那一刻像是明白了什么，三两步追上了她，按住她的肩膀说："我信你，她修改你父亲的服装设计也是出于好意。希望你不要对她存有什么误会。"

"误会？什么误会啊？"李暖星有些听不太懂他什么意思，事实上她刚刚确实是有些不高兴，但大部分原因是许婉云不久前那一句杂牌跟陆子期的不信任。对于许婉云主动帮她画设计稿的事，她心里很感动，甚至已经想着过几天等她能不计较杂牌这个词的时候，会再上来看看许婉云。

陆子期眼神闪烁了一下，似乎是有意要避开她刚刚问的话，又问："你父亲的病情怎么样了？"

"好得很快啊，过几天就可以回去了。"李暖星说。

"这么快？"陆子期有些惊讶，虽然李长生出的这场车祸没有什么生命危险，可腿却摔断了，就算做了接骨手术也打了石膏，也要在医院多住一阵子才行，太快出院会不利于李长生的腿部恢复。

李暖星低着头不作声，皇夏医院住一晚就是好几千，她已经向能给她借钱的朋友借了一轮。现在她卡里还有多少钱她心里清楚得很，要是再在皇夏医院住几天，估计连给她爸爸买消炎药的钱都不够了。如果开口问家里要钱，她很快就能把借的钱全部还上，也能继续在皇夏医院住下去。可是这也意味着妈妈会知道爸爸出了车祸。虽然车祸没有什么危险，可妈妈的身体本来就不好，要是知道爸爸再断了腿，肯定会忧心忡忡。她不想让妈妈担心，所以决定瞒着家里面。借的钱有点多，但她可以利用平时没课的时候跟沐梓玲一起打工挣钱。到时候再把爸爸转到平价的医院，她还是能偿还得起现在身上的债务。

跟陆子期不熟，她也没打算跟他多说，只是一抬头就看见他满是关切的眼神，只好硬着头皮撒谎："家里那边有熟悉的医生，照顾爸爸会比我更专业一些。"

陆子期不疑有他，只是说："术后几天不宜出院，再住几天比较稳妥，你要是不放心，我可以把我熟悉的医生借调过来，照顾你父亲。"

"那……那我再考虑几天。"

对于陆子期的善意，她不好意思拒绝得太明显，所以能拖就拖，反正过几天等陆子期再问起来的时候，她已经将李长生转到别的医院了："我先去下去了，再见。"

她对他挥了挥手，往电梯的方向走去。

陆子期看着她的背影，过了好一会儿，才回到了许婉云的病房。

第六章　没有不劳而获的好事

原来人真的是不能抱有希望的，李暖星，你怎么能够期望这个世界上，有不劳而获的好事?

李长生恢复得特别好，能吃能睡。在李暖星回来的时候，已经吃完了沐梓玲买来的一大笼热气腾腾的包子。沐梓玲坐在他旁边跟他讲笑话，逗得他哈哈大笑。

李暖星推开病房的门时，就听见李长生在夸沐梓玲，说她机灵活泼。她凑上去问李长生，要不要收沐梓玲为干女儿。李长生乐呵呵地说了声好呀，沐梓玲立马不乐意了，这认干爸的事儿都没经过当事人同意呢，这对父女就全权做主了，她追着李暖星满屋打。

李暖星上蹿下跳，嘴里不停地说着你来抓我呀，最后两个人都跑得气喘吁吁的。李长生就歪在床上笑着看她们两个人闹腾。

直到两个人闹腾得都不想动了，李长生才说："你们都别来照顾我了，我这腿应该也没什么大事。"

李暖星知道他是在担心她的学业，怕她总是来医院看他影响毕业考，于是连忙说："爸爸，该复习的都已经复习了，不差这两天。再说了，我每次都没差过学时，上课也听得那么认真，要是我还考不过，那别人都考不过了。”

“就是，叔叔你放心吧，小星在我们班学习成绩棒棒的，每次考试前都有人让她帮忙传答案呢，哎哟。”沐梓玲正说着话，忽然腰上被李暖星狠狠一扭，她转过头去看李暖星，见她在咬牙切齿地用口型说着两个字：闭嘴。

“怎么了？”李长生关切地问。

“没事，就是不小心闪着腰了。”她干笑了两声。意识到在家长面前说考试作弊，影响实在太坏，她朝李暖星做了个鬼脸，逗她笑出了声。

“好啦，说了不让你们来看你们就别来了，两个小姑娘成天对着一个老头子，有什么看头？”李长生说。

“可是……”李暖星还没把后面的话说出口，就看见李长生板着一张脸，要是再说下去，就让李长生不高兴了：“好吧，那我周末来看你。”

这周李长生的医药费都交过了，应该用不上什么钱，她又给李长生留了这几天吃饭的钱，还想跟李长生拉拉家常，就被李长生连催带赶的撵出了病房。

看着李暖星还想再进病房，沐梓玲拍了拍她的肩膀，语重心长地说：“小星，就算你学习成绩再好，可是如果考试科目不是门门优，那你也进不了许氏集团做会计吧？”

其实能进许氏集团，她并不是想做会计，而是想认识里面做服装设计的设计师，因为李长生的梦想就是做有名的设计师，她想通过进许氏认识那些厉害的人，然后趁着在许氏的时候多学习学习他们的优点，回家好帮李长生。

只不过，一个学会计的人想做设计师，连她自己都觉得荒谬，更何况说给别人听呢。

“好吧，为了能进许氏做会计，加油！”为了李长生的梦想，她也要加油。

两人一道下了电梯，在一楼碰见了赵逸辰，李暖星有礼貌地喊了一声赵医生。

赵逸辰正要上去找李暖星，现在在一楼碰见她，于是拉着她到了人少的地方跟她说：“下个星期的医药费你怎么没有交？你爸爸的药有几样要从别的医院调，你们得先预付医药费才能调，”知道这下是瞒不住了，她支支吾吾地说：“我打算把爸爸接到别的医院去住。”

“这怎么可以，你爸爸现在恢复得是很好，但不代表能随时出院。如果觉得皇夏医院的环境不够好，至少也要等着伤势稳定了再说。”赵逸辰不知道李暖星为什么不肯让李长生继续住下去，只知道她是陆子期让他刻意关照的病人家属，如果病人转院导致身体不能及时恢复，陆子期要是怪罪下来，他是吃不消这个后果的。本着对病人负责的态度，他拿出手机就要给陆子期打电话。

李暖星本来就不想让陆子期知道她要转院，现在要是赵逸辰告诉陆子期，那不就瞒不住了。

“赵医生，能不告诉陆先生么？”李暖星看着他问。

“你是连陆先生也一起瞒着的？”赵逸辰惊愕。

知道瞒不住了，索性就承认下来：“我跟陆先生就是互相知道名字这么简单。”

“那你为什么不让你爸爸继续住下去？”赵逸辰好奇了，这几天虽然跟李暖星真正见面的次数并不多，可是从言行举止间可以看得出来，她是一个非常有修养的女孩子，想必父母将她教得非常好。这样的家庭环境，不至于住不起皇夏医院。

“爸爸的钱都交给妈妈保管了，身上只留着零花钱。妈妈身体不好，要是知道爸爸住院了，肯定会担心地再生病的。”没办法，李暖星只好将家里的情况跟赵逸辰说了出来。

赵逸辰点了点头，又问：“那这些天的医药费跟手术费都是你自己的钱？”

“有一部分是我的，还有好多是问同学借的。”

“你爸爸知道你借钱的事么？”赵晨又问。

“我瞒着他了。”李暖星老实巴交地说。

赵逸辰叹了一声，知道她是好心，可是好心也容易办坏事，又说：“你爸爸的腿才做了手术，至少要在医院躺两周，换医院的事，你再好好考虑考虑，陆先生那边我先替你瞒着。”

“谢谢。”

赵逸辰拿着病历本准备去查看一楼的患者，所以跟李暖星一道往一楼走廊走。赵逸辰准备进病房时，忽然看见了一个人刚从隔壁病房出来。他急忙拉住了李暖星，对她说：“你去试试联系那个人，他最近在我们医院捐了一笔不小的慈善基金。但是来皇夏医院住院的人，哪个会交不起看病钱，反正那笔钱闲着也是闲着，你去跟他套套近乎，看能不能将那笔钱给你用，要是能成，你爸爸就是住一辈子医院的钱都够了。”

如果有办法能在她妈妈不知道爸爸住院的情况下，有钱继续住皇夏医院，那她说什么都要试一试。

对着赵逸辰感激地说了一声谢谢，小跑着去追前面的人。

沐梓玲正在走廊的尽头等着她，见她在朝她这边小跑着过来，朝她挥挥手，说一声：“小星，我在这里。”

李暖星正准备跟她说要去找捐慈善基金的人，就看见那个人在中间的岔道走廊处向左拐了。她怕误事，只好先拿出手机给沐梓玲发了信息，让她先回学校。接着就去追赵逸辰让她找的那个人。

因为怕跟丢了人，她一边发信息一边往前走，信息才按了发送键，就撞到什么人的身上，她连连说着抱歉。一抬头，才发现撞的人正好是她要找的人。

“没关系。”那个人声音淡淡的，说完话，又继续往前走

“先生，等等。”李暖星在后面喊他。

他转过身来，礼貌地问：“有什么事？”

话到嘴边，不开口也得开口，何况她还要凑钱给爸爸治病。

“我听说你在皇夏捐了慈善基金，能不能借我用一下？”她家庭虽然不至于大富大贵，父母却从不缺她吃穿，平时的零花钱也是往多里给，一向都是她给别人借钱，第一次问别人借钱的时候，她脸红得都快说不出话来。后来借钱的次数多了，她脸皮也厚了起来。

只是这一次，她一开口就是问别人要慈善基金，她好像又回到当时那个第一次问别人借钱的时光。借钱的话才说出口，她的脸就红得不像话。恨不得找个地缝钻进去，再也不要出来了。

“你知道我叫什么？”那人看了眼手上的表，似乎是还有些时间，于是看着她问。

“不，不知道。”她一紧张，就容易结巴。

“那你怎么知道这个医院里有我捐助的慈善基金？”他又问。

“我，我自己打听的。”他的追问让她不敢抬头看她。

“据我所知，看见我在基金捐赠会上签字的人就那么几个，那是哪一个人告诉你的？”他继续追问。

李暖星并不知道他捐赠基金这件事不是所有的人都知道，她怕把赵医生的名字说出来，会给赵医生惹麻烦，于是摇了摇头，

说：“我不知道。”

“既然你想通过我得到这笔慈善基金，那你回答了我的问题，岂不是能赢得我的好感，基金的事，也许很容易就谈下来了。”他似笑非笑，上上下下地打量着这个女孩。

李长生来皇夏医院的时候，最开始负责他的医生并不怎么和蔼，后来赵逸辰开始负责李长生，十分尽职尽责，今天赵逸辰又将慈善基金的事说给她听，她知道赵逸辰是好心的。

“我……我不借了。”她转身就走，不能为了钱出卖赵逸辰，这样她良心会感到不安。她步子越走越快，生怕走慢了就会回头再去找那个人。李长生还在医院躺着，赵逸辰也说了他现在不适合转院。她又不能打电话告诉妈妈真实情况。

还有什么办法呢，能借钱的朋友都已经借过来了，赵医生说的话让她有所动摇。可是现实就是她没钱，她很想哭，却忍着不哭出来。

忽然被人拉住了胳膊，她猛地回头去看，那人微微一愣，然后立马松开了她：“抱歉，我只是喊了你好几声，你没理我。”

见是那个捐慈善基金的人，她说了声没事，又继续往前走。今天可真是荒唐的一天。在没有去了解捐款人是什么样的人，就冒冒失失地去问对方可不可以把基金借给她用。

“我就没见过你这样的，难道借钱的态度，不应客客气气的么？”他问：“我刚刚有凶你么？”

这倒是没有的，她摇了摇头。

“那你哭什么？”他说。

哭了么？她伸手在脸上抹了一把，才发现脸上都是湿的，不是忍了半天都不哭的么？她慌慌张张地去擦脸上的泪。

“你父亲叫什么名字？”

“李长生。”

“什么病？”

“车祸，摔断了腿。"

“能住这个医院，会连这个钱都交不起么？”他惊讶地问。

李暖星低着头，把家里的情况又跟他说了一遍，他很仔细地听过之后，忽然又问：“你总共还差多少钱？”

“五万。”后面的医药费跟住院费，还有她前面借别人的钱，杂七杂八加起来差不多这个数。

“是这样的，慈善基金确实是我捐的，当初是想着能帮助病人减轻一些负担，后来了解到皇夏医院这里的病人家庭条件都很好，我这笔钱的意义不大，于是我跟医院的领导商量了一下，把这笔钱挪做课题研究……”

后面说了什么她好像都听不到了，看来慈善基金她是不可能借到了。

李暖星哦了一声，说了句谢谢，却觉得心里空荡荡的。

本来赵逸辰没说基金这个事的时候，她也交不起后面的住院费，当时也没多难受。听见慈善基金的事没着落时，反而觉得堵得慌。

原来人真的是不能抱有希望的，李暖星，你怎么能够期望这个世界上，有不劳而获的好事？

“我可以先把我的钱借给你，到时候等你爸爸康复了，你再问你妈妈要钱还给我，怎么样？”他抬起手腕看了看表，似乎有些赶时间。于是从钱夹里拿出一张名片，递给了她：“上面有我的联系方式，如果你想问我借钱，就打上面的电话找我。”

她到处愁借不到钱，怎么会有人一开口就给她借五万，就算她说了她家的经济条件不差，可是他连调查都没调查，就答应给她借钱，这么戏剧性的一幕，比演电视还精彩。

她低头去看手里的烫金名片，赫然写着：宋远知。

下午的时候，李暖星终于开始回学校上课。因为平时学习成绩好，又没有逃课的习惯，所以当她请假回来上课以后，教她的老师都很关心她爸爸的情况，还在课后专门帮她辅导功课。

有几门课需要计算数据，不仅仅是背了公式就能做下来的，偏偏这些计算题都在考卷的最后几道压轴题中，通常一道题就占了二十多分，几道题下来，就拉开了全班的分数。她一心想要所有的考试科目都拿优，所以到了下课的时间，她也老老实实地坐在教室里做题。

沐梓玲也拿着笔记本在一旁陪着她，她扭头去看，见她在笔记本上密密麻麻写着字，做题做得实在太累，这会儿已经用脑过度，于是她悄悄凑到沐梓玲的旁边去看她本子上的字。

与君初相识，犹如故人归。

她看清了，觉得这句话写得真好，情不自禁念了出来。吓了沐梓玲好大一跳，沐梓玲放下手里的钢笔就去掐她，问她懂不懂作家的思路不能打扰什么的。李暖星也去闹她，把她笔记本抢过来看里面到底写了什么。

小说还没有出版之前，沐梓玲说什么都不肯给李暖星看，于是去抢笔记本，结果扑得太猛，直接把她扑倒在地上。

门在这个时候被人打开了，她们两个人都抬起头去看门口的方向，看见是赵斯文背着手往她们这看。

沐梓玲赶快从李暖星的身上爬起来，顺便还不忘把笔记本从李暖星的手里抢过来，对着门口的赵斯文嘿嘿直笑："你怎么来了啊，我跟她可不是同性恋，你可千万不要误会。"

李暖星无语了，人家赵斯文根本不会往那个方向想的好吧。她瞎操什么心呢！从地上爬起来，她拍了拍身上的灰，问他什么事。

赵斯文吞吞吐吐的，半天说不出一句完整的话。最后沐梓玲实在看不下去了，直接走到他身后，看他到底拿了什么东西，这么鬼鬼祟祟的。

等沐梓玲看清了，忽然哇的一声，冲着李暖星嚷嚷：“小星你快过来看，他给你买了礼物，赵斯文，你买的什么啊，在这么小的盒子里装着？”

“没……没什么。”赵斯文被沐梓玲问得脸红得厉害，把盒子紧紧攥在手里。

沐梓玲看看李暖星，又看看赵斯文，忽然阴阳怪气地哦了一声，像是发现新大陆一样对着李暖星挤了挤眼，装腔作势地说：“忽然想起来，晚上得交一半稿子给我编辑，我就先回去写稿子了。”

说完话，脚底就跟抹了油似的跑得飞快。李暖星挠了挠头，连让她别走的话还没说出来，就听见门哐当一声被关上了。赵斯文站在门口看着她，好像有什么话要对她说，可是她跟赵斯文平时也不怎么说话，一个学绘画专业的，一个学会计的，说也说不到一块。

“你找我什么事啊？”一般她不知道怎么跟人聊天的时候，都喜欢拿这句话作为开场白。

赵斯文将手里的礼物盒递给她，憋了半天，才说了一句：“生日快乐。”

今天是她的生日？李暖星愣了一下，拿出手机看了看时间，还真是五月十二号，最近李长生在医院，她一直在操心李长生的恢复情况，加上临近毕业考，她自己都忘了今天是什么日子了。

“谢谢。”她把礼物收下，然后又不知道该说什么话了。

可是赵斯文一直站在她跟前，对于性格腼腆的男生，她是真不知道和他该怎么交流，但是人家送了生日礼物给她，她也不好说让他离开的话。

“你还有事么？”李暖星又问。

“听说你爸爸住院了，有没有什么我能帮上的？”赵斯文终于去看她的脸，看见她正对着他微笑，脸上有两个浅浅的酒窝，他脸更红了，很快又把头低了下去。

“没事了，爸爸的手术很顺利呢。”李暖星心里一暖，对着他说：“你要不要坐一会儿，我们聊聊天什么的。”

“不了。”他赶紧摆手：“我还有事儿，就是给你送个生日礼物，还想问问你爸爸怎么样了，我有个哥哥是很出名的骨科医生，本来是想着介绍给你认识的，但是现在好像你不需要了。”

确实是帮不上忙，李长生已经有一个很好的医生了。但对于赵斯文的好意，李暖星还是感到很开心，对着他笑了笑：“谢谢你啊，等我爸爸出院了，我请你吃饭。”

“好，那我等着……我先走了，你要是有什么需要帮忙的，就给我打电话，我电话号码你还记得吧？”赵斯文问。

“记得。”

“好，那我走了啊。”

“嗯。”

李暖星在心里数了好几遍，都说了三遍要走了，怎么还没走呢？

“这次我真走了啊。”赵斯文走到门口了，又回头看她一眼。

“你找我真的是给我送礼物的吗？”看着他一步两回头的样子，让李暖星好奇了。

他拉开门，一下跑了出去。将门关上了，站在门口，他捶了一下走廊的墙壁，将口袋里的情书拿起来看了又看，他都喜欢李暖星三年多了，可是每一次看见她都会说话结巴，会害羞，以至于到了现在，跟她总共说过的话也没超过五十句。

如果不是马上就要毕业了，他连生日礼物都没勇气去送。

赵斯文站在李暖星的教室门口，来来回回地徘徊了好久，还是没有勇气再次走进那个门。手里的情书也早被他的手攥得皱皱巴巴的。这情书现在比他打草稿的纸还像废纸，他看着自己都嫌弃了，还送什么李暖星啊，垂头丧气地离开了。

今天没有晚自习，李暖星在教室里一个人复习到很晚，才回去睡觉。

躺在床上，满脑子都是计算公式。半夜的时候，手机忽然响了，那时候她还没睡，幸好手机调的是震动模式，要不然就得吵醒舍友。现在李长生在住院，她不敢随便就关机，生怕医院有什么急事找她，所以不管什么陌生电话，她一概都先接了再说。

蹑手蹑脚地披了一件衣服爬下了床，走到卫生间，才敢接电话。

“你好，请问你是李暖星么？”

“对，我是，请问您是？”

“我们在人才网站看见你发了简历，上面说你可以兼职，是这样么？”

“是的。”下午的时候她用手机在人才网站上注册了信息，填了一张兼职的求职表。想在业余的时间挣点外快，虽然不多，但是能挣一些是一些。不到逼不得已，她也不会让李长生轻易地转院。

“我们这边是白班跟夜班两班倒，你能接受么？”对方问。

“完全可以的。”眼下她急着用钱，只要能挣钱，让她做什么都愿意。

“既然这样，那你明天八点准时到我们公司来面试。稍后我会把地址发到你手机上。”对方公式化地说道。

“那个……我能不能问一下薪资待遇。”第一次求职，她完全没有经验，也不知道该问什么，只是把最关心的问题问了出来。问待遇的时候，她紧张得手心里都是汗。

“是这样的，因为你是兼职，所以我们这边的待遇是按小时算的，二十五一小时，如果是夜班的话，就是按天算的，三百一天。还有什么问题么？”对方态度很好，让李暖星终于没那么紧张了。

挂了电话，她回宿舍躺在床上，高兴地翻来覆去得怎么睡也睡不着。二十五块钱一小时，如果她每天工作八个小时，就是两百块钱，再上夜班，一个月也能有好多钱，到时候李长生也不用这么快地转院了。

越想越兴奋，这么算下来，她完全有能力养着李长生。

第二天天还没亮，她就在柜子里找了一件特别正式的衣服，拿到镜子前比了比，还问舍友穿这件衣服合不合适面试。

选完了衣服，她化了淡妆，才按着手机上的地址找了过去。

交胜区离她们学校很远，要倒两趟公交才能到。所以她提前两个小时就出了门。到了交胜区，又开了手机地图，找到了梅城酒店。

酒店的保安看她穿得极为普通，上前拦住她，问她来这里干什么。

她很老实地说是来面试的，保安领着她到了面试的办公室。面试的人就是昨天晚上给她打电话的人，对她和蔼可亲地说了声请坐，问了她的学历，还有一些最基本的情况，最后又问了她有没有男朋友。虽然不知道有没有男朋友跟这个工作有什么关系，可是还是回答了。她一心想着进入许氏集团学做服装设计，然后回家帮李长生做设计，所以根本没有时间去想着找一个男朋友。

面试的人对她很满意，让她准备准备，说今天就可以上班，让她以后喊他刘哥。

李暖星觉得这个称呼不太合适，想喊他经理，他笑眯眯地说，喊刘哥更亲切一些，大家都是这么喊的。她只好改口叫他刘哥。出了面试的办公室，才发现后面有好多人都在排队，梅城酒店是梅城所有的酒店中，服务员待遇最好的。

刚刚在刘经理的介绍下，她才知道，原来这边对兼职的服务员也管吃管住，别的酒店服务员工资都是二十块，晚班八十。看着这么多人都在竞争服务员的岗位，她给沐梓玲也发了信息，让她也过来试试。

短信才发过去，沐梓玲就把电话打过来了："好端端的你怎么去做服务员啊，是不是钱不够了？"

"嗯，能借的，我都借过来了。我妈妈的身体你也知道，要是知道我爸爸出了这事儿，肯定又得急病了。"对沐梓玲，她一向有什么就说什么。

"皇夏医院住院费是全城最贵的，咱们转院呢？"沐梓玲在那边给她出主意。

"赵医生说了，转院不利于爸爸的恢复。"李暖星叹了一声，然后又说："做服务员也没什么啊，反正也快毕业考了，就那么几天的时间。学也学不到什么。不说我了，你赶快到我这来面试，我帮你占个位置。"

"那你等我一会儿，我收拾收拾，马上就到。"

电话那头传来嘟嘟的声音，李暖星看着被挂掉的电话，又给她发了一条信息，让她穿得漂亮点再过来。

第七章 萍水相逢

“如果我今天没有来，那我朋友受的委屈，你能负得起责任？”陆子期沉声问。

站在面试的办公室门口，她觉得无聊，拿着手机上网。浏览着网页时，忽然弹出一个广告网页。顺手想去点关闭，看见弹出的界面是一个玉佩的广告。玉佩的颜色跟造型她看着很熟悉，把手机相册调出来看了看，竟然跟昨天赵斯文送的那块玉佩一模一样。只是上面标的售价竟然是八万，她吓了一大跳。

只不过是过个生日，赵斯文竟然送了她这么贵的东西。她赶紧拨通了赵斯文的电话。

赵斯文正在画室里画画，手机就放在身边，才开始画草稿，他有个习惯，草稿没完成之前，不会做任何与画画无关的事。所以手机铃声一响，他习惯性地要去按关机键，结果看见来电显示上的名字，立刻把画笔放在一边，把手机拿了起来。

“你找我有事么？”他坐在沙发里，尽量让自己放松，争取做到这次不在她面前结巴。

“昨天你送我的礼物我拆开看了。”李暖星说。

“喜欢么？”

“不管喜欢不喜欢，这个东西我都不能要，太贵重了。”她直截了当地说：“刚刚我看见网上的售价得八万块钱，你怎么能送这么贵的东西给我，什么时候有时间，赶快把它拿回去。”

“我在淘宝上买的仿款啊。”赵斯文一听她要自己把玉佩拿回去，顿时也急了：“我又不是富家少爷，怎么可能买得起八万块钱的东西，那是假的。我看着好看，才买来送你的，连八十块都没有。”

李暖星从来不在网上购物，要买东西也是在实体店买，后来买东西带回来的发票被沐梓玲看见，一个劲儿地骂她败家，问她怎么不在淘宝上买，那时候她才知道淘宝上卖的东西比实体店里便宜好多。所以赵斯文说玉佩是仿款的时候，她便没有再坚持要把玉佩送回去。

赵斯文松了口气，还想跟她多说几句话，就听见她在那头说了声再见，他只好也说了再见。挂了电话之后，他看着草稿，什么灵感都没了，没想到送个玉佩还得编谎话。重新又拿了画纸，拿着画笔在上面涂涂改改。最后画完后，他左手撑着下巴看着画稿发呆，右手轻轻地抚上画稿上的人，李暖星啊李暖星，你知不知道，喜欢一个人却不敢表白的那种滋味。你又知不知道，看过你这样的风景后，看别处都成了衬景。

等沐梓玲来的时候，李暖星前面已经没有几个人了，还好她来的还算及时。李暖星把位子让给她，想让她继续排队。结果沐梓玲忽然把她从队伍里拉出来。

“你干什么啊，我排了快两个小时，你拉我出来干嘛啊？”李暖星问她。

“你那么想进许氏做会计，要是兼职做服务员，就不怕成绩考砸了？”沐梓玲从钱包里抽出一张银行卡，塞到她手上：“我昨天晚上熬了一会儿夜，跟我编辑说我爸出车祸住院，急需要钱，编辑给我先预支了稿费。”

沐梓玲家的情况李暖星是知道的，连学费都是勤工俭学挣的，银行卡里平时绝不会超过四位数。稍微有点闲钱，都存到余额宝里，说是要多挣那几块钱的利息。前阵子她弟弟要上高考强化班，她把所有的钱都打回家里，就算能预支稿费，还得贴补家用。正因为这样，即使再难，李暖星都没开口问沐梓玲借过钱。

“不用。”李暖星努力地睁大了眼睛，才让眼泪没有流下来，沐梓玲已经把所有的业余时间都用在了兼职上面，昨天晚上又在熬夜写稿子，几乎一天都没有休息，就为了能早点把稿费预支下来给她用。这种感情，不是一两句话就能表达清楚的：“谢谢。”

“咱俩之间你还说这个？”沐梓玲嫌弃地看了她一眼，把银行卡硬塞到她手里：“里面有一万块，应该能撑一阵子吧。”

李暖星没说话。

“好了，大不了你到时候多给我还一点利息。”沐梓玲推了她一下：“再要是哭丧着脸，我可要生气了。以前我青黄不接的时候，不都是你帮我的么，现在我想帮你一把，怎么还得看你心情了。”

沐梓玲推着她往梅城酒店的门外走：“你就努力做你的好学生，好好准备考试就行了。再过几天，兼职那边的钱也差不多该下来了，杂七杂八的加在一起，也有两千多块呢，到时候也拿给你用。”

“玲子。你等等。”李暖星说：“服务员我还是继续做，但是不上夜班就行了。我一天就上三个小时的班，这样晚上也不耽误我上晚自习复习功课。现在能挣一点是一点，要不然我晚上睡不着。”

“你真倔。”沐梓玲看她执意要做，也不好再说什么。

李暖星看了一眼已经拍到大堂外面的面试队伍，又拿出手机看了看时间，下午还有一节大课要上，这会儿重新排队，等排到了也到了中午下班的时间。可是等了这么久，就是想把沐梓玲也拉进来一起做，有些不甘心地把手机放进口袋里。忽然摸到口袋里有一张卡片。

她拿出来看了看，是刚才刘经理给她的名片，上面有他的私人号码。

如果给面试的经理发信息，就可以不用这么麻烦地排队了。她编了一条信息，把沐梓玲的基本情况也发了过去。不一会儿就收到了回信，刘经理让她上班的时候带着沐梓玲来就可以。

这相当于给沐梓玲也找到了工资高的兼职，两个人一高兴，中午吃饭的时候在外面多点了一个菜。

下午上完课，李暖星跟沐梓玲两个人一起到梅城酒店做服务员，李暖星带着沐梓玲到刘经理的跟前报了道。刘经理对她们的气质比较满意，就问她们是想站大堂还是站包间。李暖星问了下哪个价钱要高一些，刘经理说包间会高一些，但是要求也会多一些，要给客人倒酒、上菜。这种事李暖星没有做过，可是有沐梓玲在，不会的都可以问，于是她选了包间。

开始站在包间外面的时候，她还有些紧张，怕客人会刁难她，好在第一天没出什么意外，来包间的客人喜欢清静，她只负责把菜端上去，然后介绍一下菜名就好。

站了四个多小时，她走路都觉得腿在疼。出了酒店门口，几乎是沐梓玲扶着她在走。两个人坐在公交车上，她靠着沐梓玲的肩膀很快就睡着了，直到沐梓玲把她摇醒的时候，她才知道沐梓玲要下车了。

“你看好自己的东西，可千万别睡了。明天早上没有课，你可以睡一会儿懒觉。”沐梓玲指了指她的包：“公交车上也有扒手，你把包抱在怀里。”

李暖星还迷迷糊糊的，只知道她要下车，就嗯了一声，将手提包抱在怀里，把车窗打开了一些。夜晚的凉风让她清醒了许多，回了宿舍，她上床就想睡，可是爬起来又去冲了冷水澡。强迫着不去睡，把下午上课的笔记拿出来开始复习。

宿舍的电在十一点半的时候就会准时停掉，她拿着手电筒借着灯光继续学习，直到把当天的课程消化完以后才敢去睡。第二天震动的闹铃叫醒了她，她立马睁开眼把闹铃关掉，穿好衣服悄悄下床去晨读。

毕业考越来越近，她总感觉还有好多的知识点没有掌握。所以上完早上的大课，她跑到讲台上，问了讲师几个她不清楚的地方，等讲师走了以后，她回到座位上收拾课本，听见身后有人说她在装好学生。

她低着头当没听见，不管别人怎么说，考到的分数就能证明实力。

中午趁着吃饭的时间，她又去看了李长生。还问了赵逸辰李长生的恢复情况。赵逸辰说，再住两周应该就可以出院了。她算了算兼职的收入，还有沐梓玲借她的钱，差不多可以凑够李长生住院的钱。

知道赵逸辰关心李长生的身子，她就把找兼职的事情也跟赵逸辰说了。当赵逸辰听说她能凑够钱的时候，微微惊讶了一下，总觉得像她这样的女孩子，去酒店做服务员有点大材小用。

中午陪着李长生吃了午饭，下午她就继续去梅城酒店做服务员。去酒店的路上，她给沐梓玲发信息，问她下午来不来做兼职，结果沐梓玲的回复是要赶稿子。

昨天做过服务员，所以今天她没有那么紧张。依旧像昨天一样按部就班，送菜的服务生将菜递上来的时候，她在一旁介绍菜名，介绍完她就准备出去。这时候有个男人从位子上站了起来，看着她问："你新来的？"

李暖星点了点头。

那男人笑了笑："新来的好啊，看着有新鲜感，以前做过服务员么？"

李暖星摇了摇头，不知道为什么，总觉得他的笑带着些不怀好意，却又不能得罪客人："您先慢慢吃，我去看看其他的菜什么时候上。"

那男人敲了敲桌子，又说："你是新来的，所以不知道这里的提成。我告诉你，酒水的提成是最大的，陪我喝一杯，我就买这里的五瓶酒，怎样？"

"对不起，我不陪酒。"

她话才落下，只听那男人猛地拍了一下桌子。

"在这里还没有人敢说不陪我喝酒，你算什么东西？"他声音高了几分："去把你们经理叫来。"

"那……那我喝一杯。"如果去叫经理来，她就会被投诉，那以后到哪里去找这么高的兼职收入，爸爸还躺在医院里等着呢。

"哈哈，好，识时务者为俊杰。"那男人从位子上起来，笑得十分猥琐："今年多大了，有没有男朋友，知道我在梅城干什么的么？"

她一句话也没说，沉默着倒酒，只陪他喝一杯，喝完这一杯，她就可以在这个酒店继续做下去，只要喝这一杯，爸爸就可以不用转院。

李暖星仰着脖子将手里的一杯酒喝完，辛辣的白酒味熏得她眼泪都快要流出来了。她把空了的酒杯递到那个男人面前："您看，酒我已经喝完了，我去帮你看看菜什么时候上。"

那男人拿着酒瓶又给她倒了一杯酒，她摇了摇头："我真的不会喝酒，不能再喝了，再喝我就报不了菜名了。"

桌子上其他几个人忽然都笑了开来，有人说道："小姑娘，我们张哥想让你陪着他喝几杯酒，你还报什么菜啊，陪他喝高兴了，以后你都不用再做服务员了。"

她脸涨得通红，要是再听不出来这话里的意思，她就真成傻子了。

"那……我再喝最后一杯。"她忍着胃里翻江倒海的滋味，皱着眉强忍着又喝了一杯。

喝完之后，她走路都有点飘，把酒杯子放下，想往外面走。

"别走啊。"叫张哥的男人又拉住了她："你喝醉了，就这么出去多危险啊，陪哥哥在这里坐一会儿，晚上我送你回去。"

张哥说着话，手已经往她的腰上摸去，李暖星浑身都瘫软无力，却用尽全身力气甩了张哥一巴掌："你非礼！"

张哥被她打了之后足足愣了几秒钟，过后一把抓起李暖星的头发往餐桌上拖："老子在梅城就是横着走，谁敢吭声，你他妈敢打老子？"

李暖星醉意上头，胆子也比平时大了许多，手胡乱的在餐桌上摸索着什么，抓到一个酒瓶子，拿起来就往张哥的头上砸，顿时张哥的脸上都是血。

正在看热闹的几个人看张哥吃了亏，扔下筷子就把李暖星围了起来。

张哥唾了一口，走到她跟前扬起手就是一巴掌。这巴掌下去，李暖星倒是酒醒了不少，她也不说话，就这么看着叫张哥的男人。

张哥被她看得发毛，正想要再打她，就听见外面有一阵脚步声走过来。

"江子，去关门。"张哥吩咐道。

叫江子的转身去关门，李暖星忽然朝门口大喊："救命！有人要杀我，求你们救救我。"

陆子期今天来酒店，是以许氏集团总裁的身份出席庆功宴的，路过一间包厢时听见有人喊救命。他脚步微微一顿，在原地停住脚步。

"陆总，有什么事么？"跟在他身后的李秘书见他停了下来，站在他身后问。

后面的人也跟着停了下来。

陆子期等了一会，没有再听见救命声，抬起右手捏了捏眉心，以为是最近加班太多，所以出现了幻觉，继续往前面走。

就在要穿过包厢时，他听见一个男人大叫的声音，紧接着传来一个女孩子喊救命。

陆子期转过身快步走到包厢门口，一脚踹在了门上。不知道是门太结实还是陆子期急于救人，这门陆子期踹了好几脚都没能踹开。

"还愣着干什么？里面有人喊救命，过来帮忙！"陆子期对着身后人说。

几个人这才反应过来陆子期踹门干什么，于是纷纷上前去踹门。

门在被踹开的时候，陆子期一眼就看见被围在几个男人中间的李暖星，有个男人正准备去撕李暖星的外衣，陆子期一脚踹在了他的膝盖上。

“陆子期？”李暖星睁大了眼睛，看着陆子期问：“你怎么来了？”

陆子期没回答她的话，只是看了看她脸上的伤，还有嘴角的血，眉头微微皱了皱。

原先包厢里的几个人见张哥被陆子期踹倒在地，纷纷嚣张跋扈地站在陆子期的跟前。陆子期身后的人看见前面的人来者不善，也站在了陆子期的身后。

今天许氏集团的庆功宴来了上上下下不下二十人，订的是海天酒店最大的包房。就连海天酒店的老板见了陆子期都要给三分面子，何时被人这么威胁过，许氏的员工愤愤不平。

那几个人看见包厢外站满了人，顿时气焰下去了不少。

陆子期沉声说：“李秘书，去叫酒店的经理来。就说我的朋友在这里受了委屈，我想问问是怎么回事。”

李秘书转身就准备往电梯的方向走，李暖星忽然拉着陆子期的袖子，眼神示意他不要叫人。陆子期只微微一想就明白她在担心什么，倒在地上的男人满脸是血，她怕把事情闹大之后不好处理。

“不要怕，他现在就算是个死人也不碍事，你这叫作正当防卫。”陆子期轻轻拍了拍她的肩安慰道。

“我，我还想要这份工作。”好半天过去，李暖星才说出了这句话。要是把经理叫上来，那她打伤客人的事情就包不住了。

陆子期手微微一顿，指了指沙发的位置：“你去休息一下，这件事交给我处理。”李暖星在沙发上如坐针毡，嘴角疼得厉害，她伸出舌头舔了舔嘴角的血，一动就疼得嘶了一声。

大堂经理很快就赶到，看见包厢里一片狼藉，弯着腰跟陆子期陪着不是。

张哥张了张嘴，想要说话，被大堂经理狠狠瞪了一眼。张哥低着头不敢再吭声，身后几个跟班的看张哥这般怕事，才意识到今天惹了什么了不得的人物，方才的嚣张跋扈早就没了踪影。

“你不该跟我说对不起，今天被打的人不是我。”陆子期指着沙发上的李暖星，又说：“我的朋友在你这里出了事，你看看这件事要怎么解决。”

今天陆子期在海天酒店摆了庆功宴，这是梅城新闻都报道的事情，按照往年的惯例，许氏集团在哪里的酒店摆庆功宴，哪家的酒店便门可罗雀，没办法，许氏集团家大业大，早已成为梅城的风向标。大堂经理上来的时候听说陆子期的朋友挨了打，早就急得跟热锅上的蚂蚁似的。一进来就连连赔不是，想借此消消陆子期的火，但是这招显然是不管用的。

大堂经理一脸谄媚地走到李暖星的跟前，看她穿的还是海天酒店的衣服，立刻明白是怎么回事，转过身就打了张哥一个耳光，凶狠地骂他：“你长没长脑子，在酒店里给我惹事。”

“哥，我错了，我下次再也不敢了……”张哥被扇了耳光，连声求饶。

“你是他哥？”陆子期忽然问道。

“对。”大堂经理额头上有一层汗，陆子期这么问的时候，明显是带着一股怒意的。

陆子期笑了笑，但语气仍旧冰冷：“这么说，你没有管教好他，可是有连带责任的。”

大堂经理面色一僵，随即又赔着笑道："陆先生，我以后肯定会看好他。"

"如果我今天没有来，那我朋友受的委屈，你能负得起责任？"陆子期沉声问。

大堂经理急得不行，没想到没救成弟弟，反而蹚了浑水。气急败坏地转过身又打了张哥的耳光。

李暖星低着头默不作声，陆子期说让她不要担心，她就相信他能够将事情处理得很好。抬起头摸了摸被打的面颊，觉得有点肿，这要是回去了肯定会被宿舍的人问，她拿着纸巾走到餐桌前，将还没有洒的白酒倒在纸巾上，拿着白酒擦了擦脸上的血迹。

"陆先生，很抱歉酒店出了这样的事。"门外忽然有声音传来。

李暖星朝门口看了看，等看清了来人，竟然惊得连擦酒的动作都忘记了，目光滞纳地看着来人。

她没有想到，会在这里碰见宋远知。

"宋先生！"陆子期从椅子上站起来，走到他身边跟他握了握手。

"这样，今天你朋友的医药费由我们出，我们再给她按照酒店正式员工的标准，多发五个月的薪水，可以么？"宋远知温润一笑，又说："这个顾客在我们酒店闹事，打伤我的员工，我绝不会姑息。"

"那就劳烦宋先生了。"陆子期并未对这样的处理结果做任何表态，只是转过头看着李暖星，征求她的意见。

李暖星捂着还肿着的脸，点了点头。

没想到宋远知能给她五个月的薪水，海天酒店一个月的薪水就是三千多，五个月就是一万五，那她爸爸就可以不用转院了。

宋远知办事效率很高，当着陆子期的面，就打了110，称酒店有人喝酒闹事，打伤员工。又给人事部的主任打电话，通知主任明天给李暖星多发五个月的薪水。

办完事之后，宋远知在包厢的门口等着警务人员到现场，将姓张的人带走后，正准备离去。

陆子期忽然又说："大堂经理是他的哥哥。"

宋远知转过身，看着他问："陆先生的意思是？"

"所谓物以群居人以类分，有这样的弟弟，想必哥哥也好不到哪里去。"陆子期笑着说："宋先生得感谢我，我这是在替你看人。"

"陆先生此言差矣。"宋远知的脸色微微有些不悦，语气也冷了不少："如果哥哥是好人，就一定能证明弟弟不是人渣么？"

陆子期笑了笑："不一定能证明，但是我不喜欢看见他，这个理由可以么？"

宋远知足足沉默了一分钟，才说："我会解雇他。"

"你这么做很明智，毕竟你才刚到梅城没多久，光有钱还不够，还得有人脉。在梅城，跟许氏交好，就是你积累人脉的关键所在。"陆子期拍了拍宋远知的肩膀，又看向李暖星说道："打电话，让你朋友送你回去，这么晚了，一个女孩子回去很不安全。"

言下之意再明显不过，今天李暖星的工作时间结束了。

陆子期看了眼手表，庆功宴的时间马上就要开始，事情解决了，他也不再多做耽误，带着十几个员工一起离开。

"陆先生，今晚你们的用餐我们海天全部免单，希望你能忘记今天的不愉快。"宋远知在他身后说。

送走了陆子期，宋远知才有时间去看这个挨打的员工，走到近处将人看了个仔细，微微有些惊讶："你是那天在医院里问我要慈善基金的人。"

李暖星点点头，对于这样的再次相遇，她也觉得挺尴尬的，想对他笑一笑，才咧开嘴就嘶了一声，赶紧捂住嘴角："宋先生，你好。"

"陆先生跟你这么熟悉，你应该不愁借不到住院的钱才对，怎么想着基金呢？"宋远知搬了把椅子坐在她跟前，仔细地查看她的伤势，见除了嘴角还在流血之外，额头还有瘀青，脸颊肿得也很厉害，眉头微微一皱。

"我跟陆先生并不熟悉，是他心地善良，所以路见不平拔刀相助。"李暖星解释。

"把我当小孩子呢。"宋远知显然不信，看她不说实话，也不再问下去，转而说道："你这伤有点严重，我带你去医院让医生看一下。"

"我自己去就可以的。"被自己的老板送去医院，她有些不好意思。

"那可不行，你有陆子期这么厉害的朋友，不把你伺候好了，他再找我麻烦怎么办？"宋远知说："刚来梅城创业，我可不想这么快就在梅城混不下去。"

李暖星还想说什么，只见宋远知已经拿出电话吩咐司机在门口等他们，毕竟是自己的老板，她也不好再说什么，只能跟着他一起下去。

本以为去医院检查伤口，从排队到检查伤口，去拿药，这些烦琐的流程，至少要两三个小时才能走完，没想到有了宋远知在，繁琐的流程一切都变得简化。宋远知去一楼取药的时候，她拿着手机给沐梓玲发信息，说了今天的奇葩遭遇。沐梓玲打抱不平，在短信里骂那个叫张哥的是渣男，说要让张哥在她的言情小说里做那种刚出场就被人杀死的坏人。她脸上有伤，硬是忍住没笑，跟沐梓玲发短信，问她要不要这么有才。

“小星？”

听见有人叫她的名字，她把头抬起来，看见是给爸爸治病的赵医生，咧开嘴想跟他笑一笑，才咧开嘴就碰到嘴角的伤口，赶紧捂着嘴喊着疼。

赵逸辰弯着腰看了看她的脸上的伤，见门口还排着很多来看急诊的，以为她还没排上队，就跟她说：“你到我办公室来一下，我给你擦点药酒，这种小伤，不用开药花冤枉钱。”

“不用了，宋先生已经去拿药了。”她连忙说。

“宋先生？哪个宋先生？”赵逸辰一头雾水。

“宋远知。”李暖星解释，正说着话，就看见宋远知从电梯里出来，她连忙对赵逸辰又说：“千万不要告诉我爸爸你今天看见我脸上有伤，不然他打死都不让我出去打工了。”

赵逸辰点点头，表示会为她保密。

她朝他挥了挥手，往宋远知的身边走去。

李暖星是陆子期特意交代要关照的人，这次李暖星受伤的事，也不清楚陆子期知道不知道，见李暖星跟着宋远知进了电梯。赵逸辰拿出手机拨通了陆子期的电话。

“陆先生，小星今天受伤了。”

“嗯，我知道。但是你是怎么知道的？”庆功宴已经开完，他正开车往皇夏医院走，准备今晚再去看看许婉云。

“宋远知送她来的医院，我正好看见了。”赵逸辰解释。

陆子期微微有些惊讶，没想到宋远知会亲自送她到医院看伤，这并不像是一个老板会做出的事情。挂了电话之后，他又给李暖星打电话。过了好长时间都没有接，只好作罢。

回到许婉云的病房，看见许义山拿着打湿的毛巾正在给许婉云擦脸。

他走到许义山的身边："父亲，我来吧。"

"不用了，你处理集团的事就够累了，我怎么好麻烦你再照顾婉云。"许义山冷着声说道。

陆子期的手已经伸到了半空中，因为许义山的一番话又伸了回来，低头看着躺在病床上的许婉云，这两天因为许婉云故意当着他的面修改设计稿，他误会了李暖星，知道她又在耍小性子，所以对她冷落了一些。方才许义山说的话，正是许婉云给他打电话时，他堵她的借口。

许婉云察觉到陆子期在看她，嘀咕了一声："本来就是你说的，还不准我告诉爸爸！"

她想转身面墙假寐，试了试转个身子，结果半天都没转动，赌气地喊了一声爸爸。

许义山帮她翻了身子，她背对着他，懒得看陆子期的眼神。

陆子期刚想说话，许义山眼一瞪，先他开口："怎么！不就是当着那个叫李暖星的面画了什么设计稿么？至于要跟她闹别扭？什么时候你的胳膊也学会向外拐了？"

"父亲，既然您知道，就不应该惯着婉云，她现在还小，就学会用心计，长大了可怎么得了？"在许婉云面前，陆子期与许义山甚少发生争吵，就算两个人之间有什么不痛快，在她面前，也总是先压下来。

今天这样吵，让许婉云心情很不好。

"出去，你们都出去！"许婉云忽然出声吼道。

毕竟是生了重病的人，平时说话都不敢大声，这样一吼，她连连咳嗽起来。陆子期眼底闪过一丝心疼，走到她跟前，想去帮她顺一顺。

许义山先他一步，轻轻地拍着她的背：“是爸爸不好，不该说些不高兴的。爸爸以后再也不说了。”

许婉云越咳越厉害，咳到最后，连脸色都变得红的吓人。

陆子期脸色大变，急忙下去找赵逸辰。

许婉云的病主要是由赵逸辰负责的，赵逸辰来到病房，倒是很镇定，开了几种药，又给她打了一针，许婉云咳着睡了过去。

许义山坐在许婉云的病床前愁眉不展，手一直握着她的手不松。

以往许婉云的病情得到控制的时候，赵逸辰就会离开，可是这会儿却一直站在病房里，陆子期意识到赵逸辰在等他，于是出了病房。

在走廊里，他站了一会儿，就看见赵逸辰也出来了。

“去我办公室聊一会儿吧。”赵逸辰说。

一般医生说出这种话，都说明病人的情况不容乐观，可许婉云的病情已经很糟糕，如果不是因为许氏家大业大，有大把的钱砸在昂贵的药物上，她怕是早就不行了。因此陆子期一直有心理准备，可是赵逸辰刚刚那句再简单不过的话，让他的心猛然跳空了一拍。

婉云是他看着长大的，就算性格有些顽劣，他却视她为亲妹妹。他生下来就不知道父母是什么人，所以对现有的亲情，他格外的珍惜。

到了赵逸辰的办公室，赵逸辰还没开口，他说：“是不是婉云的病不行了，我看见药的剂量比平时重了很多。”

赵逸辰叹了一声：“最多活不过半年，她这样的情况，其实能撑到现在就已经是个奇迹了。”

“那……那再好的药物都不行么？”陆子期有些不甘心。

“陆先生，长期使用同种药物，身体都会产生免疫力，就算用再好的药，也只是治标不治本。如果再找不到合适的肾源，那她就只能等死了。”

陆子期右手不停地捏着太阳穴，一到了他没有办法解决的事，他就会有这样的小动作。他不想许婉云死，可是普天之下，人海茫茫，他到哪里能找到适合匹配许婉云的肾源。

从赵逸辰的办公室出来，他脸色变得很差，赵逸辰的消息让他无能为力。再回到许婉云的病房时，看见许义山趴在许婉云的床边睡着了。

他从柜子里拿出一个毯子，轻轻盖在许义山的身上。

这一晚，他彻夜未眠，坐在床边看着她的睡颜。

许婉云再次睁开眼的时候，天色已经大亮。她一歪着头，就看见许义山趴在她身边睡着，朝四周望了望，没有看见陆子期，冷哼了一声。陆子期最近很少来看她了，就因为她对李暖星玩了一个心眼。可是并没有造成他们之间的误会，也不知道他有什么好气的。

许义山最近照顾许婉云，变得睡眠极为清浅，她一动，他就醒了。问她是不是哪里又疼了，许婉云没吭声。

毕竟是他的女儿，她心里想的什么，他心里清楚得很。进了洗手间拿了打湿的毛巾，一边给她擦脸一边说：“你要是给我争气点，好好跟病魔做斗争，我就让你跟陆子期订婚。”

“你瞎说什么呢，我怎么可能喜欢他，他是我哥哥。”许婉云脸微微红了红。

“那你那天怎么会对一个小丫头用心计？”许义山在旁边笑，把她的脸擦干净，又说：“你是我的女儿，陆子期将来又是要继承许氏集团的，你们两个结婚正合我意，亲上加亲，多好啊？”

“你，你不反对？”许婉云想转过身看许义山，才有动作，许义山就在她身后帮她撑着身子，让她慢慢地转过来。

“我是你爸爸，恨不得把全天下最好的东西都给你，陆子期是我看着长大的，算得上人中翘楚，完全能够配得上你，为什么要反对。”许义山满眼慈爱地瞧着她，越说越来劲儿：“等你这病好起来了，我还指着你们结婚以后，给我生个大胖外孙呢。”

许婉云噘着嘴，不乐意听他说这话，撒着娇：“爸爸，你说哪里去了。”

“好，好。”许义山看她今天状态不错，心情大好：“爸爸不说就是了，想不想吃苹果，我再削一个苹果给你吃？”

今天许义山说的话叫她高兴，食欲也变得好了一些，她点点头。

她肯吃东西，许义山更是高兴得很，正给她削着苹果，陆子期进来了，手里还提着一篮子新鲜的荔枝。

这些日子，许婉云就快连苹果都吃不下了，何谈吃荔枝。许义山板着脸瞪着陆子期：“你怎么越活越回去了，婉云能吃什么，你不知道吗？”

昨天他们两父子在许婉云面前争吵，让许婉云很生气，所以今天陆子期轻声说：“婉云以前爱吃荔枝，这两天是吃荔枝最好的季节。”

“可是……”

“爸爸，我想吃荔枝。”许婉云打断了许义山的话。

陆子期坐在许婉云的面前，将篮子里的荔枝拿出来拨开，再将荔枝核小心地取出来，把荔枝肉递到许婉云的嘴边。

许婉云并没有立刻吃掉，而是歪着头问他：“你不生我的气了？”

如果她还能多活一阵子，他仍然会冷着脸对她，她还这么小，就已经学会了用心计，他不想让她变成那样的人。可是现在她时日无多，多过一天都是老天的恩赐，他怎么还会忍心去责怪她，陆子期微微摇了摇头。

她张口将他递来的荔枝肉吃掉，嘴角荡漾着笑意。

“婉云，想吐么，想吐就吐爸爸手心里。”许义山在一旁焦急坏了，以往她吃什么吐什么，他怕她再遭那样的罪，将手伸到许婉云的嘴巴跟前，怕她再吐。

陆子期不生她的气，她感觉今天不像以往那样难受，又让陆子期继续给她剥荔枝吃。

许义山看她能吃荔枝，连连说了几声好，又问她想不想喝皮蛋瘦肉粥，她点点头，许义山又急忙打电话吩咐人给她做粥。

等许婉云吃饱了之后，陆子期又像往常一样给她讲笑话，逗她开心。

许义山看见两个人相处的这么融洽，脸上露出少有的笑容。

等许婉云睡下了，许义山对陆子期使了个眼色，让他到外面，陆子期跟在他身后，两个人一前一后出了许婉云的病房。

许义山走到这层病房的走廊尽头，那里有一个露天的阳台，因为许婉云身体越来越差，睡眠质量也越来越不好，稍有动静就会被吵醒，所以整层病房都被许义山包了下来，他们站在这里说话，不会有人听见。

“听说，昨天晚上你救了李暖星那个丫头？”许义山的声音不热不冷，倒是叫人听不出什么情绪。

陆子期微微点头。

许义山试探性地问了一句：“你跟那丫头，关系好吗？”

“只是萍水相逢，以前并不认识。”陆子期实话实说。

“那这样就好办多了。”许义山放心下来。

“父亲，您说这话是什么意思？”陆子期眼底有一丝疑惑，不知许义山为何忽然说出这番话。

许义山长叹一声，并没有回答他的问题，反而又说：“子期，你对婉云的生死，关心么？”

“她是我妹妹，我五岁的时候她才出生，您工作繁忙，一直是我陪着她，自从母亲去世之后，她更依赖我，也很相信我，对于婉云，我怎么可能不关心？”提及往事，陆子期的神情有些动容。

“你也知道，她活不长了。”许义山的手微微有些抖，从口袋里摸出一包烟，拿出打火机正要去点，陆子期一把从他手里抢了过来。

“您什么时候学会抽烟了？”陆子期满眼震惊，许义山一向不喜欢抽烟的人，认为那种行为是祸害自己也祸害身边的人，所以对他的管教十分严厉。他长这么大，从未见家里有过烟。

许义山苦笑了几声：“都说酒能消愁，可是我年纪大了，身体也不如从前那么硬朗，怕喝不了几瓶，就比婉云先进了棺材，只有借烟消愁……”

“父亲，婉云现在不是还好好的吗。”陆子期将烟装进自己的口袋中，红着眼眶安慰他：“现在医学这么发达，婉云一定还有救。”

“你不要跟我说那些冠冕堂皇的话。”许义山忽然提高了声音，怒气冲冲地说：“这些话我都听了好几年，可什么时候应验过？他们骗我，连你也骗我，真以为我老糊涂了么？如果婉云真的还有救，那你告诉我，药单上为什么用药加了剂量？婉云为什么连翻身都变困难了？”

第八章　不准再伤害她

“父亲，我只有一个要求，在我接近李暖星之后，不准再做伤害她的事。”

陆子期低着头不说话，这些事就算不告诉他，也根本瞒不住他，其实，就连婉云也瞒不住，大家都心照不宣，都在自欺欺人，总说一定会好起来。可是病情拖得越久，婉云的身子就越恶化。有时候，他都不敢去看她。怕看见虚弱的她，会忍不住难过。

曾经许义山是许家的顶梁柱，他无忧无虑地活了二十多年，婉云大病之后，许义山一夜衰老，身体每况愈下，他只能站出来扛下所有的事。

“父亲……”他曾经想过很多安慰许义山的话，可是真正要说的时候，却连一个字都说不出来。

“如果现在有个人可以救婉云，你会不会找她。”许义山忽然开口问她。

“会。”他不假思索地回答许义山，只要能救婉云，他什么事情都可以去做。

“好，这个人你也认识，这些日子你帮了她不少忙，如果你去接近她，她最不会起疑心。”

陆子期越听越觉得不对劲，不由开口问他：“父亲，这个人有签《人体器官捐献登记表》么？”

“如果签了，我还找你干什么？”

“那她就是不同意捐献，我怎么能插手？”陆子期反问。

“陆子期！”许义山吼他：“我等了好几年，可是自愿捐献肾脏的人根本帮不了婉云。现在我等不下去了，婉云的身体情况也不允许我再等下去。如果再找不到匹配的肾源，那她就只能死了。”

“父亲，您从我记事的时候就教育我，己所不欲勿施于人，站在对方的角度考虑，她不同意捐献，就算对婉云来说再合适，我们也不能强求……”

“你的意思是让婉云等死？”许义山根本不想再听陆子期说什么，一脸怒容地打断了他：“如果你不去找那个人，那我就亲自出面，到时候如果做了伤害她的事，你不要怪我没有事先通知你。”

“父亲！”

“怎么，你不想帮我们，难道还不允许我自己动手？我养了你二十几年，婉云也喊了你二十年的哥哥，可是真正有难的时候，作为我的儿子、婉云的哥哥，却在一边冷眼旁观。要是婉云真有个三长两短，我也活不了多久。到时候许家的一切就都是你的，你满意了？”许义山看着陆子期，眼眶红得十分骇人。

陆子期一再提醒自己要理智，可是许义山的一番话，却让他再也找不到什么话去反驳。自从婉云生了病之后，许义山对医院的投资力度也加大了很多，每年也会从许氏的年终利润里抽出不小的比例，帮助那些没钱看病的人。许义山拿钱帮得了很多病人，却独独帮不了婉云。如果不是走投无路，许义山不会做出伤害别人的事情。

“子期，我一辈子没有求过你什么，这次我求求你，你帮帮婉云，好不好？”许义山满眼悲戚。

“她是谁？”陆子期转过身不再看许义山，深深吸了一口气，他一直希望婉云有一天能够战胜病魔，却从来没有想过要去为了婉云伤害别人。

“李暖星。”

“是她。”陆子期忽然转过身，不可置信地看着许义山：“你是不是早就开始注意她了。”

许义山沉默了良久，却只字未提。

没有得到答案，陆子期将心中的猜测说了出来：“李长生出了车祸，李暖星没钱交手术费，你帮她交了，签字单上写着你的名字，你料定李暖星会顺着签字单来还钱，但是又不可能联系上你，所以会找我帮忙代为转交。也猜到婉云不会心甘情愿的让她陪护，会耍心眼让我跟李暖星有误会，你毕竟养了我二十多年，知道我是什么样的为人，后面一定会选择相信李暖星，从而让她对我产生信任，方便日后我接近她，对不对？”

“子期，但凡我有第二个选择，我都不会做出这种事情，可是我有别的选择么？”许义山问。

“父亲，李长生的车祸是不是你设计的？”

许义山再次沉默。

陆子期知道，他的沉默就表示了默认：“我们这样设计李暖星，她怎么可能心甘情愿地把肾捐出来。简直是痴心妄想。”

“这些事是我做的，跟你没有关系。”

“你是我父亲，怎么可能跟我没有关系。”陆子期反问。

“当她发现真相的那一天，你就跟我断绝父子关系。这样，她就不会再怪罪到你头上来了。”许义山早已想好了后路。

陆子期目光如炬地看向许义山，好像是今天才认识许义山一样。他从来都不知道，许义山会对一个人用尽心机。

“我再问你最后一个问题，昨天晚上李暖星被人打，也是你设计的？”

“不是。”对于没有做过的事情，许义山自然不会背黑锅。

“父亲，我只有一个要求，在我接近李暖星之后，不准再做伤害她的事。”

“那肾……”

“我会想办法让她心甘情愿的捐献。”陆子期心烦意乱，短短的时间内，他知道了这么多让他难以接受的事。

许义山曾经在他心中是伟岸的英雄，此时此刻却成了小人。他明明不想去做小人，可是却没有办法，就如许义山所说，如果有第二个选择，他也不会昧着良心做与自己内心背道而驰的事。

陆子期进了病房后，跟已经醒来的许婉云说了会儿话，哄着她又吃了一些东西，才赶回集团处理工作。

他年纪不过二十七岁，刚开始接手集团，总有一些论资排辈的人心中不服，暗地里做了不少小动作，想让他知难而退，所以进了许氏，他就习惯待在总裁室里不出去。这样至少就听不见集团里的人是怎么议论他的是是非非。

在他上任之后，不到两周的时间就进行了集团的大换血，将那些不服从他管理的人都解雇了，紧接着让人事部紧急招人，许氏的待遇在梅城的同类行业中数一数二，招聘信息一发布，立刻有很多人前来应聘。

这次招人中，他亲自筛选把关，对每一个应聘的人都仔细做了背景调查。所以能进许氏的，都是他能信得过的人。

中午十二点还有个会议要开，这是他专门针对新来的员工开的会议。

陆子期还在看人事部送上来的应聘表，忽然看见了李暖星的名字，他微微一愣，表格上填的是她要应聘会计一项。她要来集团工作，为什么又要去做服务员?

想起早上许义山对他说过对李暖星做过的事，他忽然对李暖星愧疚不已。不就是个许氏的会计，他这里开个后门是很容易的事。

他拿出手机给李暖星打了电话，那边响了很久也没有接。看了看手腕上的表，还有半个小时就要开会，只好给李暖星发了短信，让她晚上给他打个电话。

陆子期开会时，并没有端着总裁的架子，让新员工畅所欲言，他才回国没有多长时间，对国内服装设计只停留在理论上，而新来的员工却对这方面十分在行。因此在大多数的时候，都是新员工在说，他在一旁提一些看法意见，理论结合实践，最后再由新员工大胆着手去操作。

会议一开下来，所有的新员工都对陆子期这个领导者十分满意，李秘书整理会议记录时，嘴角也挂着满意的笑。

下午又看了几个合同，一整天忙下来，他都快分不清楚南北方向了。

李秘书早已经下班，他还要做出一套详细的计划，如何让许氏全方位地占领国内中高端的服装市场。

正在做计划时，他的电话就响了，连看都没看就接了起来。

“陆先生，你找我啊。”

是李暖星的声音，他看了看电脑屏幕右下角的时间，怪不得她会这个时候打电话过来，都已经晚上九点了。

“我在办公室里看见你的应聘表，你什么时候可以过来上班？”陆子期揉了揉眉心，高度集中的工作，让他浑身都疲惫不已。

“我被录取了？”李暖星兴奋地在那边手舞足蹈。

她的好心情也感染到了陆子期，他微微笑了笑：“你的简历上，写了这么多获得的学校荣誉，被应聘不是很正常的事么。”

“可是我听说，许氏集团的会计都至少是中级会计师，是不是真的啊？”李暖星问。

“等你来了跟他们相处的熟悉了，再问问他们就知道了。”陆子期将电脑关机，拿了车钥匙准备下班。

李暖星听力非常好，听见电话里传来电脑关机的音乐声，连忙问：“你是不是在加班还没吃饭呢？”

“你怎么知道？”

“你才上任没多久，肯定会有很多事情要忙。我请你吃饭吧，我就在许氏集团楼下的那个咖啡馆里。”李暖星刚说完话，在电话那头哈哈大笑起来：“哎呀，玲子，你别闹，我跟陆先生说话呢，哈哈哈哈。你别挠我痒痒啊。”

到底是年轻人，再大的伤疤，好起来也很快。昨天他还担心她会不会因为在海天酒店被欺负的事而有了心理阴影，现在看来，他的担心完全是多余的。

“陆先生，你来不来啊？”电话那头换了声音，应该她的好朋友：“我们家小星可是等了你快五个小时了。”

“胡说，我哪有等？”

“你确定你没等？谁在咖啡馆点了一杯二十块的咖啡一坐

就是一下午，还专门挑能看见总裁室玻璃的位置？”

“陆先生，你别听她乱说，我就是在这边玩的。”李暖星捏了一下沐梓玲的腰，警告她不许再乱说话。

听着两个女生的吵嘴，陆子期在这边笑了笑：“你们都没毕业，还是我请你们吃饭吧，我下去找你们。”

等陆子期一挂了电话，李暖星跳到沙发上将沐梓玲按倒，跟她闹：“让你胡说，让你胡说。”

这边的咖啡馆很有风情，做的都是小资情调的隔断，两个人闹腾也不会被别人看见，沐梓玲这会儿小说也写不下去了，又去挠她痒痒。

过了一会儿，李暖星的手机又响了，她一看是陆子期打过来的，没有立刻就接，对着沐梓玲再三叮嘱：“等会不准拆我台啊。”

沐梓玲嗯嗯了好几声，连连点头。

李暖星才把电话接通，很正经地说了声：“陆先生。”

沐梓玲又在那边哈哈大笑起来，李暖星无奈了，她不就喊了声陆先生么，至于这么好笑？

“你们可以出咖啡馆了，我的车子就停在门口。”

“好，我们马上到。”

李暖星催沐梓玲把电脑收起来，一起走出咖啡馆。

两个人一出了咖啡馆，陆子期就把车窗摇了下来，朝她们招了招手。

沐梓玲上了车子之后，碍于跟陆子期不熟，反而老老实实地坐在车子里不吭声，李暖星朝陆子期嘿嘿笑了好几声：“谢谢你啊。”

“跟我没有关系，你来上班，是因为你的简历在同批人中是最优秀的。如果没有通过人事那一关，也不会送到我手上。”陆子期将车子开出去，嘱咐两个人都系好安全带。

“那昨天晚上你还救我了呢，这个总该说声谢谢吧。”李暖星又说。

沐梓玲咦了一声：“昨天晚上的英雄，不是宋先生么？”

“他是酒店的老板，出了事，肯定要负责的，所以送我回去啊。”李暖星解释。

“但是，老板完全可以让他的属下送你回去啊，不用亲自送吧，那昨天晚上的药又怎么解释？”昨晚沐梓玲因为要赶稿，所以没回自己租的地方，晚上回来的时候看到李暖星手里拿着药，脸上还有瘀青，短信里三言两语问不清楚，于是又细细盘问整件事情的来龙去脉，才知道到底是怎么回事。

“药是老板送的没错，可是那也是看在陆先生的份上啊。在去医院的时候，他还一再强调，要伺候好我什么的，不然就可能得罪了陆子期。”李暖星说到这儿，忽然想起来什么，又问他：“许氏是做服装的，海天是餐饮行业，两个怎么看都互不影响啊，他为什么这么怕你。”

“梅城就这么大的地方，圈里圈外有些地位的，不外乎那么几个人，相互之间多多少少都有些来往。宋远知才来梅城，自然是要小心处事，如果得罪了圈外的人，圈内的人自然也会听说。大家都心知肚明，犯不上为了一个外地人而得罪了本地人。”陆子期一边说着话，一边在一家餐馆前停了下来。

“上次你带我去了你们最常吃饭的地方，这次我带你们来我跟婉云经常聚的地方吃。”陆子期绅士地替他们开了车门。

沐梓玲走到李暖星跟前问：“你带他去皇夏医院后面的那家餐厅吃饭啦？”

李暖星没吭声，倒是脸红了不少。

沐梓玲满眼哀怨地看着她："你跟他才认识几天啊，就带他去我们的地方。"

"他帮了我那么多大忙，我这不是心里感激么？"李暖星小声嘀咕着。

走在前面的陆子期脚步微微一顿，听见李暖星说的话，他眼神有些复杂。但很快又恢复了常态，推开了餐馆的门。

等进了餐馆，沐梓玲哇噻了一声，完全被餐馆的装修风格吸引住。拿着手机不停地拍着照片，李暖星想跟着沐梓玲一起拍，陆子期在一旁说："喜欢这个地方，下次还可以来，先点菜吧，都快十点了。"

这家餐馆处处透露着书香的气息，墙壁边上都立着落地书架，每排书架都放着各类书籍，虽然对上面摆放的书不感兴趣，可是看着也觉得很过瘾。这次没能拍上照，她心里觉得可惜。

等陆子期把菜单拿过来的时候，她按着自己跟沐梓玲的喜好点了餐，又问陆子期吃什么，陆子期要了份牛排，李暖星把菜单交给服务员的时候，沐梓玲也拍完了照片，坐在李暖星的跟前连连称赞。

李暖星抿着唇笑她："是不是想来这个地方写小说啊？"

沐梓玲点头嗯嗯了两声。

"别想了，这里一杯饮料就好几十呢，我们哪儿喝得起啊，等我去了许氏上班，可以在许氏楼下那个咖啡馆给你买饮料，你坐那儿写写就行了。"

"一个饮料都这么贵？那今天晚上的饭……"沐梓玲坐不住了，现在她们两个都是缺钱的主儿。

"又不让你掏钱，你急什么啊！"李暖星把银行卡从钱包里拿出来："我有钱。"

"你哪儿来的钱？"沐梓玲不信。

"昨天晚上宋老板一口气赔了我五个月的工资，是按正式员工的待遇赔的。"她把银行卡往桌子上一放，一副财大气粗的模样。

陆子期忍俊不禁，笑道："五个月也没多少钱，你留着给你父亲住院用吧。"

"住院的钱也够了啊，我昨天晚上算了算，还能余下一千块呢。"李暖星像捡了个大便宜："今天你们想吃什么，随便点啊。"

"现在你到许氏应聘，那海天那边的工作怎么办？"陆子期问她。

"这个你放心，我不会同时在两家上班的。"李暖星跟他保证："昨天晚上宋先生送我回学校的时候就跟我说了，我学的是会计，做服务员对我的专业没有帮助，让我考虑考虑要不要做他财务公司的会计，我拒绝了。他就说，在我休养的这段时间，还可以再找找会计类的工作，如果能找到，到时候跟他说一声就行了。"

"宋远知还开了财务公司？"陆子期只知道他这个人一来梅城就收购了海天酒店，却不知他还开始涉及财务这一块的领域。

李暖星点点头，把宋远知之前给她的名片从钱包里拿出来，递给了陆子期。

宋远知会计师事务所，名片上写着这几个字。陆子期看了看，还给了李暖星："你进事务所，能够更全面的学习会计知识，比在许氏更有发展前途，为什么不去他那边？"

李暖星尴尬地挠了挠头，有些不好意思地说：“我觉得他这个人有点好的太过了，觉得不真实。”

“你以为人家宋远知是看在你的面子上对你好？快别做梦了，明明是因为陆总光芒四射好吧？”沐梓玲白了她一眼。

正聊着天，服务员把她们点的菜端了上来。沐梓玲一看这几个菜都是她爱吃的，眉开眼笑地吃起来：“再说，你长得又不是美若天仙，人家宋远知讨好你，图个什么啊？”

“怎么吃也堵不住你的嘴。”李暖星又给她夹菜：“你赶紧吃饭，不说话行么？”

李暖星才说完话，就听见手机的铃声响了。她拿着手机看了一眼打过来的人，立马把手机在两个人的眼前都晃了晃：“对不对，我没有说谎，他电话我一天就接好几个呢。就是因为他总给我打电话，我才把手机静音的好吗？”

陆子期这才明白为什么这两天给她打电话，总是没人接听，原来是因为宋远知的骚扰。

“不想接就不要接呗。”沐梓玲爽快地说。

“但是他每次跟我说话都很绅士啊，而且昨天他多赔了我好几个月的工资呢，我怎么跟他直接说啊。”伸手不打笑脸人，而且这个笑脸人，还带她去医院处理脸上的伤。

她还是把电话接了起来：“喂，老板。”

“我还是比较喜欢听你叫我宋先生。”宋远知说：“吃过饭了么？”

“正在吃。”

“那真可惜，原本我打算带你一起吃，刚好给你省一顿饭钱。”宋远知开起了玩笑。

“我现在是有钱人了，吃得起饭。”李暖星也笑了笑。

“你爸爸那边不是还差一些钱么？”宋远知问。

“现在差不多补齐了，多亏了你呢。”

“你现在在哪里，需要我接你回去么？这个时间，公交车都停运了。”

“不用那么麻烦，我打车回去就好，谢谢你了。”她赶紧拒绝，一个才认识没几天的人无缘无故的对你这么好，肯定是不正常的。

被李暖星拒绝，宋远知也没有生气，反而在那边笑了起来：“你在防备我？”

“没有没有，我现在正在吃饭呢。”为了证明她说的是真话，她拿起筷子扒了两口碗里的米饭往嘴里送，一边咀嚼一边说：“时间太晚了，我不是想早点吃完早点回去休息么。”

“那我们改天再见。”宋远知似乎心情非常好，完全没有听出李暖星催促他挂电话的情绪。

沐梓玲盯着李暖星看了几眼，很认真地说：“你长的真的不是那种特别美的人啊。”

“难道是发现了我的内在美？”李暖星跟沐梓玲耍宝。

陆子期忽然笑出了声：“你们两个可真有趣，赶快吃吧，要不然晚上你们又要花钱住酒店，你那一千块就变成八百块了。”

跟她们在一起，他也放轻松了一些。

三个人吃完饭，陆子期开车送她们回学校。沐梓玲吃饱喝足，坐在车子里直犯困，不一会儿就睡着了。

陆子期从后视镜里看见躺在后车座里呼呼大睡的沐梓玲，将车速放慢了一些。

“陆先生，你可真好。”李暖星知道他放慢车速的原因，小声地说。

他好么？陆子期微微侧过头去看她，看见她眼底带笑地正看着自己。他有些受不住她这样认真的神情，对他来说，他现在每一次接近她，都是带着别有目的。她却说他好，这样的称赞他受之有愧。

一向运筹帷幄的陆子期此刻却不知该怎么将这个话题继续下去，只好沉默下来。

李暖星看窗外的车水马龙，忽然感慨了一句："也不知道爸爸什么时候能好起来，他很早就想在梅城好好看看夜景呢。"

梅城是国内少有的旅游胜地，由于名胜古迹保存的十分完整，所以处处都是景点，到了夜晚，那些古代建筑上的灯都会通宵亮起，看上去宛如穿越回了古代。

因此国内很多游客都喜欢在梅城小住一阵，李暖星随口一说，却让陆子期心底起了波澜，他就像跟她平时聊天一样地问："你爸爸这次是来旅游的么？"

"不是，他是来谈生意，听说要跟这边一个服装公司谈合作。结果遇上了车祸。"

陆子期握着方向盘的手心里微微有些细汗，只觉得有些事情越走越偏，已经脱离他能掌控的轨迹。事情发展到这一步，太多的变化让他没有办法去弥补。只希望李长生来梅城是跟别的公司合作，跟许义山没有任何关系才好。

快到十一点半的时候，陆子期将她们送到了学校门口。李暖星到后座叫醒了沐梓玲，两个人下车，对陆子期挥了挥手。

看着陆子期的车子越开越远，直到车子拐向下一个路口再也看不见时，李暖星抬头看着夜晚的繁星点点，自言自语地说："星星可真好看。"

"这几天都能看见星星啊，也没见你哪天说好看。"沐梓玲打着哈欠，推了推李暖星赶紧往宿舍楼走："我看是因为看见陆先生了吧。"

在没遇到陆子期之前，她从来都不知道，只因为遇见了不同的人，既是再平淡无奇的景色，也能变得绚烂多彩。

就比如她在梅城生活了快四年，从来没觉得梅城的夜景这样好看过，可是陆子期却让她明白了什么叫作风景如画。

回到宿舍，沐梓玲早已呼呼大睡，她却躺在床上怎么也睡不着，索性把手机的屏幕划开，当成手电筒用，蹑手蹑脚地借着光亮在柜子里翻着画笔。

找到画笔之后，夹着画板悄悄到走廊里画起了画。

几个小时过去后，画终于画好，夜空中繁星点点，只有一颗最为闪耀。她将画纸翻过来，在那颗星的背后写下了"子期"二字。

第九章　最好的人

“陆先生，你是我见过这个世界上最好的人了。”

李暖星提起他为她做过的种种事，忍不住笑了起来。

因为不用再去海天酒店做服务员，李暖星清闲了不少，每天除了上课就是复习，还经常去医院看望李长生。

李长生身体恢复得很快，这几天已经能拄着拐杖慢慢地在地上走动。李暖星陪着他在房间里做锻炼。一个小时下来，李长生累得满头是汗，李暖星进洗手间拿了湿毛巾递给他。

正在擦汗的时候，赵逸辰进来给李长生做例行检查，看着他的恢复情况，跟她们说，再过几天的话，就可以转回家乡的医院做治疗。

李暖星现在有些钱，倒是不急着转院，又问了一些关于李长生腿部恢复应该注意的事项，等问完之后，发现李长生又躺在床上睡着了。

趁着他睡觉的时间，她下楼去买一些李长生爱吃的水果，刚要付钱，旁边就已经有人把钱递了过去，她一回头，才发现是宋远知。没想到他会在这里出现，想躲也来不及，只好笑了笑，硬着头皮跟他打招呼。

宋远知替她拿着水果，往医院的方向走。

她跟他根本没有话可以说，所以一路上她一直保持沉默。

宋远知倒是不在意，跟她有说有笑。还是李暖星最后耐不住性子，打断了他："宋先生不忙么？"

"我就是来看看慈善基金最近用在什么地方，没什么要忙的。怎么，你很忙么？"还没等李暖星开口，宋远知就将水果袋子递给了她："你在这里等一下，我去买点东西。"

李暖星看着他进了超市，没过多久，手里提着一袋东西出来了。他将她手上的水果袋子又拿到他的手上，继续跟她聊天："刚来梅城的时候，其实各种不顺，觉得在梅城实在糟糕透了，梅城这边的人，地方保护主义很强，就拿接手海天酒店这件事，其中也费了一些周折，不是你们想的那样，只要有钱就可以做成任何事。"

对于宋远知说的这些事，李暖星一点都提不起兴趣来，跟他又不熟，为什么他会跟她说他的血泪史。她面上装作很认真地在听，实际上他后面说的是什么，她都没听清楚。

到了医院的大厅，宋远知将手里的东西都交给了她，知道他是要去看基金，听了他这么多的心酸故事，她怎么也要稍微安慰一下："那些过去的事，你也不要一直记在心里面，你看你现在多成功啊，海天酒店可是梅城数一数二的餐饮酒店，你接管下来，肯定能挣大钱。而且你的会计师事务所，我那天也百度了一下，光注册资金就一千万呢，这说明什么，说明你真的是有钱人啊。我们都很羡慕你，你得这么想，这世上有千千万万个比你还能吃苦的人一直在奋斗着，一辈子过去了，却连个房子都买不起。这么说，你是不是开心了许多？"

宋远知淡淡一笑："我把我的心酸说给你听，并不是想要你安慰我。而是想用我的经历告诉你，有些难过，只要撑一撑就过去。”

“我有什么好难过的？”李暖星不知道他说的是什么意思，不禁脱口问出。

宋远知解释：“原本以为你爸爸出了车祸，你在酒店又遭受到那样的事，你会自暴自弃，觉得无路可走。所以这些天，一直不停地联系你，想让你从阴影里走出来。本来以为你在电话里跟我说说笑笑，只是不想让我知道你不开心，可是现在看来，是我太小看你了。”

原来这几天他频繁地联系她，是出于这样的原因，想到这几天她对他的误会，李暖星羞得头都抬不起来。等再抬起头来的时候，发现宋远知已经离开了。

她提着手里两个袋子往电梯走，忽然想起来水果钱是宋远知掏的。虽然没有几块钱，可是她没有占便宜的习惯。低着头在袋子里翻了翻，想看看有没有结算小票之类的东西，这一翻，才发现另外一个袋子里装的是一大包湿巾，还有一些饼干。没有发现结算小票，可是东西拿都拿来了，总不能再丢掉吧。只好把两个塑料袋子拿回了李长生的病房，护士长正在给李长生扎针，笑着跟她打了招呼。

李暖星对这个护士长一点也不陌生，李长生经常在她耳边念叨，说有个短发的护士扎针特别轻，还很爱笑，经常讲笑话逗他乐。只是每次都很不巧，每次李暖星来的时候，这个护士长不是去别的病房查看病人的身体状况，就是夜班轮休不在医院。今天看见她正好在，李暖星拿着两个红彤彤的大苹果进了洗手间，等洗干净了出来时，护士长正跟李长生说笑话。

“护士长，您吃一个吧，这些日子，多亏您照顾我爸爸了。”

护士长也不跟她客气，拿了苹果就啃了起来。李暖星又将另外一个苹果递给了李长生。然后开始将两个塑料袋的东西进行归纳整理。才把饼干跟大包的湿巾拿出来，就听见护士在旁边夸她：“别看小星年纪小，心思可细腻着呢，现在来医院照顾病人的家属，有几个知道给病人买这些的，你们隔壁就有个老大爷，前阵子摔断了腿，家里人每次来看他，都是给他钱，你说一个老人家住院要钱干什么啊，又不能下床走路，洗脸吃饭各种不方便，就算能叫外卖，可外卖还得到点才送……”

李暖星的心忽然跳快了几下，饼干跟湿巾哪里是她买的，她只知道去买些水果给李长生，压根没往这些地方想。本来她以为东西是宋远知买的，只不过宋远知走的时候忘了拿，现在听护士长这么一说，她才明白，这些东西分明是宋远知专门给她买的。

人家宋远知对她这么好，她却狼心狗肺一而再、再而三的误会他。越想越觉得抬不起头来。索性拿出手机给宋远知发了一条信息：谢谢您今天为我爸爸买的东西，改天我请你吃饭。

原本她想着把钱还给他就行了，可是又觉得他给李长生买东西的那份心意，不是几十块钱就能还得清的，其实请吃饭也还不清，但至少可以抵消一点她心里的那份愧疚。

晚上陪着李长生吃了饭，她才慢悠悠地往医院外面走。

才走到大厅，就看见宋远知被医院的高层簇拥着出来。宋远知不时地捏着眉心，似乎有些疲惫。她正犹豫着要不要上前打个招呼，宋远知已经迈开步子朝她走来。

几个医院的领导你看看我，我看看你，不知道还要不要继续将刚刚的话题进行下去。

宋远知淡淡一笑：“既然我肯把钱捐出来做慈善，肯定是相信你们的。只是我希望，能把基金发挥最大的用处，既能做到医学科研，也能兼顾医院里的病人。”

几个医院的高层都不停地点着头，对宋远知的话言听计从。

宋远知往李暖星的身边一站，又说：“她是我的朋友，父亲正好在皇夏医院看病。我朋友还是学生，有时候要回去上课，照顾她父亲的事，还要多多麻烦你们了。”

随行的医生里，有一个是见过李暖星这个人的，对李长生的事情也或多或少地听过一些。那个人低声对着医院的负责人说了几句什么，负责人立刻表示会好好照顾李长生，免去他住院的所有费用。

直到出了医院，李暖星都没能把宋远知说的话跟医院负责人的话联系在一起，宋远知只是说要他们帮忙照顾李长生，没说要免除住院费用什么的。

“想不明白就不要想了，有时候简简单单地活着也挺好。”宋远知看她绞尽脑汁地想问题，笑着说：“你还是想想怎么请我吃饭吧，前两天我给你多开了五个月的工资，现在又让你爸爸一分钱都不花的住院，要是不请我吃顿大餐，我可不干。”

“今天就请么？”李暖星很为难地说，不是她不想请，实在是她没有带银行卡，身上就装了几十块的现金。

“想赖账？”宋远知挑眉。

“不是，要是非得今天请的话，我只能请你吃拉面了。”她挠了挠头：“不然下次请你吃大餐？”

“择日不如撞日，就今天吧。”宋远知哈哈一笑：“拉面就拉面，我还没在小馆子里吃过拉面，尝尝鲜也挺好的。”

既然他话都这么说了，李暖星再拒绝就显得太矫情了，她领着他随便找了一家饭馆吃饭。

宋远知对吃东西倒是一点都不挑剔，明明开着梅城数一数二的酒店，却在小馆子也吃得十分自在。李暖星生怕招呼不周，不时地跟他说，要是吃不下就别吃了，她身上的钱还够去别的地方吃一顿。不是她浪费钱，实在是今天饭馆没选对，做的面不劲道，汤还咸得要命。

宋远知摆了摆手，表示不用这么麻烦，等他把一碗面都吃完，李暖星的筷子都没怎么动。他又陪着她去吃了隔壁家的炒饭，这晚饭才算解决了。这么一耽搁，最后一班的公交车就没了。李暖星很尴尬地看着宋远知，本来是她请他吃饭的，到最后变成他陪她吃饭，他又免费当司机。车子到了学校的门口，李暖星心里过意不去，下车的时候跟他说："要不，下次我请你吃顿大餐吧。"

"既然是大餐，那不能再用拉面来充数。"宋远知温和地说。

李暖星赶紧点头，要是再请他吃拉面，她都不好意思了。

回到宿舍，沐梓玲还在写稿子，宿舍里的人都睡了，她敲击键盘的声音很小，李暖星蹑手蹑脚地拿着脸盆跟牙刷牙膏到洗手间刷牙洗脸。

沐梓玲合上笔记本，也跟了出去，站在她旁边坏笑："跟陆先生出去约会了吧。"

"瞎说，陆先生怎么可能单独约我。"李暖星拿水泼她。

沐梓玲早料到她会来这手，灵巧地闪开："急啦？"

"你想象力怎么这么丰富呢？"

"不然能当作家？"沐梓玲跟她贫嘴："以前十点半之前准时回宿舍的人，现在都快十二点才回来，爱情果然很伟大啊。"

李暖星见她已经想入非非，只好跟她说实话；"我去看我爸爸了，晚上正好跟宋先生一起吃饭。"

沐梓玲撇了撇嘴，满脸写着不相信："你不是最怕跟他见面么，怎么会跟他一起吃饭？"

"我跟他那是有些误会，其实宋先生人也挺好的。"李暖星嘿嘿笑了几声，拿着牙刷开始刷牙。

"小星，你可不能这样啊，不能朝三暮四的，你到底喜欢谁啊？"沐梓玲敲她的脑袋，一副恨铁不成钢的模样："这两个男人都是数一数二的人中龙凤，你要是犹犹豫豫的，到时候一个都抓不着。"

李暖星一边刷牙一边瞪她，最后把牙刷完了才说："有你这么说自己朋友的么？别人就是对我好那么一点点，说的好像他们跟我谈恋爱了一样。"

沐梓玲白了她一眼："你知道什么啊，像他们这样的人，要是对你一点兴趣都没有，怎么可能把大好的时光浪费在你身上。"

"你是言情小说看多了，得了臆想症。"李暖星端着脸盘往宿舍走："我要什么没什么，他们会喜欢我？别逗了，快洗洗睡吧，明天还得复习呢。"

"反正我就觉得陆先生对你挺好的。"沐梓玲嘀咕了一声，跟着她回了宿舍。

沐梓玲跟李暖星是上下铺，李暖星才往上爬，沐梓玲忽然又拽住了她，特别小声地说："陆先生可是出了名的不让人走后门的老板，两个月前，有人为了能进许氏工作，给负责招聘的人事科科长送了大礼，结果工作没到几天，就被陆先生解雇了，顺带解雇的还有人事科的科长。你说，要是陆先生对你一点都不上心，犯得着下午专门请咱们吃饭跟你说进许氏的事么？"

李暖星没吭声，但是经沐梓玲一提醒，好像想明白了一些，上床的时候都在笑。照这么看来，陆子期确实对她挺好的，虽然过了人事的那一关，可是今天面试的时候，一同来应聘的人里，有好几个都比她有经验，那些人的简历肯定也送到了他手上，他却决定了用她。

可是她又不敢往那方面去想，陆子期对她而言，就像是天上的星星一样，既耀眼、又那么遥远。而她就像是地上的尘埃，是大千世界里再普通不过的存在。也许对于陆子期，她也只能像现在这样，偷偷地喜欢就好。

陆子期，你知道么，只要我喜欢的人是你，哪怕偷偷摸摸地去喜欢你，都让我感到开心。李暖星打开手机的相册，调出与他第一次见面时她拍下的他的照片，枕着他的相片入眠。

临近毕业考，所有的课程都已接近尾声，有的学生已经不来上课，本来就为数不多的学生里，坐在第一排的李暖星就更加引人注目。

所有教她的老师，都知道她的名字。对于对功课认真的学生，老师见了都喜欢得不得了。一下课就给李暖星推荐各种各样的工作。李暖星都婉言拒绝，对她来说，目的非常明确，就是要进许氏集团做会计。

好几个老师见她这么固执，都劝她想开一些，现在去许氏，她只能算是实习生，可是去了别的单位，就是正式员工，工资拿的比在许氏多出很多。

几乎每一个老师上完课，都要找她去办公室谈一次。最后李暖星不想再让老师劝下去，索性后面的几节课也不上了，提前几天到许氏实习。沐梓玲直骂她不够朋友，后面的笔记都不帮她抄。

李暖星下班的时候，给沐梓玲带了一张许氏集团楼下那家咖啡店六百块的充值卡，才堵住了沐梓玲的嘴。

能在喜欢的单位上班，就算钱挣的少一些，她也愿意。现在李长生住院，能吃能喝，还有人逗他开心，身体好得非常快。再过一阵子，他就可以离开梅城回家了，她心里的石头一放下，就能集中精力做自己喜欢做的事。

晚上跟沐梓玲一起吃饭，李暖星又叫了一瓶酒，非要让沐梓玲陪着她喝，说要庆祝她找到了心满意足的工作。喝了酒，又闹了一会儿，才回宿舍休息。

李暖星躺在床上怎么也睡不着，趴在床上不停地翻着手机短信。来来回回地看着陆子期前天给她发的信息：给你打了很多遍电话都打不通，等你有时间了给我回一个电话，我等着。

陆子期帮了她这么多次，可她却在陆子期需要帮助的时候，只能作为一个旁观者。白天的时候有沐梓玲在，她还可以不去想，可是夜深人静的时候，她却忍不住去在乎。

她的手轻轻抚摸着最后三个字，看了这条短信足足有三分多钟，终于借着点酒劲儿，给陆子期发了一条信息：陆子期，你睡了吗？

有些话，憋了一天没有对陆子期说，现在要是再不说，她怕以后更说不出来。

发完信息之后，等了好一会儿，不见手机有信息传送过来，又按亮了手机屏幕，才看清时间，都已经十二点半了。这个时间，估计人家早就睡了。心里微微有些遗憾，好不容易才鼓起勇气发跟他发信息，什么时候再有这样的勇气，可就不好说了。

正要把手机关机，就看见电话屏幕忽然亮了起来，是陆子期给她打来的。她赶紧拿着手机轻轻出了宿舍的门，直到走到洗手间里，她才敢放开声音说话："陆先生，这么晚你还没睡啊？”

“在加班，你不是也没睡么？”陆子期在电话那头笑了笑：“找我有事？”

“其实也没什么事，就是想跟你聊聊天。”李暖星在洗手间里来回地走，借此来缓解一下她的紧张。

“聊什么？”

“就是……嗯，单位里的那些事，你不要放在心上，有些人就喜欢做小人，你要是把那种人的话放在心上，就太不划算了。”

早上陆子期给新来的同事开会，其中就有她。会议开到一半，有人忽然闯进来，指着陆子期骂了很难听的话。说他想要架空许义山的地位，独揽许氏的大权。最后那个人虽然被保安请了出去，可是陆子期在新来的同事中，好感直线下降。本来开会之前，她还能听见新同事夸赞他年轻有为，出了会议室的门，那些夸他的人都开始骂他不仁不义。

听见陆子期被骂，她心里也不舒服。可是偏偏又不能表现出来，一天工作下来，财务室的人在说陆子期，吃饭的时候，员工私底下还在议论陆子期，说来说去，都是陆子期如何取得许义山的信任，然后把许氏变成了他自己的公司。

虽然跟陆子期没有认识多长时间，可是她就是相信陆子期并不是他们说的那样，如果陆子期真的是那种不仁不孝的人，就不会这么在乎他妹妹的病，也不会在那天晚上给她打电话，让她帮忙照看许婉云，而去送许义山回去休息。越想越觉得陆子期被冤枉，她忍不住为他叫屈：“要我说，就应该在职工行为准则里再加一句话，不能饭后闲余议论是非。”

陆子期倒是笑了两声，似乎没有因为早上发生的事而受半分影响："那不是让他们认为我是做贼心虚，才堵住悠悠众口？"

这么说也有道理，可是她就是看不惯别人这么诋毁他，还想说什么，就听见陆子期又说："你才来公司一天，就这么相信我。可有的人已经在集团里工作了一辈子，是看着我长大的，在这种时候却站出来反对我，小星，你为什么会选择站在我这边呢？"

"在你不认识我的情况下，愿意开车带我去酒店做服务员，看见我爸爸在医院里做手术，会帮我找你熟悉的医生。还有海天酒店的那一次，你连包厢里的人是谁都不知道，就冲进去救人，陆先生，你是我见过这个世界上最好的人了。"李暖星提起这些事，忍不住笑了起来。

陆子期握住电话的手骤然收紧，脸色微微有些变化，他别有用心地接近她，却被她当成这个世界上最好的人。他觉得他就像一个刽子手，而李暖星就是那只等着被他宰杀的羔羊。

"这么晚了，你早点睡吧。"陆子期忽然转了话题，他不能再跟李暖星聊下去，怕越接近她，就会对她越愧疚。

挂了电话之后，他看着电脑屏幕上的文档，是对李暖星所在的学校做的一次例行身体检查。这种检查每年都会做，只是这一次……他看着电脑屏幕，最后按了关机键。

第十章　亮若星辰

月光下，李暖星对着他开心地笑着，洁白无瑕的面庞有两个浅浅的酒窝，彼时有风拂过，微微吹着她垂顺的直发，美的让他有一瞬间的恍惚。

第二天上班，李暖星作为实习生，做的只是一些送资料的简单工作。有一些报表必须亲自送给集团负责人。许义山不在，现在集团的负责人就是陆子期，想到要跟他在工作上有接触，她忍不住嘿嘿直笑。

陆子期的办公室在十九楼，在电梯里看着数字一层层地往上升，她的心怦怦直跳。才走到陆子期的门口，就听见里面发出激烈的争吵声。

“赵叔，现在父亲根本不管许氏，我也是空有理论没有实践，你忽然说要离开许氏，总得给我一个合适的理由吧。集团元老中，能信得过的，我就只剩下你了。”

是陆子期的声音，她从来都没听过陆子期用这种口气说话，好像有太多的无奈。

“在许氏我干了快四十年，之所以一直在这里，是因为它是许氏的江山，可现在，它就要改姓陆了……”

“赵叔，我以为你能相信我的。如果在这时候你也离开了，那许氏的江山就不再像从前那样稳固，它是你看着发展起来的，对它的感情，你不会比我少半分，这样做你又于心何忍？”

“不要跟我说那些冠冕堂皇的话，你不是很有能耐么。连义山身边的李秘书你都挖过来变成自己人了，还有什么办不到的。这是股权转让书，在上面签了字，我拿钱走人，眼不见心不烦。”

“赵叔……”

“陆子期！我以当初入股所投的钱卖给你，是看在这么多年你一直喊我叔的份上，你还想怎么样，不要欺人太甚！”

过了一会儿，门忽然从里面打开，李暖星这才看清开门的人是赵锋，集团副总之一，她礼貌地朝他问了声好。

赵锋脸色很差，只看了她一眼，就往电梯的方向走去。

刚刚陆子期跟赵峰的话她都听得一清二楚，明明知道现在不该进去，可是科长又交代了要把资料在十点之前必须送到他手上，只好硬着头皮走进去。

进了办公室，看见陆子期闭着眼睛，右手不停地揉着眉心，似乎十分疲惫。李暖星把资料放在他的办公桌上，想悄悄离开。

“把门关好。”陆子期眼睛都没睁开，忽然说了一句话。

“你怎么知道有人进来？”她动作明明很轻的。

“我闻到了茉莉味。”陆子期解释。

她愣了一下，没想到陆子期的嗅觉这么灵敏，她喜欢茉莉味的东西，从香皂到沐浴露，甚至是香水，都买茉莉味的。

既然被他发现了，她也不用悄悄地出去，问他：“晚上要不要出去潇洒一下？”

“潇洒？”陆子期睁开眼，微微有些疑惑。

“我心情不好的时候，就喜欢去江滩丢石子发泄发泄，你要不要一起来？”

“你听见我跟赵叔的谈话了？”她说这样的话，不会没有原因。

李暖星也不瞒他，大大方方地承认下来，被自己的叔叔误会，应该是很难受的事，可他却只有疲惫，那是要有多大的承受能力，才能看着曾经信任的人一个个地离开他。

昨天晚上他才说过有一个看着他长大的人离开了集团，结果今天早上又有人离开了。集团里上了年纪的副总，一只手就数得过来。短短两天之内就走了两个，谁知道明天又有谁要离开。

李暖星想了半天，还是把心里想说的话跟他一股脑儿说了出来：“陆先生，瘦死的骆驼比马大，就算所有的副总都走完了，集团该运营照样运营，毕竟根基在这里，品牌效应也是国内第一位的，这都是咱们许氏最大的优势。想我爸爸的小公司，刚开始注册资金才二十多万，根本没有所谓的品牌推广，现在也有百万资产了呢。我爸爸从开公司到现在都没有愁过，你就不要给自己太大压力了。”

许氏的问题不仅仅只是李暖星所说的这些，还有很多潜在的问题，可是听着她这一番话，却让他焦躁不安的心慢慢平静下来了。再多的问题，也总有办法可以解决，他只是还需要一点时间。

中午吃饭，旁边的会计问李暖星要不要下去吃饭，她一摸钱包，发现钱包里没钱了。于是摇了摇头，只能先去银行取钱。

到了银行的自动取款机跟前，她正在外面排队，看见宋远知也从银行里出来，旁边还有一个人跟着，那个人她倒是看着面熟，前几天来许氏的财务室跟科长谈了一些合作业务。

后来她听会计私下说，那个人是楼下银行的理财顾问，专门找有钱人去银行投资什么的。想着宋远知是在跟那个人谈业务，她就没跟宋远知打招呼。进了 ATM 取款机处取了钱出来，却看见宋远知站在银行门口等着她。

“你在等我啊？”李暖星挠挠头，有些不好意思地笑了笑。

“看见你来这边取钱，就想起你欠我一顿大餐，今天是不是该兑现了？”

“行啊，你想上哪儿吃？”反正下午两点才上班，现在连十二点都不到，她有的是时间请他吃饭。

宋远知眉梢一挑：“这么大方，看来是找到合适的工作了。”

“等我上你的车子，再慢慢跟你说。”李暖星看见他车子就停在银行不远的地方，外面太阳很大，晒得她不停地流汗。她只想钻进车子里凉快凉快。

宋远知一上车，就把车内空调调低了一些。

李暖星才上了车，那个财务顾问又从银行里跑出来，给宋远知送了一套包装很精美的骨瓷茶具。嘴里不停地说着让宋先生多多照顾他们银行之类的话。

等他走了之后，李暖星眉头微微皱了皱，有些不满：“现在的人真势力，对有钱人就眉开眼笑的，对没钱的，连搭理都不搭理。”

“你认识他？”宋远知侧过头看着她笑。

“怎么不认识，他经常去许氏啊。对许氏的态度就跟对你一样，但是对许氏旁边一栋的小公司，就爱理不理的。”

“你在许氏上班？”宋远知来了兴趣。

“你怎么知道？”李暖星有些惊讶。

“在许氏看见他，自然是在财务室里了，你能去财务室，自然说明你已经做了他们的会计了。”宋远知问她：“就算你爸爸现在不缺钱治他的腿，可是你就不想多挣一些钱吗？在我会计师事务所，工资可是比在许氏做实习生高出两倍不止。”

宋远知帮她爸爸买湿巾和饼干那天跟她说过的话，让她彻底打消了对宋远知的顾忌。所以她也不打算对他隐瞒什么，跟他说：“我爸爸也是开服装公司的，从记事的时候起，爸爸就把许氏集团作为奋斗的目标，只可惜奋斗了半辈子，连人家的百分之一都不及。爸爸这几年设计的衣服渐渐不如从前，公司的效益也在走下坡路。所以我想来许氏，看看能不能在里面学习到一些东西，然后回去帮爸爸。”

“你一个做会计的，跟设计又不沾边，回去帮他管理记账倒是可以。”宋远知在一旁说。

“会计只是我接近许氏最捷径的一个办法，如果要做他们的设计师，我至少还得奋斗十年才可以。”李暖星很认真地看着他说：“我不怕你笑话，从填高考志愿的时候，我就知道自己的目标是什么。如果选设计专业，就算我把博士生都读完，许氏也不一定会要我。但是会计却不一样，许氏对招聘的会计没有设计师那样高的要求，往年的招聘信息上，最严格的也只是达到高级会计师。”

宋远知被她的一番话惊讶到：“你从高中的时候，就开始谋划要怎么进许氏了？”

李暖星点点头。

“在梅城上学，也是因为许氏的原因？”他很难想象，当年她还不到十八岁，却已经将未来都计划好，能够想出以会计的身份进入许氏，却在许氏里学习设计这样的方法。

“对。”

“既然你把许氏当成目标，那许义山跟陆子期你岂不是早就知道了？”

“许义山我知道长什么模样，但是陆子期我就不知道了，在我上大学期间，他一直都在国外，每次回国之后，都非常的低调。后来接手许氏后，对媒体的采访也是能不露脸就不露脸。不然我第一次见到他，也不至于没有认不出来。”

“他是不是你的偶像？”

“为什么这么说？”

“一提到他，你的眼睛就会发光。”宋远知微微笑了笑。

“因为他优秀嘛。”

“他优秀么？”宋远知笑着摇了摇头：“你才认识他几天，怎么能将一个人的本质看清楚。”

“你好像对他有些成见。”李暖星歪头去看他。

“我只是在讲一个事实罢了。”宋远知直视着前方，话题一转：“既然进了许氏，那你有没有学到设计方面的知识？”

“别提了。”刚刚她还兴冲冲的，现在就变得有气无力：“有时候想想，我都觉得自己疯了。进了许氏才知道，设计部跟财务部隔了好几个楼层，我根本没有机会去认识他们。就算运气好，设计师跑来财务室，也只是上来问问薪水绩效的事儿。我压根没有机会跟他们学习。”

“我觉得你这样挺好的。”宋远知在一家餐馆的门口停了下来。

李暖星坐在车子里等着他的下文。

“有了奋斗的动力，生活才会过得充实，你现在每天都有事情做，不是挺好吗？”

宋远知选的是一家西餐厅，既然要她请客，她就拿着菜单点餐。她要了一份水果沙拉，一个三明治，一碗玉米甜汤。又为宋远知点了一份七分熟的牛排。

上餐后，李暖星看宋远知拿刀叉的姿势十分熟练，好奇地问："你以前是在国外生活么？"

"对，我很小就在国外生活了。"

"那你母语居然这么好？"

"我父亲是中国人，母语说得好并不奇怪。"

"真羡慕你们这种会双语的，我看个外国原声电影，还得看字幕呢。"李暖星咬了一口三明治，还想说话，就听见宋远知的手机响了。

"对不起，我接个电话。"宋远知朝她微微点了点头，拿着手机出了门。

李暖星喝了一口甜汤，拿出手机浏览新闻。正看得津津有味，就有人给她发消息，是他们班的生活委员，通知她明天上午，准时到皇夏医院参加体检。

这几年，每到下半学期的时候，许氏就会出资让他们学校的学生到皇夏医院进行身体检查，算上今年的话，已经是第四年了。

李暖星回了一条信息表示收到，又问生活委员，是在学校集合，还是直接到皇夏医院门口集合。

生活委员很快就回了信息，告诉她如果有工作的，可以拿着学生证直接去皇夏医院，这样就不必来回两地跑。

这时候宋远知接了电话回来，看见她一边吃饭一边发信息，笑了笑："现在的年轻人得了一种不拿手机就吃不下的怪病。"

李暖星知道他在开玩笑，不由也跟着笑开来："我就是得了怪病的其中一个，不过我不是在聊天，是学校通知我明天去医院参加体检。”

宋远知笑道：“你现在有能力挣钱，为什么还要参加学校的体检。完全可以自己出钱。”

“这你就不懂了，有钱的时候，也得省着花。”李暖星已经吃饱了，看着宋远知吃饭：“我们两个的阶层不一样，你这样的，一看就是从小含着金钥匙长大的，肯定不缺吃穿。我呢，我只不过是个温饱家庭里的孩子，每分钱都得花在刀刃上。”

“我跟你谈体检，你跟我谈阶层。”宋远知摇着头有些无奈地笑了笑：“知道学校都体检什么项目么？”

李暖星点点头：“检查的项目每年都一样，都是些常规检查。”

两个人吃完饭，宋远知很绅士地送她到了许氏集团的楼下。李暖星看了一眼手机的时间，刚好两点钟，现在上去还不算迟到。

下了车，对着宋远知挥了挥手，急匆匆地往大楼里跑。

宋远知坐在车子里，看着李暖星的背影，拿出手机打了一个电话。

“消息可靠么？”

“宋先生，十分可靠，我有熟人在医院里面工作。”电话那头的人说。

宋远知挂了电话，意味深长地笑了笑，然后开车离去。

下午快下班的时候，李暖星的手机忽然响了，当时她正在填一个单子，上面要她签字，一看见是陆子期打来的电话，她赶紧把手机翻了个面儿，让屏幕朝下。看了看身旁的李会计，笑着说：“李姐，我家里人来电话了，我出去接一下。单子我过会儿给你。”

李会计嗯了一声，又转头跟旁边的会计聊天：“你们还别说，这新上任的陆总还真有几把刷子，才来几天啊，就把集团的几个元老都给赶出去了，要是再过一阵子，是不是把我们都撵出去啊……”

李暖星拿着电话往外走，李会计的声音越来越小，直到再也听不到的时候，她才按了接听键。

“喂，陆先生。”他还没说话，她的心跳就加快了好几倍。

“以后就叫我陆子期好了。”

“这不太好吧……”她觉得有些不礼貌。

“那我以后叫你李小姐？”陆子期问。

这样听起来好怪，她愣了愣。

“陆先生是外人叫的，你把我当朋友，再叫陆先生就不合适了。”陆子期又说。

“好吧，陆子期。”她抱着电话偷偷地笑，这么大的许氏，恐怕能直接喊他陆子期的人并不多，不知道她算不算有了特权的那一个。

“晚上我们去江滩走走吧。”

“什么？”她以为她听错了，不由自主地又问了一遍，

“早上你说你心情不好的时候，喜欢去江滩走走，我现在就想去，你能陪我么？”陆子期问她。

当然啊。她求之不得呢！

李暖星连连嗯了好几声，等挂了电话之后高兴地抿着嘴使劲儿笑。陆子期约她去江滩哎，这是他们认识这么久以来，他第一次约她。

回了办公室，整个财务室的人都在聊陆子期，从学历到人品，

都八卦了一遍。她进来之后，办公室的人还在说。

“你们以为念哈佛大学就是高才生么？我们家隔壁也有个出国上学的，当时跟陆总一样，被保送出去的，结果呢，去了学校就开始花天酒地，毕业了什么都不会，回来之后在家里啃老呢。”

“呦，你这么一说，陆总学历也没什么啊。”

“现在是靠本事吃饭，学历有什么用啊。”

“说到本事，谁有陆总有本事啊，妹妹一生病，他就上任做总裁，听说许总最近身体也不好，看样子，以后这许氏集团，可就要改名换姓了。”

李暖星默默地收拾东西，她们说的话她不感兴趣，所以也不参与。这时候王会计走到她跟前，忽然来了一句：“你的资质是我们这些会计里最低的，听说之前有很多来面试的人都比你强，怎么偏偏就选了你呢？”

“也许是因为我是里面最年轻的吧。”李暖星朝王会计微微一笑，把手机装进包包里，现在已经到了下班的时间，她要去找陆子期。

王会计伸手将她拦住，一脸的嘲讽：“你以为进了许氏，就可以一直这么待下去了？”

“王会计，我作为新人，就是想来多学习，至于其他的，我从来没有想过。”李暖星不知道她为什么说那句话，有些无可奈何。

“陆总最近对你们新人很好嘛，经常给你们开会，恐怕都被他收买了吧，听见我们谈论陆总的不好，你是不是恨我们恨得牙痒痒呢？”王会计越说越来劲儿，就差没指着李暖星的鼻子说话了。

李暖星在办公室里虽然平时话很少，却不代表她就是个软包子，任由人捏扁搓圆，王会计的语气一而再、再而三的不好，她忍不下去了，抬头看着她，语气硬了好几分："王会计，你们怎么看陆总那是你们的事，我才来单位，很多事都不清楚，所以很少说话。作为一名会计，我知道谨言慎行是基本准则，我只管做好自己的账，至于其他的，我从来都没想着要去参合，你非得无中生有的话，那我也无话可说。麻烦你让一让，现在已经下班了，我要回家。"

王会计没想到在财务室里一直笑嘻嘻的李暖星会忽然这么强势，在原地愣了愣。李暖星直接绕过她，往办公室门口走。

李暖星出了门，还听见王会计在办公室说："看看，我就知道她是走后门进来的，你看她多硬气……"

她从来都没有走后门，她是看见人事部在网上发的招聘信息才来面试，虽然最后是陆子期把关让她进来的，可是她也是经过层层筛选出来的，现在被扣了这么大一顶帽子，让她心里有些不愉快。

跟陆子期约定见面的地方是陆氏对面的商场门口，李暖星出了陆氏就给陆子期打电话，找到陆子期的车子后，她弯腰钻进了车子。

陆子期把车子开出去之后，从后视镜里看见她紧抿着唇，一言不发，他笑着说："今天上午我心情不好，下午就换成你了？"

"我没有心情不好。"李暖星否认。

陆子期也没有拆穿她，只是在等红绿灯的时候一直看着她。

难道她脸上有花儿，值得他这么盯着看？李暖星被他看得有些不自在，不由开口问道："你看我做什么？"

"以前婉云心情不好的时候，就喜欢跟你一样，安静地坐在我跟前。”路灯亮了，陆子期收回了看她的视线，专心致志地开着车子。

被他看出她不高兴，她小声嘟囔了一句：“就是烦办公室里的人。”

“他们说什么了么？”

“也没说什么，就是说一些家长里短的，听着吵人。”她没想到陆子期的听力这么好，赶紧岔开话题。潜意识里不想让陆子期知道他的员工私底下是怎么议论他的。

在她心里，陆子期是一个非常优秀的人，优秀的是要让她伸长了脖子去仰望的那种人，她没有办法去阻止别人怎么评判他，可是她觉得能维护一些是一些。

她不愿意跟他说，他也没有勉强，开车载着她去了江滩。

八月的梅城正是最热的时候，还好江滩有风，下了车子，倒也没有觉得有多热。李暖星带着陆子期到了江滩的烧烤摊上点了十几串烤肉，又要了两瓶啤酒。像个江湖女侠一样，跟陆子期一边喝酒一边吃肉。

吃饱喝足，陆子期要付账，李暖星说什么也不让他付，说他心情不好，这顿饭必须她来请。

陆子期看她太过坚持，也只好作罢。

她付了钱，笑嘻嘻地走在他旁边，跟他说她刚来梅城的时候，最喜欢来江滩吹江风，然后看着月亮在江中的倒影，她把石头丢到江里的月亮上，月亮打散以后，会有一大片零零散散的月光，看上去特别美。

从他记事的时候起，许义山就教他背古典诗词，从《诗经》到唐诗宋词元曲，他几乎熟记于心。一直都以为再不会有比古典诗词更美的句子。可是李暖星的三言两语，却让他觉得远远超过了那些诗词中的美。

他跟李暖星站在江滩边上，李暖星从地上捡起一块石子往江水里丢，他看见了月光被打散时星星点点地洒在江面上，李暖星得意扬扬地看着他问："江水美不美，好看不好看？"

月光下，李暖星对着他开心地笑着，洁白无瑕的面庞有两个浅浅的酒窝，彼时有风拂过，微微吹着她垂顺的直发，美的让他有一瞬间的恍惚。她带着他来江滩散心，用她的方式来让他开心。她这样好，他却卑鄙到要去接近她，只为了她的那颗肾脏。他微微撇过头，不敢再去看李暖星的眼睛。

"怎么了，你觉得江水不好看吗？"李暖星坐在水泥石的台子上，双手撑着下巴，不等他回答，又自言自语地说："也是，你在梅城长大的嘛，肯定见怪不怪了。"

陆子期也在她身边坐下，摇了摇头："虽然我从小就在梅城生活，可是父亲对我管教很严，除了学习功课之外，还要去许氏学习经营管理，几乎没什么时间出门玩。而且江滩也是近几年才修得这么完善，我又回国没多久……"

"所以呢？"李暖星抬头去看他，脸上的笑比刚刚多了好几分。

"江水很美。"他站起来，学着她刚刚的样子，弯腰从地上捡起了一颗石子，往江水里丢，打散了江水里的月亮。已经很久没有做这种小孩子一样的举动，他丢完石子之后，觉得刚刚的行为幼稚极了，又坐下。

李暖星却拉着他起来，硬要让他再丢一些石子到江水里，说这样可以发泄心中的不愉快。

他正想拒绝，一低头，看见她眸子亮若星辰，竟然又鬼使神差地弯腰去捡石子。

这一晚上，他就像个孩子一样，不停地弯腰去捡石子扔向江滩。自从接管许氏以来，公司上上下下都对他不满，他不得不用强硬的手段让那些反对他的人离开许氏，可是一波才平，一波又起，集团里的元老，接二连三地提出离开许氏。他好话说尽，却打动不了那些元老，只能放他们离开，曾经跟许义山并肩作战的那些人，在他羽翼还未丰满的时候就提前离去，他要是说不难过，那都是骗人的。压抑了这么多天的情绪，在这一刻全部都释放出来。他丢石子的力度越来越大，江面上泛起点点浪花。

李暖星站在他身后，心里为他感到难过。那么多人羡慕他年纪轻轻就掌管许氏集团，却不知他背后的心酸苦楚。他信任的人一个个地都离开了他，如果换作她，她早就撑不住了。可是他却依然每天来许氏上班，处理许氏的日常工作，

许氏的员工虽然对他的意见很大，却没有一个主动离开，原因很简单，自从陆子期掌管许氏之后，将员工的待遇提高了一倍，工资也在原有的基础上又增加了百分之三十。

她看得出来，陆子期是一个管理公司的高手，假以时日，他肯定能将许氏管理的蒸蒸日上，只是现在面对困局，就算是再有本事的英雄，也没有办法施展手脚。现在的陆子期，就是困局里的英雄，她很想帮他走出这个局面，却没有那么大的本事，她唯一能做的，也只是带着他来江滩散心。

她坐在江滩的水泥地板上，看着陆子期弯腰捡起石子往江水里丢，打散了水里的月亮。这一晚微风徐徐，十分凉爽。她看着波光粼粼的水面，竟然觉得这是她看过的最美风景。

陆子期丢够了石子，才发现已经到了十二点多。一转头，看见她坐在水泥地板上，手抱着膝盖睡着了。

他长这么大，除了婉云跟许氏以外，他几乎没有再接触别的人和事。小时候在学校里学习，他除了学习之外，很少跟班上的同学来往。因为他知道，他跟那些学生是不一样的，他没有父母，他拥有的一切，都是许义山给的。长大以后，他出国留学，也没有心思在外面交朋友。一门心思地去学管理，然后想方设法地联系医生，去治婉云的病。

在他的世界里，只有把许氏经营好，将婉云照顾好，就是对许义山的恩情的最大回报。除此之外，他从来没有再想过别的事，可是现在出现了李暖星。

他弯下腰，将她小心翼翼地抱了起来，再不惊醒她的情况下，将她抱进了车子里。他侧过头看着她的睡脸，微微有些出神。他知道，她现在对他产生了好感，也知道这样年轻的女孩子，他用什么方法能够让她更加喜欢他。可是他就是做不出来，看着她一点点靠近他，他就有很深的负罪感。

将车子开出去，他打开了车载收音机，收音机里正巧放的是一首轻音乐，是那首他最喜欢的《always with me》，他有一瞬间恍惚，仿佛时光倒流回到几个月前，那时候李暖星无意上了他的车子，他载着她回学校，她听见这个曲子时，双手在膝盖上模仿着弹钢琴。如果时间能定格在那一刻该有多好，他不用背负愧疚与她接触，她也不会对他产生好感。这样，或许就能避开良心的谴责，让他好过那么一些。

只是很可惜，时光永远不能定格。

时间太晚，他给她的朋友沐梓玲打了电话，手机是关机状态。到了她的学校门口，发现学校的大门已经锁了。不得已的情况下，才将她叫醒，问她有没有别的地方可以住。

李暖星揉了揉惺忪的眼睛，一时半会儿还没反应过来她在什么地方，等清醒过来以后，盯着学校的大门看了看，又拿出手机看了看时间，她这是没地儿可去了么？

正准备给沐梓玲打电话，陆子期就在她旁边开口说道：“我已经给你的朋友打过电话，但是她关机了。”

李暖星哦了一声：“那也没事，我去找地方睡。”

说完话，她就打开车子，准备下车。

陆子期转过头看着她问：“你去哪里？”

“找旅馆睡觉啊。”她打了哈欠，又揉了揉脸，努力让自己变得精神一些。

听见她要去找旅馆，陆子期的眉头微微皱了皱，对于学校附近的旅馆，他的印象一直停留在破旧脏乱的环境，还有一些不良青年经常聚集的场所，实在不适合女孩子去住。

“要不你去我家住吧。”陆子期建议，虽然距离会有点远，但好过去住旅馆。

“这不太好吧，孤男寡女的……”李暖星摇头。

“那个房子一直是空的，没人去住过，但有保洁经常去打扫卫生，还算干净，你去了可以直接睡。”陆子期没有给她再开口的机会，直接发动了车子。

他说的房子是靠近湖边的一栋别墅，停下车子后，陆子期在门口的石板底下摸到钥匙，将门打开，把客厅里的灯都打开之后，侧了身子让她进来。看见她有些不自在的目光，他笑了笑，解释说：“你放心睡吧，我一般很少回这里。要是实在不放心，大门从里面可以锁死，就是有钥匙也打不开。”

“你不怕我偷东西啊。”李暖星忽然开口问他。

陆子期像是听见了笑话，笑意更深：“你还在我公司上班呢，怎么可能偷老板的东西。”

李暖星挠了挠头，自己也笑了起来。

陆子期又跟她交代了浴室、洗手间在什么地方，哪里有备用的牙刷毛巾，她刻意选择在哪个房间睡觉等等。

一切都交代完之后，他就准备离开。这几天许氏很多事情要他处理，他都没有时间去看婉云，中午许义山打电话过来，说她这两天又不好好吃东西，让他去医院里劝一劝她，他本来想下了班就赶去医院，没想到会跟李暖星在江滩待了这么久。现在都快子夜一点，他得赶着去医院。

才走到门口，李暖星在他身后问："许婉云还好么？"

陆子期脚步一顿，有些压抑："她的病不容易好，我们一直在给她找好的药材。"

"我能帮上什么忙么？"她又问："比如做个陪护什么的。"

陆子期转过身看着她，一字一句地说："她之前故意让我发现她在帮你做设计图，我还差点误会你，你难道都没生过她的气？"

这有什么好生气的，李暖星摆了摆手，表示不在意。许婉云生了那么重的病，陆子期又帮助了她那么多次，她完全有理由去原谅许婉云说她爸爸设计衣服是杂牌的行为。

"小星，你可真善良。"陆子期说完这句话，抬脚往门外走去。他不能再留在这里，他怕忍不住会对她说，让她明天不要去参加学校的体检，她这么善良单纯，这么容易地去相信别人，让他根本不忍心下手。

出了别墅，他坐在车子里握紧了方向盘。为什么李暖星会是这样一个女生，如果她骄横无礼，或者野蛮霸道，完全入不了他的眼，或许他还没有这么深的负罪感，可是她偏偏不是。他心乱如麻，完全找不出一丝头绪，一脚将油门踩到底，疾驰离开。

李暖星站在窗子边上看着越来越远的车子，轻声呢喃着小星这两个字。今天晚上，他竟然叫她小星了，是不是说明他跟她之间，距离又近了那么一点点呢？

第二天她早早地起了床，看见厨房里还有一些小米，就顺手做了一个小米粥，放进保温桶里。反正她去做体检的医院跟许婉云是一个医院，她多做一些粥，她爸爸可以吃，许婉云也可以吃。

把粥煮好后，倒进保温饭盒里，然后打车到了皇夏医院。小米粥放凉了会不好吃，所以她刻意早到了一个多小时，先把粥送到李长生那边，然后又给陆子期打电话，问他是不是还在医院，如果在就下来拿粥。

许婉云这几天什么也吃不下，不管吃什么都会吐。基本要靠输液来维持身体机能。李暖星给陆子期打电话的时候，陆子期正在许婉云的床边看着她打点滴。听见她说给许婉云带了粥，转过头看着许婉云问："你想不想吃一点东西？小星煮了一点小米粥，要是想吃，我就下去给你拿上来，好不好？"最后一句好不好，几乎带着一些求的语气。

病情发展到今天这个地步，他都不敢再奢求什么，只希望她能多活一天。

许婉云摇了摇头，脸色惨白得厉害："你又不是不知道，我什么也吃不下。"

"婉云……"

许婉云微微转过头，听见陆子期轻声叹气，又改口说："那你下去拿吧，我试试看，看能不能吃下去。"

她不想看见陆子期为她难受，就算现在一点食欲都没有，她也要逼着自己吃一点。

陆子期摸了摸她的头，起身下楼去拿粥。

许婉云看着陆子期的背影，眼泪不自主地就流了下来，她也知道自己这个身体，要是再找不到合适的肾源，她就活不了多久了。她不怕死，她只是怕以后没有办法再陪在陆子期的身边。她从小时候记事的时候起，就一直期望能够做他的妻子，这一盼，就盼了十五年。

她用十五年的光阴，在等她自己长大，本来想着等他从国外留学回来之后，她就跟他表白，可没有想到，还没有等到他回国，她就先病倒在医院里。陆子期心疼她，她能看得出来。这些日子，陆子期每来医院一次，她都能察觉到他比以前瘦了不少……她想抬手去擦眼泪，却动了半天，连手都抬不起来，现在的她就是废人一个，她越这么想，越是止不住地哭起来。

许义山在隔壁的卧室里早就醒了，听见她的哭声，眼眶也红得厉害。

第十一章　情爱两难全

许义山站起来，拍了拍陆子期的肩膀："可是子期，既然做都做了，就没有可以回头的余地。现在你要退出，李暖星日后若是知道，难道就不会怪你么？"

陆子期到了李长生的病房时，李暖星已经把粥凉得不冷不热了。她把粥递给陆子期，陆子期对着李长生点了点头，出了病房。

拿着李暖星做的粥，他的心情怎么也轻松不起来。他要取李暖星的一颗肾脏，她却还在帮许婉云熬粥，这样大的反差，让他心里备受煎熬。回了许婉云的病房，他拿着勺子一点点喂给许婉云吃。为了不让她往呕吐的方面想，陆子期在旁边小声地跟她聊天，用来分散她的注意力。

"婉云，等你身体好点了，你打算让我带着你先去哪儿玩？"

"我说了算数么？"许婉云努力咽下去一口粥，笑着问。

"算，到时候我把许氏的事情放一放，抽出一个月的时间，专门陪你玩。"陆子期跟她保证。

"那我要去……"她还没说完，就忽然吐了起来。

许义山在隔壁再也听不下去，赶紧把湿巾拿过来，给她擦着身上的呕吐物。

陆子期转过身，不忍心再看下去。拿着碗的手微微有些颤抖，一个病人连粥都吃不下去，意味着什么就再明显不过了。

“我还可以再吃一点，让我再试试。”许婉云不想让陆子期难过，她对着陆子期说：“哥，再喂我吃一点。”

陆子期把粥放在桌子上，轻轻摸着她的头，什么话也说不出来。

婉云打的点滴里有安眠药的成分，点滴打完之后，她就躺在床上继续睡觉。许义山把陆子期叫出了病房，到楼上的休息室跟他谈话。

“你跟那个叫李暖星处得怎么样了？”许义山坐在沙发上，左手不停地捏着太阳穴。

“她很相信我。”他站在他对面，面色有些阴沉。

许义山微微抬头看他，语气有些不悦：“你就不能跟爸爸好好说话，自从把许氏交给你之后，你对爸爸的态度就越来越差了。”

“父亲，你让我别有用心地去接近李暖星，在违背我的道德良知下，还要我高高兴兴地跟你聊天，你觉得我能做得到吗？”陆子期直视着他。

他们两个人都是硬脾气，以往说不了两句就会发生冲突。却从来没有一次像今天这样一开始就发生争吵。陆子期的语气比任何时候都要冲，气得许义山连连咳嗽起来。

陆子期脸色有些忧虑，想上前去给他顺气，手伸出去又收了回来。

“好啊！好得很。你现在是长能耐了，我就一个老头子，你也用不上了，所以想着法儿地来气我。”许义山捂住心口又咳了好几声，喘着气说："我现在是管不了你了。"

"父亲……"

"既然你还叫我父亲，就不要做让我失望的事情，现在一切都以婉云为重，等婉云的病好了，你让我去给李暖星磕头认错都可以，让我把许氏给她，我也二话不说。"许义山站起来，拍了拍陆子期的肩膀："你是我养大的，你心里会怎么想，我清楚得很。也知道让你做这种事，你肯定不好过。可是子期，既然做都做了，就没有可以回头的余地。现在你要退出，李暖星日后若是知道，难道就不会怪你么？"

陆子期面色未改，良久才道："我知道怎么做。"

许义山重重叹了一声，转身往休息室的卧室里走去。

陆子期知道李暖星在楼下做体检，有些坐立不安，一上午都在不停地看表。检查的学生不止李暖星一个，时间会消耗得很长。早上她没有吃饭，这会儿检查完那些需要空腹检查的项目，应该是可以吃一点东西的。许婉云现在什么东西都吃不下，病房里倒是有许多营养品，他拿了一些去了李长生的病房，看见李暖星跟李长生讲笑话，旁边还坐着赵逸辰的弟弟赵斯文。

最先看见陆子期来的是李长生，他笑得脸上都快要开出花儿来："陆先生。"

李暖星也转过头去看，看见他手上拿了几大盒营养品，也跟着笑："做许氏员工的福利就是好，老板还亲自慰问员工家属呢！"

陆子期把营养品放在桌子上，看着李暖星问："你检查完了？"

李暖星笑了笑，看着赵斯文说："还差最后一项没检查，多亏他啊，他帮我走了个后门，所以检查得特别快。"

赵斯文没想到会在病房里看见陆子期，一碰见陆子期，他就容易紧张，说话又开始结巴起来："子期哥，你……你怎么来了？"

"小星是我朋友，我顺道来看看，你怎么在这儿？"陆子期一副兄长盘问弟弟的口吻，环顾了病房里另一张桌子上的礼品，心下了然，他是来看李长生的。

有陆子期在这里，赵斯文有些坐不住了，他站起来，结结巴巴地说："我就是来随便坐坐，那个……嗯……我去找我哥。"走到门口，又转过头看着李暖星："小星，中午要一起吃饭吗？"

李暖星刚准备说话，陆子期就先她开口："不了，我们约好一起吃午饭。"

赵斯文哦了一声，眼里有些失望。

陆子期把他的表情尽收眼底，心里有些说不出的感觉。因为许婉云的主治医生是赵逸辰，他经常跟赵逸辰打交道，所以会认识赵斯文，经常听赵逸辰提起赵斯文喜欢他们学校一个女生，但是一直没找到机会表白，没想到他喜欢的女生居然是李暖星。

李暖星看向陆子期，她怎么不知道他们约好了时间一起吃饭啊。

陆子期看出她的疑惑，没有丝毫的尴尬之色，十分淡定地说："你爸爸住了这么久的医院，你都没有带他出去吃一顿好吃的。今天我很闲，中午可以带你们去吃大餐。"

李暖星眼睛亮闪闪的，笑容比刚刚只增不减："这也是员工的福利么？"

"你也可以当作我要讨好许氏的会计。"他转过头又看向李长生："听赵医生说，你现在恢复得很快，是不是打算要离开梅城了。”

李长生嗯了一声，其实现在他就可以离开了，只不过李暖星坚持让他再住几天。

“机票都订好了么？”陆子期又问。

“还没呢，我想让他再住几天，现在他腿上有石膏，还不能拆……”

“就是再过两个月，石膏依然也拆不了。”李长生不等李暖星把话说完，就抢着说道：“那照你的意思，我还几个月都回不了家了啊？”

李暖星瞪了一眼李长生：“就你现在这个样子，就算回去之后，妈妈还不是要担心，妈妈身体本来就不好，你再吓着她怎么办？”

李长生软了几分口气，有些不自在地说：“我着急回家，还不是想你妈妈了，总不能一直耗在医院里吧？”

这句话带了几分商量的语气，李暖星没再跟他吵起来，只哼了一声：“你就只想着妈妈，不想我，我是不是你亲生的呀。”

李长生摸了摸李暖星的头，哄着她说道：“我也想你啊，要不然早就离开梅城了，留在这里有什么用，你妈妈又不在……”

“你看你看，三两句话就往妈妈身上扯！”李暖星噘着嘴。

陆子期在一旁看着父女两人，嘴角噙着淡淡的笑意，他的世界里，没有妈妈，只有母亲，母亲是个雍容华贵的女人，在他很小的时候就教他识字念书，虽然对他很好，却没有母子之间的那种疼爱。他也没有爸爸，只有父亲，父亲对他恩重如山，给了他第二个家，可是他从来没有跟父亲像他们这样相处过。

他看着嬉笑闹着的两个人，有些向往。如果他有亲生父母，他会不会也跟李暖星这样，跟着爸爸妈妈一起开开心心的生活？

“让陆先生见笑了。”李长生跟李暖星闹着玩了半天，才想起来这里还有个外人，连忙推了一下李暖星，故意板着脸，故作老成。

李暖星捂着嘴偷笑：“爸爸你就别装了，你这样不挺好的吗，谁愿意有个一脸严肃的爸爸啊！”

偶像在前，李长生觉得没有表现好，脸色微微有些不自在。

陆子期也跟着李暖星说道：“我也觉得你们这样相处挺好的，我跟父亲两个人很少像你们这样，所以我跟他并不像你们这样亲近。”

李暖星脸上的笑渐渐停住：“对不起啊，我没想着要让你不开心的。”

陆子期一副无所谓的样子，风轻云淡地说道：“我跟他的关系一直都不远不近，这么二十多年下来，也早习惯了。”

“陆先生不要这么说，既然许先生养了你二十多年，不管是亲生的还是领养的，都会疼爱你，只不过可能人跟人不一样，所以疼爱的方式不一样罢了！”这些日子他在医院里被医生和护士仔细照顾着，知道跟陆子期有很大的关系，看见他的神情有些落寞，忍不住出声安慰。

李暖星连连点头，十分赞同李长生的话，还想再说些什么，她的手机闹铃就响了，她看着二人说：“我做检查的时间到了，做完这个检查我们就一起去吃饭啊。”

陆子期的脸色沉了不少，现在提到检查这两个字，就是他心里解不开的结。

等李暖星一走，陆子期从桌子上拿起一个苹果，亲自为李长生削了起来。前阵子许婉云还能吃得下去苹果，他每次去病房就给她削着吃，到了现在，削苹果的技术已练得炉火纯青。

李长生看着他削苹果的动作，好奇地问：“陆先生喜欢吃苹果？”

“我妹妹爱吃。”他把削好的苹果递给了李长生。

李长生有些受宠若惊，这可是偶像给他削的苹果啊！

“以后叫我子期吧，我跟小星是朋友。你喊我陆先生，我听着挺别扭的。”陆子期把苹果又往他跟前放了放，示意他接过去。

许氏集团一直是李长生的奋斗目标，现在被许氏集团的总裁服务着，李长生有点坐不住了，接苹果的手都在发颤。

“陆先生……”他刚开口，陆子期就抬头看他，他又改口：“子期啊，你跟小星是怎么认识的？”

作为李暖星的父亲，李长生十分好奇他们两个身份不同的人怎么会有交集的。

陆子期坐在李长生的旁边，将跟李暖星是怎么认识的过程，详细地跟李长生说了一遍，李长生听见李暖星阴差阳错上了陆子期的车，连连称奇，一直不停地在说他们家小星就是他的福星，他来梅城想抱许氏的大腿没抱上，结果她轻而易举地就抱上了。

陆子期从他的话里听出一些端倪，于是又问：“你很早之前就想跟许氏合作么？”

李长生一拍桌子：“对！我一直都想跟许氏合作，所以这次会专门来梅城，就是要想跟许氏合作的，其实也算不上合作。就是许氏这边需要一种布料，在我们那正好是大规模地生产的。我就想来试试，看看能不能把这个生意接过来，没想到会出了车祸。”

原来是这样，陆子期的手微微有些汗沁了出来。他没有想到许义山会早早地就开始谋划这一切，他正式接手许氏也是在李长生出了车祸之后，如果是之前，他也许能够发现一些端倪，那么李长生就不会出车祸……

“子期？”李长生看见他眉头微皱，似乎在沉思什么，以为他在想工作的事情：“在这里是不是打扰到你的工作了，你要忙，就先去忙。”

李暖星在做检查，他什么都不想做，所以摇了摇头。继续坐在床边陪着李长生聊天。陆子期见多识广，天南地北的话题都可以说一些，又刻意聊一些李长生感兴趣的话题。中间多次提到许氏的管理模式和服装领域方面的经验，听得李长生高兴不已。

等李暖星做完检查回来，李长生还在问陆子期关于公司管理方面的问题，手上还拿着一个小本子，陆子期一边说，他就在一边做笔记。

李暖星凑过去，把本子从李长生的手里抢过来，见上面密密麻麻写着管理理念和经营模式，故意狠狠叹了一口气：“爸爸，陆子期是我的朋友，人家只是来看看你，不是来教你学习的，你这样利用人的行为很可耻啊！”

“怎么跟爸爸说话呢，爸爸见一次子期不容易，这不是想要抓住机会么？”陆子期跟他分享了这么多经验，对他来说，是一笔不小的财富，是他花钱都买不来的教学经验。这会儿乐得嘴都合不拢。

李长生笑，李暖星也装不下去了，嘴角微微上扬。

两个人笑过之后，李暖星才把轮椅推过来，让李长生坐在轮椅上，推着他出了病房，陆子期跟在身后。

出了医院，陆子期带着他们两个人去吃饭，饭后又带着两个人在梅城转了一圈。李长生现在已经不需要每天都在病房里待着，他早就想出去透透气，但是没人带着他转，他也只能窝在病房里想想。现在陆子期带着他转，他看着陆子期的眼神也变得更加亲切起来。

陆子期有心要带她们两个人去梅城有特色的地方，去的都是一些古韵古香的街道，因为李长生腿脚不方便，他们只能围着古代建筑外围看看。仅仅只是这样，李长生就高兴不已。每到一个地方，李暖星就会跟李长生介绍那些建筑有什么历史渊源，如果说不上来的，陆子期就在一旁帮着说。

这一逛，就快到晚上了，陆子期把车子停在江滩附近的一个饭店门口，吃了晚饭之后，陆子期推着李长生在江滩散步，微风徐徐，让人浑身凉爽不已。

李长生一直感叹梅城山清水秀，在这个地方住，他都不想走了。走在他旁边的李暖星赶紧问他，要是他不想走了就再多在医院里待一阵子，李长生就把手机掏出来看着手机屏保，屏保上是李暖星妈妈的照片，嘴里一直念叨着想她妈妈之类的话。李暖星骂他老固执，李长生就笑眯眯地不说话。

等吹够了江风，陆子期才开车送李长生回医院。送完李长生，他准备送李暖星回学校，李暖星却说不用了，她要去沐梓玲那边住，沐梓玲住的地方在皇夏医院这边有直达车，交通十分便利。

陆子期问她为什么不回宿舍，她开始的时候支支吾吾地不肯说，陆子期就问她是不是有什么困难，她不停地搓着手东看西看，像极了许婉云在找借口时才会有的小动作，陆子期笑着说："跟宿舍的人吵架了？"

"不是。"她又不是小孩子，怎么可能因为这个不回宿舍。

"那是什么？"陆子期好奇不已，在他看来，李暖星可不是一个夜不归宿的女生。

“学校现在让提前搬出来，只给一周的时间做准备。我们那边的房子属于学区房，租房各种贵。沐梓玲那边的就是普通住宅楼，会便宜很多。我现在不是上班了嘛，找房子就得下班或者上班之前找，时间紧迫，所以暂时就不回宿舍了。”李暖星提起这个就头疼，学校就算要提前让她们搬出来，至少要给半个月的时间做准备才行，现在一个星期就得搬出宿舍的通知一下，大家都在着急找房子。学校附近的房子就更紧俏了，那价钱贵得让她望而却步。

“不是有租房的网站么，你可以一边上班一边看房！”陆子期又说。

“唉，说这种话的人，一看就不知人间疾苦啊。租房的网站上，就算写的是直租，但大部分也是租房经纪公司发的。价格都是虚高，我们这种还没毕业的人，怎么可能租得起啊？”她一边抱怨一边冲陆子期挥挥手：“玲子那边有直达车，这个点也没人跟我抢位置坐，我坐公交回去挺方便的，拜拜！”

她一路小跑着往公交站的方向去，陆子期也只好目送着她离开。确定她坐上公交车之后，他才回到婉云的病房里，又给李暖星发了一条短信：路上注意安全，到了沐梓玲住的地方后，给我发一条短信。等李暖星看见手机短信的时候，她已经找了一个靠窗的位置坐下，抱着手机把短信看了又看，抿着唇傻笑个不停，低着头编短信回复他，写了删，删了写，最后只回复了一个好字。

陆子期收到她回的短信之后，就把手机放在了桌子上，继续给许婉云讲笑话，为了逗她开心，他已经将网上搞笑的段子统统都记在了心里，可是能讲的段子越来越少，她也越来越虚弱。

许婉云笑着笑着，忽然跟陆子期撒娇：“哥，我想抱抱你。”

陆子期微微愣住，自从婉云长大了一些，有了男女之别的想法后，很少再让他抱，他低着头看着躺在病床上的她，因为长期服用药物，她的脸色越来越苍白，她张开双手，嘴角微微翘起来笑着，像极了小时候她要他抱时的模样。

他俯下身子轻轻抱了抱她，她双手环在他的背上，头靠着他的肩膀，什么话都没说。

她不说话，他也没说话。周围寂静无声，只有墙上的时钟滴答滴答地走着。

良久之后，许婉云才张开口，轻轻地说："哥，你能答应我一件事情么？"

"什么事？"

"以后不要跟爸爸吵架了好不好，每次看见你们吵架，我心里就特别难受。"

许婉云的语气有些低沉，陆子期不忍心让她难过，轻轻拍了拍她的背出声安慰："我跟他就吵了那一次架，以后不会再吵了。"

许婉云微微推开了他，直视着他的目光："你们是不吵架了，可是你也很少再来医院了。我不是小孩子，我知道你不来，是因为不想在我面前跟他吵架。要是以前我也不会多说什么，爸爸对你一直很苛责，如果我是你，我也不会喜欢爸爸。可是哥，我知道我活不久了，临死前我就只有这一个愿望，希望你跟爸爸能尽快和好。你们在这个世界上都是我最重要的人，我不想看见你们两个人这样相处……"

"谁说你要死了。"陆子期的心骤然一疼，却不能在她面前表现出来，面上微微笑着，故作轻松地说道："你这么配合治疗，肯定会好起来的。"

许婉云摇了摇头，嘴角带着一抹苦笑，她往吊瓶的方向看过去："我不是傻子，用药剂量早就开始增加了，开始的时候确实有点用。可是现在没有用了，身体好不好，我清楚得很。睡觉的时间越来越多，清醒的时候越来越少。我知道这意味着什么，哥，你跟爸爸都骗不了我。"

是啊，婉云这么聪明，他早该知道瞒不住她的。他正想要再找理由解释关于用药剂量为什么会增加，婉云却忽然又紧紧抱住了他。

"哥，我好怕死，怕死了以后再也见不到你跟爸爸，你知道的，对于我来说，你跟爸爸就是我的全部了。"她说着说着，忽然撕心裂肺地大哭起来。

许婉云是他看着长大的，从小就被他跟许义山捧在手心里疼爱，何时哭成这样，她说她怕死，他更怕她会死。这世上他本来就没什么亲人，他有的，就只有许义山跟她。他轻轻地拍着她的背，却不知道该说些什么。

她哭着哭着，枕着他的肩膀睡着了。

陆子期将她轻轻地放在病床上，坐在她旁边陪着她，一夜未眠。直到第二天该上班的时候，他才悄悄离开。

第十二章　人生若只如初见

“人生若只如初见，何事秋风悲画扇”，他脑海里忽然想起年少时曾读过的词，曾经不过是附庸风雅，现在却忽然懂了。

到了许氏，他先去了人事部，问了人事部的部长，单位员工宿舍的入住率情况。得知还有一些宿舍没有人住的时候，他给李暖星发了信息，让她来人事部办理相关的手续，不用再到外面找房子。

许氏的员工宿舍地处梅城繁华的商业中心，吃饭坐车非常便利。最关键的是住宿费十分便宜。哪一条对李暖星来说，都是她最需要的。

在公交车上一看见陆子期发来的短信，高兴得快要跳起来。一进了许氏，她赶紧到人事部办手续。人事办事效率很高，不到一个多小时，她的住房问题就解决了。拿着员工宿舍的钥匙，李暖星心里美得冒起了泡泡。进了财务室，她脸上还挂着笑。

王会计拿着报表走到她跟前，把报表甩在她桌子上，阴阳怪气地笑着说道：“有背景的人就是不一样，才来了几天啊，就开始上手干活了。是不是再过几天，我们这批老员工都要被解雇滚蛋啊！”

李暖星把报表拿起来看了一眼，没有理会王会计尖酸刻薄的话。报表的计算方法她在学校里有学过，计算公式她都记得，她把以前许氏做好的报表翻出来，自己先做了一遍，跟已经做出来的数据对比了一下，确定没有出现差错以后，才开始做上个月的报表。

做完之后，她把报表又拿到王会计的座位跟前，很认真地说：“王会计，我把报表做好了，麻烦你帮我看一下做的对不对，如果有不对的，我再回去改！”

王会计正在玩电脑游戏，连头都没抬一下，挥了挥手，有些赶她走的意思：“等我有时间再看。”

报表是她从王会计这边接手的，也只能跟王会计对接，所以李暖星也不好说什么，回到自己的座位上，心里十分郁闷。都说职场如战场，她才来没几天，就已经闻到了没有硝烟的火药味儿。不知道她到底是什么地方得罪了王会计，王会计会这么针对她。

王会计在许氏工作的时间有十几年了，财务科的人都喊她王姐，现在她对李暖星的态度不好，其他的会计也都没敢说什么。

前几天还有人问李暖星要不要一起去食堂吃午饭，今天连一个问的人都没有。李暖星拿着饭卡去食堂打饭，听见前面排队的人在议论陆子期，说他忘恩负义，许义山把陆子期当作亲生儿子来养，结果他现在把许氏据为己有，许婉云生了重病，他作为哥哥的连看都没看过一眼……

后面的话她再也听不下去，转身走出食堂。陆子期根本不是他们说的那么不堪，陆子期如果真的忘恩负义，那他就不会请求许氏的元老不要离开，也不会看见他为了许婉云的病而愁眉不展。

她明明知道那些人说的都不是真的，却没有办法去堵住悠悠众口。只好愤然离开，出了食堂，她在附近的餐馆随便吃了点东西。

下午上班的时候，王会计把报表扔给了她，一句话也没说，回到座位上又开始玩游戏。既然什么都没说，那就说明她做的报表是没有问题的。

李暖星把报表放进抽屉里，继续做手里其他的工作。因为王会计不喜欢她，财务科里的其他会计也不跟她说话。下午科长出去办事，财务科的人聊天，聊得都是一些她这个年龄阶段不感兴趣的话题。她知道王会计有意要让财务科的人疏远她，却一点办法都没有。她是新来的，在许氏里没有什么朋友，他们聊天，她只能低头做账。

好不容易熬到了下班的时间，她拿着包包就往门外走，一刻都不想在办公室里待下去。

才出了许氏的大门，她的手机就响了。来电显示是宋远知打来的，在许氏待了一天，她的心情不太好，这个时候谁的电话也不想接，任由它响个不停，把手机又装回包里。许氏离公交站并不远，一直往前走，大约走两百米就到了，她低着头在人行道上一边走一边想，满脑子都是王会计这几天跟她针锋相对的事。又仔仔细细回忆了一下跟王会计相处的工作时间，从头到尾，她并没有得罪过王会计啊。

想得太入迷，一不小心撞到了人，她连连说对不起，继续往前走。

才走出去没几步，就被人按住了肩膀，她这才抬头去看，竟然发现按住她肩膀的人是宋远知。

“宋先生啊！”她尴尬地笑了笑。

“想什么事情能想得这么出神，连电话都没听见。”宋远知把手上的手机递给她看，上面显示着他拨给她十几个电话。

工作上烦心的事情，她和谁也不想说，摇了摇头，问他：“你找我有事？”

宋远知把手机装进口袋里，见她不想多说，也没继续再问，转而说道：“我确实需要你的帮忙，不知道你愿意不愿意。”

“什么忙？”这个世界上，人与人是相互帮助的。别人在她困难的时候出手帮她，她也愿意在别人困难的时候搭一把手。如果没有宋远知，那皇夏医院的医疗资金就不会落在她的头上，她爸爸的住院费她每天还得想办法去凑。她也一直想还宋远知这个人情。

“我成立了一个新公司，现在需要找一个用着放心的会计，我希望你能过来帮我一阵子。”宋远知直接表明来意，语气十分诚恳。

“可是我已经是许氏的会计了。”李暖星有些为难：“要不，我找我同学帮你做账？”

“对于不认识的人，我不会用。”宋远知又说：“你在我这帮忙，不会影响许氏的工作，只要周末来帮我记一下账就可以。我这边信得过的会计，一个月之后才会到我这边来上班，你就只帮我一个月可以么？”

在许氏上班是双休，去帮宋远知记账倒是一点也不耽误。她点点头，答应下来。

宋远知解决了会计的难题，要请她吃饭表示感谢。她一看时间，还要回学校去拿行李，然后再搬到员工宿舍，一来一回需要好长时间，她怕时间太晚会来不及，于是婉言拒绝，跟他聊了几句之后，匆匆跟他说了再见。

回到宿舍，她开始收拾行李，宿舍里其他几个女生也都开始实习，但是下班的时间很晚，她第一个回来，一边收拾东西，一边给沐梓玲打电话，要她赶回宿舍帮她一起把行李拿到许氏的员工宿舍。

等她把被子褥子打包好，装进行李袋以后，才发现她褥子底下压着的那张满天繁星的画不见了。她趴在床底下看了又看，没看见。又在自己的抽屉里找了半天，仍然没找到。最后把每本书都拿出来认认真真地一页页翻开找，还是没有。那张画自从她画了之后，像宝贝一样藏在自己的褥子底下，她就没有动过。刚刚翻了半天，只是想着要是那张画不小心掉下来，被宿舍里其他人看见，会帮她收拾起来，放在她不知道的地方。所以刚刚她还能镇定地找，现在放她东西的地方都被她找了个遍，一无所获之后她才着急。

这时候宿舍里其他的舍友陆陆续续都回来了，看见她的书在地上堆的乱七八糟的，问她在找什么。

“画，我以前画了个满天繁星的画，你们看见了么？”她从一堆书里抬起头，问宿舍里的人。

几个人都同时摇了摇头，李暖星抿着唇，继续翻着去找。这张画她没有动过，那就一定还在宿舍。如果今天她没找到，她把东西都搬出去之后，就更加找不到了。

她把打包好的被子跟褥子从行李袋里翻出来，又重新开始找了一遍。等沐梓玲来的时候，就看见李暖星的床上堆着乱七八糟的东西，宿舍里其他人都笑嘻嘻地聊着天，这几个女生仗着家里有点钱，平时都拿有色眼镜看人，沐梓玲平时就看不惯他们，所以忍受不了早早搬了出去，李暖星家里还算有点钱，她们平时没多加为难她，自从沐梓玲走了以后，李暖星就变成了宿舍里最穷的，沐梓玲也劝过好多次，让她也搬出来，但是她就是以离学校最近为理由，一直住在宿舍里。沐梓玲知道，她这么拼命学习的原因，就是想要进许氏，许氏是李暖星爸爸的奋斗目标，李暖星想帮她爸爸离目标更近一些。所以李暖星这么坚持要留在宿舍，她也没再说什么。

“小星，你找什么呢？”沐梓玲走到她床跟前，把她翻乱的书一本本捡起来。

“帮我找找一张画，画了满天繁星的那张。”李暖星看见沐梓玲过来了，让她也帮忙。

“你别急，我们慢慢找。”沐梓玲把她翻乱的书一本本整理好，拿着绳子捆在一起。书整理好之后，跟她说：“小星，这堆书你就不要碰了，我在整理书的时候就已经找过了，里面没有画。”

关心则乱，李暖星现在冷静不下来，沐梓玲说什么，她只能点头。

等沐梓玲把李暖星翻乱的东西都收拾好之后，跟她说：“小星，不就是一张画么，丢了就丢了吧，反正你以后还可以再画的。”

李暖星急了：“那怎么可以再画呢？”那张画背后有陆子期的名字，她喜欢陆子期，一直埋在心底的最深处，不想让任何人知道。她这么着急要找那张画，也是怕以后让别人发现那张画的秘密。

沐梓玲看她满脸的紧张，又开口安慰她：“你别急，我们再找找。”

宿舍的门又被人打开，进来的人是张梓桐，沐梓玲转过头问张梓桐："你看见李暖星画的画了么？"

张梓桐手里拿着晚饭，就跟没听见她说话一样，坐在桌子上吃她的饭。张梓桐是这个宿舍的宿舍长，家里最有钱，平时宿舍里的人都喜欢跟她来往，她也最爱欺负人。宿舍里所有的角落都被找过了，没有看见那张画，其他几个人都在，沐梓玲也在其他人的地方看过了，就只有张梓桐的地方没有看。

沐梓玲走到张梓桐跟前，直接跟她说："小星的画找不到了，我们想看一下你这边有没有。"

张梓桐看了她一眼，冷笑了两声："我怎么知道她是不是真的丢了画，万一要是想从我这里偷东西呢？"

她的话才说完，宿舍里的人都跟着笑了起来。张梓桐更是得意得很，狠狠拍了一下桌子："你要是敢在我这里翻，我就告你动我私人物品。"

沐梓玲早就受够了张梓桐，平时张梓桐在班里也时不时地为难她，只是她想着多一事不如少一事，忍忍就过去了。但是今天关系到李暖星在乎的东西，她就忍不下去了，她拿着电话就打110，电话才拨出去，张梓桐把电话一把抢了过去："你敢报警！"

"为什么不敢，既然你不让我们自己找，那我们只能报警了。东西丢了，总得有人来解决吧！"沐梓玲语气强势了不少。

张梓桐一愣，没料到软包子竟然也敢跟她叫板。把沐梓玲的电话往地上一扔，摔的她手机的后盖跟电池都飞了出来。

"妈的，我跟你拼了。"

沐梓玲才说完话，宿舍里其他几个女生都围了上来，李暖星看形势不对，赶紧把沐梓玲拉到身后，对着张梓桐连连陪着不是。沐梓玲气不打一处来，还想说什么，就看见李暖星制止的眼神，只好把话又咽了下去，弯腰去捡被摔得四分五裂的手机。蹲下去的时候，看见张梓桐床底下的鞋子下面垫着一张纸。李暖星画画的时候，她见过画纸，张梓桐鞋子下面的那张纸就是画纸。

她很迅速地钻到床底下，把画纸拿出来，上面画着深蓝色的夜空，夜空中繁星点点。

李暖星的手紧紧握住，又抬起头，强迫着把眼泪忍回去。画只要找到就好了，至于成什么样子都不要紧，反正都是她心里最宝贝的东西，

“东西找到了，玲子，咱们走。”李暖星转身把行李往门口拖，见沐梓玲还站在原地，满脸的怒气，赶紧叫她帮忙，怕再起事端。

沐梓玲把李暖星的书一点点往走廊搬，等两个人把行李都拖出宿舍准备离开的时候。张梓桐忽然大叫了一声：“我的项链不见了，你们谁都不许走！”

“你项链不见了，关我们什么事？”沐梓玲再也忍不住了。

“如果是你们拿的呢？”张梓桐反问。

“你血口喷人！”李暖星气的肩膀都在颤抖。

“是不是血口喷人，打电话叫警察来就知道了。”张梓桐拦住她们两个人，让宿舍其他的人打电话报警。

这个点是正好是女生洗漱时间，走廊里来来往往的都是人。张梓桐在学校里打扮得很漂亮，是大家眼中公认的校花。本来就很引人注意，加上现在又堵住沐梓玲跟李暖星两个人，回头率就更高了。

有人窃窃私语问是怎么回事，李暖星眼现在暂时走不了，不想在大庭广众之下让人看笑话，又把行李通通搬回了宿舍。坐在床上等警察来了再说，反正她没偷东西，也没什么好怕的。

没过半个小时，警察就来了。问了一些情况之后，就开始搜查宿舍。李暖星的行李也被重新拿出来再检查，沐梓玲气的不得了，李暖星站在一旁安慰她。正安慰着，警察在她的褥子里发现了一条项链。张梓桐也看见了那条项链，大声嚷嚷着项链就是她丢的那条。

行李是沐梓玲打包的，又是她卷好放入行李袋的，她刚刚都没有发现项链，怎么可能现在出现了项链。她转过身就冲到张梓桐跟前，将她狠狠一推，张梓桐正得意忘形，完全没想到沐梓玲会来这么一下子，整个人都懵了。沐梓玲骑到她身上就打："不就是赵斯文喜欢小星么，你要有本事就自己把赵斯文追到手，现在陷害小星算怎么回事！"

张梓桐就是个子长得高，但是没什么力气，想把沐梓玲推开，试了好几次都没推动，看向宿舍里的其他几个女生，想让给她们来帮忙。现在警察在宿舍，她们都不敢上前，生怕会让警察发现她们拉帮结派。

最后还是李暖星把沐梓玲从张梓桐身上硬拉起来："玲子，别打了。项链在我行李里，也不一定就能证明是我偷的。"

沐梓玲气喘吁吁的，走到警察跟前说："这就是栽赃陷害，行李是我打包的，刚刚我都没看见项链，现在又有了项链，肯定是有人趁我们找画的时候偷偷放进去的。"

"画，什么画？"警察开口问道。

李暖星把画交给了警察，把今天下午回来收拾行李的事情一五一十说了一遍。

警察大概了解之后，将项链收了起来，把整个宿舍的人都请去了一趟派出所，李暖星跟沐梓玲两个人走在最后，一出宿舍门，宿舍楼里其他宿舍的人都把头探出来看热闹。

沐梓玲走到李暖星的身后，用高大的身子把她遮住，在她旁边安慰她："小星，你不要怕，行李是我收拾的，要是最后查不出什么，你就把责任往我身上推就行，反正不能让那个贱人称心如意。"

"要是真查不出来，你就成了偷盗罪，傻了啊，往自己身上背黑锅。"一番话，让李暖星感动得不行，抬头瞪了她一眼："总有办法查出来的，不要乱来。"

"许氏集团不用有案底的人，我这不是为你好嘛！"沐梓玲嘿嘿一笑。

"就算真查不出来，也不许你强出头。"

"我怕什么，我是写书的，到哪儿都能混饭吃……"

"你要再说，以后就绝交！"李暖星很认真地跟她说。

沐梓玲也只好作罢，走在她身后跟她开玩笑，好像去派出所跟她们一点关系都没有似的。

到了派出所，警察一个个地做着笔录，等做到李暖星笔录，已经到了第二天早上七点。眼看着马上就到了上班的时间，她才去许氏没几天，人事部那边的电话她还没有来得及存，只好给陆子期打电话请假，刚把假请完，正准备挂电话，就听见警察喊她快点做笔录。她心里一惊，赶紧挂了电话。

笔录做完，李暖星出了审讯室，就看见陆子期坐在走廊的长椅上跟沐梓玲聊着天。不用猜都知道，沐梓玲这个大嘴巴，肯定什么都跟陆子期说了。李暖星脸刷得一下红了，她进派出所这么丢脸的事情，竟然被陆子期发现了。

"你不要害怕，这件事交给我处理，你安安心心上你的班就好。"她一直低着头，陆子期以为她受了很大的委屈，出声安慰她。

她哦了一声，更加不敢抬头去看陆子期。

沐梓玲又在旁边说："小星，你就相信陆先生吧，他可是许氏集团的总裁，张梓桐她爸爸的生意有一大半都仰仗许氏活呢，陆先生给她爸爸施点压，张梓桐就得乖乖说实话了。"

李暖星不懂这里面的门道，反正她能听出来，陆子期能把项链这件事情解决了。

出了派出所，还在陆子期的车上，李暖星就听见陆子期在打电话，语气少有的严厉跟斥责，让电话那边的人三天之内一定要给他一个交代，说他的朋友不能受这么大的委屈之类的话。沐梓玲坐在后车座上跟李暖星打赌，说陆子期打电话的人一定是张梓桐的爸爸。

李暖星不用打赌，她信。

到了学校，陆子期亲自把李暖星的行李从宿舍楼里拿了出来，沐梓玲也在后面帮忙。还好陆子期出现在荧幕前的机会并不多，否则宿舍楼里的人又要议论纷纷了，等行李全部搬到车子里之后，沐梓玲累得一点也不想动，李暖星也满头大汗。

陆子期把车子里的空调开低了一些，朝员工宿舍的方向开过去。

一上午的时间，沐梓玲跟陆子期都在帮她折腾行李。昨天一晚上没睡觉，陆子期让她今天好好休息一下，让她明天再上班。李暖星正想说谢谢，听见他电话响了，也许是这通电话对他十分重要，他接了电话之后，就匆匆离开了。

沐梓玲在李暖星的宿舍里左转转，又转转，忍不住连连感叹："小星，怪不得我们学校的人削尖了脑袋都想进许氏啊，光员工宿舍都是海景房，就别提其他待遇了。"

李暖星一边铺床一边说："我也没想到环境会好成这样，

你可以过来住，以后你赶稿子的时候，就不愁没人帮你买饭吃了。”

这话正中沐梓玲下怀，沐梓玲高兴得都快要跳起来了，也开始帮她收拾东西。

等把房子收拾完，李暖星忽然问她：“我的画呢？”

“我给陆先生了。”沐梓玲正把她的书往书柜上摆，头也没抬一下。

李暖星心里咯噔一下：“那是我的画，你怎么给他了。”

沐梓玲疑惑地转过头，看着她问：“那画的背后写着陆子期三个字，不是你给他画的画么？”

李暖星愣了愣，没想到沐梓玲会是这样以为，于是点点头，立刻承认下来。她现在只希望，陆子期也是这样以为的。她与他云泥之别，从来不奢望能跟他发生点什么，能这样不远不近地看着他就好。至于其他的，她没有想过，也不敢去想。

陆子期开着车子到了皇夏医院，直接到休息室里找许义山，许义山今天心情十分好，还拿出来一瓶红酒慢慢地品。陆子期却没有喝酒的心思，能让许义山这么高兴的原因只有一个，那就是匹配许婉云的肾脏找到了。他没等许义山主动开口，就问：“肾源找到了？”

许义山笑了起来，容光焕发，仿佛年轻了好几岁：“找到了。”

许义山不再卖关子，把资料夹从抽屉里拿出来给陆子期看。

陆子期打开第一页，看见李暖星这三个字，捏住资料的手紧了几分，看向许义山问道：“会不会弄错了，不是才做了检查么，怎么这么快就出了结果？”

“不会错，这份检查是我让人加班加点做的。”许义山按住陆子期的肩膀：“婉云有救了，我要你尽快说服李暖星，让她把肾脏捐献一个给婉云。”

陆子期把检查报告翻来覆去看了个遍，血型配型、淋巴毒实验、人类白细胞抗原、群体反应性抗体，每一项指标都与许婉云十分吻合，这也就意味着李暖星的肾脏跟许婉云的匹配率很高。

他紧紧捏住资料，深深吸了一口气，跟许义山说：“说服人不是一件容易的事，我会争取在最短的时间内，让她同意签下捐赠器官书。”

移植新的肾脏之后，许婉云就可以不用再苟延残喘地活着，这让许义山喜极而泣。他拍了拍陆子期的肩膀，让他赶紧回去陪着李暖星，现在这种关键时候，应该让他们两个人多加相处，这样李暖星贡献出肾脏的可能性才会更大一些。

陆子期出了医院，开车直奔许氏的员工宿舍，却在半途中又调转了车子，不知不觉间就开到了江滩。

中午的江滩十分炎热，他才出了车子，一阵热浪迎面扑来，瞬间让他汗流浃背，可他却浑然不觉，走到江滩边上，弯腰捡起石子一颗颗地往江水里仍，仿佛看见了李暖星第一次带着他来江滩的那个夜晚，满眼笑意地跟他说把石头丢在江水里面，打散江水里的月亮，会有一大片零零散散的月光。她把石头捡起来往江水里扔，歪过头看着他，问他江水美不美，好看不好看……

现在明明是大中午，并没有什么月光，可他却仿佛看见江水中有一片月光，还有李暖星那张笑容明媚的脸。人生若只如初见，何事秋风悲画扇，他脑海里忽然想起年少时曾读过的词，曾经不过是附庸风雅，现在却忽然懂了。

他从口袋里拿出那张满天繁星的画，沐梓玲或许不知道她画的是什么意思，可他却心如明镜。她跟他一样，都喜欢上了那天晚上繁星点点。只不过，她喜欢他，比他喜欢她早一步。他将画纸翻过来，修长的手指轻轻抚摸着陆子期那三个字。

李暖星，你知不知，在你心里，我是你最耀眼的那颗星。而在我心里，我却是那即将要拿走你一颗肾的卑鄙小人。

为什么跟婉云匹配肾脏的人会是你，如果不是，那该有多好！

第十三章　见不得光

看看，这就是你要喜欢一个比你优秀很多倍的人所要付出的代价！明明知道感情一辈子见不得光，却还是这么倔强固执。

第二天李暖星上班，比平时足足早了半个小时，现在住在员工宿舍，走路来许氏也只用半个小时，她时间非常充裕，还有心思把午饭也一起做了，带到单位，这样中午吃饭也省得下楼了。

早上科长在办公室，王会计安安分分地上班，什么也没说。等中午科长一回家吃饭，王会计又开始到处找她碴儿。从她早上来办公室没有帮她擦桌子，一直到地拖得不干净，大大小小里里外外地数落了她一遍。她把饭放进微波炉里加热，一声不吭。王会计找碴儿就找碴儿，反正她又不会少一块肉，等她说够了，自然就不说了。抱着这样的想法，她坐在座位上默默地吃饭，王会计说了半天，见她一句话都没说，冷哼了一声，踩着高跟鞋又坐回自己的座位上去了。

午休前，李暖星拿着抹布把王会计的桌子认认真真擦了一遍，又重新拖了地，王会计愣了愣，没想到李暖星会这么做。

等大家都睡午觉的时候，她睡不着，把陆子期曾经发给她的短信又打开，一遍遍地翻着看，一边看一遍傻乐，正看着短信，忽然收到一条信息，是宋远知发的，问她什么时候有时间，他把公司里现在需要做账的原始凭据给她拿过来。

现在她住的离单位很近，什么时候回去都方便，于是跟他约了下午下班之后见面。

快到了下班的时间，宋远知的车子就停在了许氏的楼下。李暖星出了许氏的大楼，像做贼一样溜进了宋远知的车子。

宋远知侧过身子看着她笑："我这么见不得人，要这么偷偷摸摸的。"

"我现在干的事儿是违背我签的劳动合同的。"李暖星做事遵守章程，她签合同的时候，合同上白纸黑字写着不能兼职别的公司，所以她跟宋远知见面，心里七上八下的。

宋远知不以为然："你不告诉别人在我这里帮忙，谁能知道？你越遮掩，反而越容易引起别人的怀疑。"

三言两语，让李暖星的背又挺直了不少，她问："原始凭据呢？"

宋远知从公文包里拿出一叠发票记账联交给李暖星，还有一些银行的存根，李暖星随便翻着看了看，被上面的大金额数字吓住了。厚厚一叠发票里，都是一百万的开票金额，公司才成立，就有这么大的业务往来。

"你真厉害！公司才成立就有这么大的进账。"李暖星朝他竖起了大拇指。

"你在许氏上班，应该见的账比这个大多了。"

"那不一样嘛，许氏是梅城屈指可数的大公司，你的是新公司，两者之间没有可比性。"李暖星把原始凭据放在手提包里，正准备下车，宋远知叫住了她。

“在许氏上班，感觉如何？”

“挺好的，许氏对员工的福利很不错。”当然，如果没有王会计那么咄咄逼人的话，就可以叫作完美了。

宋远知听了她的话，惋惜地摇了摇头：“这么说，我是一直没有机会了。”

“什么机会？”李暖星听得云里雾里的。

“难道你看不出来，我一直想让你来做我公司的会计？会计师事务所一直想让你进，但是你不来。现在我新公司刚成立，也需要会计，你还是不来。”宋远知好奇地问：“许氏真的有这么好？”

“如果不好，我干嘛要待在那里啊！”

“虽然你很坚持，但是我还是要说，要是哪天不想在许氏上班了，你就来找我，我这随时欢迎你来。”宋远知抬手看了看腕上的表，又说：“现在到了吃饭的时间，你要跟我一起去吃饭么？”

“不了，我跟别人说好了要一起吃饭的。”她婉言相拒。

宋远知绅士地为她打开车子：“看来想请你吃饭，得提前预约。”

李暖星才下了车子，正好看见陆子期从大楼里走出来，她赶紧朝宋远知摆了摆手，潜意识里不想让陆子期看见她跟宋远知有交集。万一要是被他发现她帮宋远知做账，那就真是说不清了。

宋远知也看见了陆子期，正准备迈进车子的那条腿又跨了出来，径直走向陆子期，对他伸出一只手：“陆总。”

陆子期记性很好，只要见过一面的人就会有印象，更何况是一来了梅城之后就立刻收购海天酒店的宋远知。他也伸手跟他握了一下："你好。"他打完招呼，看见李暖星站在宋远知的车子旁边，于是又问："你下班还没回去？"

"我这就走！"

"我送你回去。"看见她跟宋远知站在一起，他心里有些不舒服。他朝宋远知微微点了点头，走到李暖星的跟前："跟我走。"

李暖星哦了一声，又对宋远知挥了挥手，跟在陆子期的身后。等进了陆子期的车子里，她正准备找借口解释为什么会跟宋远知在一起，就看见陆子期目光光灼地看着她，似乎要在她脸上看出个究竟。以前跟陆子期也曾单独相处，他的目光大多数都是温柔的，从没有过这样的眼神，她微微往车门的方向靠了靠："你干什么这样看着我。"

"你离他远一点。"陆子期收回了视线，发动车子。

"我跟他就只是普通的朋友。"以为他误会了她，她也不找什么借口了："宋先生来找我，想让我帮他个忙。"

"只要他在梅城开一下口，想帮他的人多了去了，犯不着你去帮。"陆子期揉了揉眉心，有些烦躁不安。

"他只想找能信得过的人帮忙……"

"小星！"陆子期将车子停在了路边，转过头很认真地看着他说："你对宋远知了解多少？"

李暖星眨了眨眼睛，今天的陆子期跟平时太不一样了。以前他从不会过问她交了什么样的朋友，今天的他是怎么了？

话说出口，陆子期也意识到自己的冲动，既然说都说了，他只能继续说下去："宋远知在美国长大，一回了国之后就开始收购海天酒店，另外又拿一个亿注册了会计师事务所，不论是海天酒店还是事务所，投资这么大，他却放置不管，专门来找你，你不觉得有问题吗？”

“你是说，他喜欢我？”

“他有一个未婚妻。”

“那我就没什么好担心的了。”李暖星笑眯眯地伸了伸懒腰，今天的阳光特别好，车子里开车空调，不会觉得燥热，她歪着头看着陆子期，有阳光洒在他棱角分明的侧脸上，她坐在阴影里，两个人形成了鲜明对比。也不知道是不是他今天心情不好，眉头紧紧皱在一起。她不想让他不高兴，于是又说：“我有分寸的，你放心吧。”

“你有分寸，不代表他会有分寸。”陆子期的手紧紧握住方向盘，脸色比方才更沉了不少：“我也在美国上过学，知道他们对感情持着一种什么态度。他们崇尚自由恋爱，就算有了未婚妻，依然还可以再找一段新的感情，可是他不会对你负责任的，他的未婚妻和他门当户对，他就算对你有几分真心，也不会娶你回家。”

“嗯。我知道。”她还想解释什么，却发现刚刚在心里打好的草稿，通通都没有用。门当户对这个词，对她来说就像是晴天霹雳。明明知道陆子期说的是宋远知与她，可是她却联想到她跟陆子期。她配不上宋远知，难道就能配得上陆子期么？

她一直以为对陆子期的感情，只要偷偷摸摸地埋在心里面就好，不让他知道，更不会让任何人知道，可是满天繁星都被沐梓玲给了他，她不信凭着陆子期的聪明才智，一点端倪都没有发现。昨天晚上她一夜没睡，满脑子都在想着要是陆子期问起来那张画，她要怎么说才能让陆子期相信她不喜欢他。

可是他连一个字都没有提，不提大概是觉得没有什么意义吧！一直以来，她在陆子期的面前都小心翼翼，生怕多看他一眼就会泄露她的心事。可是当她最宝贵的东西都给了陆子期的时候，面对他的不闻不问，她才发现原来最伤人的词汇就是沉默。

斜阳渐渐下沉，有更多的阳光洒进了车子里，她的位置越来越阴影，他的位置却有了更多的阳光。刚刚她还觉得阳光十分好，现在却讨厌极了阳光。它提醒着她，只要跟陆子期在一起，她就永远只能在阴影里仰望着他。他和她的差距，恐怕她努力一辈子都无法赶上。她若无其事地把手插进口袋里，使劲儿拧了一下自己的腿，腿上的疼痛让她把眼泪忍了回去。

坐在车子里，她都不知道陆子期后面又跟她说了什么，只是不停地点着头，表示她在认真地听。到了员工宿舍，她还跟他礼貌地说了再见，然后笑着回了宿舍。躺在床上，她什么都不想做，也什么都不想去想，就对着天花板发呆。到了七点多，她又去沐梓玲租的房子那边帮她把行李搬过来。一路上跟沐梓玲说说笑笑，好像今天什么事情都没有发生。

等夜深人静的时候，她坐在窗台上看月亮，想起那晚她坐在水泥台子上，看着陆子期把石头往江水里扔，水中明晃晃的月光，美得照进了她的心里。一行泪，无端地就流了下来。她赶紧伸手把眼泪擦掉，怕再想下去会忍不住哭起来，要是那样的话，明天早上眼睛会肿，她怕沐梓玲会东问西问。于是打开手机开始看笑话，一边看一边傻笑。

看看，这就是你要喜欢一个比你优秀很多倍的人所要付出的代价！明明知道感情一辈子见不得光，却还是这么倔强固执。

一连几天上班，李暖星都没精打采的，还好上班有做账软件，只要她不输错数字，很多凭证都是自动生成。这几天陆子期没有给她发信息，她觉得很不习惯，打开他曾经发过的信息一遍遍地看，每个字都烂熟于心，却还是看不够。好不容易熬到了周四，她开始期待下午的会议。因为下午的会议是陆子期专门针对许氏的新员工开的，刚开始的时候是一周一次，现在变成了半个月一次。会议定在三点半，她早早地就到了会议室占了前排最中间的位置，想在开会的时候离他最近。

不一会儿，会议室的门又被人打开，她以为是新同事，抬起头想打招呼，没想到看到的是陆子期，她朝他笑了笑，又把头低下，拿着笔在本子上涂涂写写的，装作正在忙的样子。也许正是因为听不见，所以陆子期的举动她更能察觉到。

她能感觉得到他在看她，似乎有什么话要对她说。她抬起头看着他问："你有什么话要跟我说么？"

"那天我心情不好，说话的时候没有注意语气，让你不高兴了，抱歉。"

她一抬头，就迎上他的目光。

"我没有不高兴，你说得挺对的。"

"小星，你骗不了我的。"陆子期蹲下身子，视线与她平齐，漆黑如墨的眸子看向她："那天我并没有别的意思，我只是担心你。"

与其说担心，倒不如说他是害怕她会被宋远知吸引。因为李暖星在他面前提到过宋远知，他才会好奇地去查了宋远知这个人，发现他在国内的资料一片空白。除了知道他很有钱之外，其他一无所知。他只能从他的处事手段来观察，竟然发现宋远知的行事作风跟言谈举止，都与他十分相似，李暖星现在能喜欢他，他却不能对她的感情做任何回应，时间一长，她也许就会喜欢上了宋远知。曾经他并没有把宋远知放在心里，可是现在他不得不重新正视这个人。

向来遇事不慌、沉着稳重的陆子期，意识到这一点时，竟然有些慌乱。这几天晚上他都在失眠，有时候会拿着满天繁星看很久。因为不能给她承诺，所以不能对她做出任何回应。他担心宋远知会伤害她，更害怕他自己会伤害她。

许婉云的病迫在眉睫，他去医院看她，都不敢去看她的眼睛。婉云渴望活着，他也渴望她能活下去，可是这要建立在伤害李暖星的基础上，他不想伤害李暖星，也想让许婉云性命无忧。他一直觉得他并不贪婪，可是时至今日他才领悟，原来以前无欲无求，只不过是因为没有遇到在乎的人和事。李暖星对他来说，是他想要保护却又想伤害的人。他想离她近一些，却又更想去远离。

这几天他故意一条短信都没有给她发，就是想要让她知难而退，那天说出门当户对这个词，也是想要通过宋远知来暗示她，他们之间的差距也有不少。李暖星聪明伶俐，他知道她听懂了。看见她强颜欢笑地回员工宿舍，他就开始后悔了。他不应该伤害她，他完全有更委婉的方式来让她明白这个道理。可是面对许义山一遍遍地催促，他又无可奈何。

就让她尽快离开自己，就让她所有的美梦全部落空，然后离开许氏，去别的地方重新发展，那才是对她最好的选择。从知道她的肾能够匹配许婉云，他一直努力说服自己不要再去在意李暖星，却偏偏还是会去管她的事情。她没有地方住，能跟她朋友住在一起也没什么不好，当年他在国外上学，住过更差的环境，也照样活过来了，为什么李暖星不可以？

当李暖星打电话跟他请假，他听见电话那头说要做笔录，他立马放下手上的事情，赶到了她们学校附近的派出所，出面调解了张梓桐的事情，再过两天，张梓桐就会在学校做检讨，证明李暖星并没有偷项链，还她一个清白。其实他完全可以不管这件事，警方介入之后，张梓桐这样还没毕业的女生禁不住警方的盘问就会说出实话，学校自然也会给李暖星清白，可是他为什么非要去插手呢？

只因为她是李暖星，所以他忍不住会对她的事情一次次插手。明明知道就算没有他，她也不会有什么事，只不过暂时过得不开心罢了。可是因为他对她上了心，所以连那一时片刻的苦，他也不想让她吃到。

就像今天一样，他知道下午的会议她要来，也一遍遍提醒自己，不管看见她什么样子，都不要去跟她说话，对她沉默就是保护她的最好武器。可是他一进了会议室，看见她明明心里难受，却还要对着他笑的样子，就忍不住开口跟她说话，想要给她安慰。

可是安慰过后呢？他跟她不可能往前走，只能向后退，那又为什么要做这种无用功？

他做事向来干脆利落，只要做出的决定很少会再改变，可是在李暖星的身上，他却犹犹豫豫，一直下不了决心。他看着李暖星的面颊，本来应该是红润的脸色因为他别有用心的一番话，而变得有些苍白，他忍不住抬起手，想要将她揽在怀里，她用真心待他，他怎么能让她难受！

手才抬起来，会议室的门又开了，他立马站了起来，走到讲台上，开始看会议内容。他抬手看了一眼腕上的表，竟然过去了十分钟，他刚刚在李暖星的面前，竟然失神了十分钟。这对以前的他来说，是一件根本不可能发生的事。

越来越多的新同事进来，有的坐在李暖星跟前，笑着跟她打招呼，看见她笑嘻嘻地跟她身旁的人有说有笑，他知道，她的心情因为刚刚他说的话又好了不少。

真傻，他心里数落她，却看着她笑，心情也好了不少。

李暖星认认真真地做着会议记录，陆子期的口才非常好，两个小时的会议下来，妙语连珠，让人听着并不心烦，反而觉得时间过得很快。陆子期对他掌握的知识并不保留，最后问答的环节上，有好几个同事问了非常专业的问题，陆子期解释得非常详细。散会的时候，她听见周围的同事对陆子期一片赞美声，她忍不住地笑了起来。

下班回宿舍，沐梓玲已经做好了晚饭，吃完饭之后，她就回到自己的卧室开始做宋远知的帐，一边做账，一边在本子上写下做账的理论跟技巧。几天下来，她的本子上已经写了十几页。

到了周末，李暖星给宋远知打了电话，跟他说把手上要做的帐已经做好了，约好了地点让他来取。

宋远知一向很守时，李暖星把账交给他的时候，顺便把手上的本子也交给了他："这些业务都不难，我把做账的理论已经写在本子上，还有一些公式，你从里面照搬就可以自己做。"

"你是会计出生的，应该知道公司法人不能自己做账。"宋远知把记账凭证打开，看见每一笔业务都记录得非常详细，原始凭证也粘贴的十分规整，字迹娟秀，再看向她时，眼神里带着一股欣赏。

她当然知道作为企业法人，不能自己给公司做账，所以把会计证拿出来递给他："我把会计证借给你，你用我的会计证挂名就可以。"

"看来你是有备而来啊，之前你明明说好会帮我一个月的，为什么忽然又改口，现在不愿意帮我了呢？"

"许氏的工作有点忙，后面一阵子我得经常加班……"

“这都不过是不想帮我的借口罢了。”宋远知眯着眼睛，低头看着她，他认识她算是有些时间了，能够看得出来她什么时候说的是真话，什么时候说的是谎话。她眼睛东看西看，就是不肯看着他，显然是在说谎话！因为陆子期不想让她跟他见面，所以她就不愿意帮他了？

李暖星被揭穿，她更加不知道该说什么了，说了声再见，就想要离开。脚步才迈出去，宋远知就拉住了她。

“你放手！”她急了。

宋远知也不恼，按住她的肩膀，满脸真诚地说道：“小星，我帮了你很多次，只让你帮我这一次，可是你现在因为陆子期就出尔反尔，对我来说，公平么？”

“不是因为他。”

“如果不是因为他，那你为什么要躲我呢？”宋远知反问：“这几天我给你打了那么多电话，你一个也没有接。如果是手机静音听不见，那短信总能看见了吧？”

她当然看见了短信，那么多条短信说来说去的，就是想要请她出去吃饭，她不想去见他，如果不是因为他，陆子期也不会提起门当户对这个词，她这几天就不用连觉都睡不着。她心里这么想，却不好意思把话直接说出口，所以就这么拖着当作没看见。想着过几天宋远知的新鲜感一过，就不会再提请她吃饭的事情。

没想到宋远知今天会把话直接放在明面上说，她这个人平时就有些不会拒绝人，如果不是特别讨厌的人，她拒绝的方式就是不回应。沐梓玲有时候就说她性格磨磨唧唧的，被人缠着也是活该。她现在算是明白了，她就是没把话说清楚，宋远知才会这几天一直缠着她。

“宋先生，你要知道，频繁地约女生出去逛街吃饭，很容易让女生产生误会，宋先生是有身份的人，这样的误会应该是不想有的吧？”

“我一直就在等你说这句话。”宋远知像是运筹帷幄，很有风度地说：“你聪明善良，在梅城跟我接触的人里，你是最没有心计的，我帮你不过举手之劳，你却拿真心对我，你把我当成朋友，可我不想把你当朋友，我觉得跟你相处很轻松，想让你做我的女朋友。”

果然陆子期说的没错，他真的是别有用心地接近她的。李暖星立刻拒绝他：“你明明有未婚妻，还想要我做你的女朋友，宋先生，你真是太可笑了！”

宋远知微微有些惊讶，他有未婚妻的事并没有跟国内的人说，她是怎么知道的。但是很快他就明白了，他靠在车子上，双手环住自己的胳膊，笑着说：“陆子期调查我！”

李暖星心直口快，没想到就这么出卖了陆子期，她有些懊恼，却仰起头看着他理直气壮地问：“他说的是事实，有什么好隐瞒的。”

“我并没有对任何人隐瞒，在国内，从来没有人问我有没有未婚妻，难道要我拿着喇叭到大街上逢人就说，我宋远知有未婚妻么？”宋远知摇了摇头，有些失望地看向她。

她一直都知道宋远知口才很好，无论怎么说都说不赢她，反正账本都交在他手里了，她转身就走。

宋远知又在她身后说：“有一点我想不明白，我跟陆子期同样都帮过你，为什么你对他就那么信任，对我却一直都是防备的？”

“因为我最先遇见的人是他。”她说完这句话，头也不回地走了。

就因为最先遇见的人是陆子期，所以她就盲目地喜欢上了陆子期？宋远知把资料扔进车子里，发动了引擎，开车离去。

第十四章　不负如来不负卿

小星，你知不知道，这是我唯一能为你做的事。

你虽然现在会痛，可是痛过之后，总有能好起来的一天。

而我，却要永久地痛下去。

周日不上班，李暖星起得很早，去医院接李长生出院。机票早就定好了，是上午十二点起飞，到桐乡。李暖星正在帮李长生收拾东西，就听见背后的护士喊了一声陆先生。难道是陆子期来了？

她一回头，就看见陆子期站在病房的门口。

“你怎么来了？”她没跟他说她在医院，他是怎么知道的？

李长生笑呵呵地坐在椅子上，惋惜地说：“是我让他来的，回了桐乡之后，就再也看不见子期了，所以想多看几眼。”

“爸爸，陆子期又不是你什么人，你怎么能随便叫他来啊！”

李暖星正跟李长生吵嘴，看见陆子期弯腰将她收拾一半的行李袋拿起来，将床上的东西继续往袋子里装，她赶紧说：“我来吧。”

陆子期没有跟她抢，将袋子递给她，把稍微沉一些的东西主动往门外拿。两个人一起收拾，只用了一个小时就打包好了行李。陆子期提着李长生的行李，背上还背着她的大红色兔子书包，看起来不伦不类，走在走廊里，不停有人回头去看。李暖星推着李长生走在他身边，跟他说："书包我来背吧。"

"你看着叔叔就好，书包有些沉。"

走廊很短，几分钟就能走到头，她多希望能走的时间更长久一些，这样他对她的关心就能维持得更长久一些。陆子期就是这样的人，他不动声色地关心你，帮你做很多事，却从来不会挂在嘴边。他总说是举手之劳，可是她心里知道，这个社会到底有多冷漠。刚来医院的时候，没有钱给爸爸交手术费，医生的态度就十分不好。后来如果不是陆子期的帮忙，她爸爸根本不可能得到这么好的照顾。她一直想还陆子期这份人情，却没想到越欠越多，到最后日积月累的人情，演变成她对他深深的喜欢。

有陆子期送她们去飞机场，一切都方便了许多。时间还早，到了机场，陆子期让他们在大厅找位子坐，然后他离开了一会儿。几分钟之后，他再回来的时候，手里多了一张头等舱的机票。

李暖星羞愧得头都抬不起来，她只想着经济舱的机票便宜，却没考虑到她爸爸的腿脚不便，坐头等舱更方便一些。等送走了李长生，陆子期开车送她回宿舍。下车的时候，她转头跟陆子期说再见，才发现他的脸色红晕得有些不正常，像极了她平时发烧的时候才有的模样。伸手往他的额头上摸了摸，这一摸才发现他的额头烫得吓人。

"你都不知道你发烧了么，坐副驾驶的位子上。"

她下了车子，看见陆子期还坐在位子上发呆，催他："你快下来啊，我开车带你去医院。"

陆子期缓过神来，下了车子，坐到副驾驶的位置上。李暖星坐在主驾驶的位置，发动车子又带着他往皇夏医院的方向开。她有赵逸辰的电话，还没到医院，就先联系了赵逸辰，等到了医院，赵逸辰就已经在门口等着陆子期了。

李暖星跟在陆子期的身后进了电梯，直接到了休息室。赵逸辰给陆子期量了量体温，竟然有四十摄氏度。成年人一般烧到这个温度，连起床都有些吃力，他居然还开着车子到处跑。出于医生的职业素养，赵逸辰嘱咐陆子期好好休息。等赵逸辰给陆子期打了吊针离开休息室后，李暖星这才敢开口说话："你傻啊，生病了就不要来啊！"

"我不知道自己生病了。"他并没有说谎，自从许义山把许氏交给他，他每天都累得不想起床，今天只是比平时稍微严重了一些。加上天气炎日，他以为只是有些中暑罢了。

李暖星盯着他看了半晌，确认他不是在说谎，起身去给他倒凉白开，一边倒水，一边小声嘀咕："这么大的人了，怎么这么不会照顾自己呢。"

等倒完了水，发现他躺在沙发里睡着了。她把水杯轻轻放在桌子上，蹲在他身边，仔仔细细地看着他的脸。不知道他在做什么样的梦，眉头微微皱在了一起。她伸出手轻轻抚摸着他的眉，陆子期动了动身子，她吓了一跳，赶紧站起来。转过身不敢去看陆子期，生怕他醒了之后会生气。过了好半天，没听见陆子期再有什么动静，才敢回头再去看他。

原来他侧着身子睡不舒服，仰着躺在沙发上继续睡着。她又蹲在他身边，继续去看他的脸。不能怪她太爱看他，主要是平时她不敢多看他。只有在他看不见她在看他的时候，她才能鼓起勇气去看他。

看见陆子期的唇微微张着，好像是在说着梦话。

“婉云，你不准死……”

她离的近了，才听见他在说什么。心里大惊，一直以为许婉云的病有点严重，但是只要按时治疗，就应该不会有事，没想到她就快要死了。难怪他最近心情总也不好，那天跟她说宋远知的时候语气有些硬。如果换做她的亲人出事，她也不会好到哪里去。她忽然想起周四开完会，大家都离开会议室的时候，他坐在讲台上发呆，脸上有些落寞。当时她不明白为什么他会出现那种表情，现在她明白了。

可是她能帮上什么忙呢，什么也帮不上。生老病死，人之常情，她不是医生，也无力回天。只能默默地陪在他身边，看着他难过，跟着他难过。

蹲得时间久了，她腿脚都开始发麻。不得已才站起来，活动活动筋骨。在休息室里转了一圈，在桌子上发现一张《人体器官捐赠表》，难道是许婉云的哪个器官衰竭，所以才会危在旦夕么？

“你在干什么？”

身后忽然传来陆子期的声音，她像是被人发现在做坏事一样，赶紧把表放在桌子上，放下之后又觉得为什么要害怕啊，她在医院的一楼经常见到这种表。于是又把表拿起来走到陆子期的跟前，问他：“许婉云得的什么病啊？”

“肾衰竭。”他把捐赠表拿过来，放在了抽屉里。

这种病她听说过，只要能找到合适的肾源，许婉云就还有救。她走到陆子期的跟前，安慰他：“许先生做过那么多的好事，老天一定会保佑许婉云不会有事的。”

他嗯了一声，又坐回沙发上，觉得口干舌燥，端起桌子上的凉白开猛灌了好几口，杯子里的水刚喝完，李暖星又给他倒了一杯。陆子期在喝水的时候，她手撑着下巴看着他问：“有没有什么我能帮得上的？”

陆子期微微一顿，见她眸子里光华璀璨，满满的都是真心，似乎只要他一开口，问她要她的那颗肾脏，她就会毫不犹豫地把它拿出来送给他。他有些烦闷，把杯子放在了桌子上：“不用。”

“哦！”不知道她哪里又说错了话，让他又不高兴了。

陆子期站了起来，拿起茶几上的车钥匙：“我送你回去。”

“你还在生病呢……”

“我说，送你回去！”陆子期忽然沉下了脸色。

面对他的阴晴不定，李暖星有些不知道该怎么办，她从来没有见过这样的陆子期，一时间只能按着他说的做。她跟在他身后，看见他的背影寂寞萧条，忽然很想上前抱一抱他。她知道他从一出生就没有见过亲生父母，世上唯一的亲人就只有许义山跟许婉云，这时候要面对生离死别，对他来说是个巨大的打击。

“陆子期！”

他刚转过身，就被李暖星抱住了腰。电梯在这个时候正好开了，他又转过去看电梯的方向，只见许义山正从里面出来。

她只想抱一下他，给他安慰，没想到会撞见许义山，她像做错了事的孩子，赶紧松开了陆子期，礼貌地喊了一声许先生。

许义山才从许婉云的病房出来，想要到休息室里休息一会儿，看见他们两个人，只是点了一下头，然后别有意味地看了一眼陆子期，就往休息室的方向走去。

李暖星跟着陆子期进了电梯，见陆子期的脸色比刚刚更加难看，她紧张地吞了一下口水，跟他解释：“陆子期，我刚刚就是想给你一个怀抱，让你不要那么难过，真的没有别的意思，我也没想到会让许先生看见的。”

她不解释还好，一解释，陆子期的脸色就更加难看了。

她只好乖乖地闭上嘴，索性什么都不说。出了医院，陆子期把车子开得飞快，将她送到员工宿舍的楼下，她连再见都没来得及跟他说，他就开车疾驰离去。

陆子期从拿了驾照开始开车到现在，车速一直都很平稳，很少有今天这样飙车的时候。窗外的风景快速地后退，他将车里的音乐开到很大声，漫无目的地朝前开着，他不知道要开到什么地方，就好像他不知道要欺骗李暖星到什么时候。他恨透了接近李暖星的真相，李暖星越靠近他，他就觉得他自己越无耻。尤其是当他在休息室醒来，看见她满是真诚地问他需不需要她的帮助。他就觉得像他这样龌龊的男人，根本不配跟她站在一起。

窗外忽然下起了大雨，前面的车子都减速慢行，他不得不跟着减速。这时候电话响了，他看了一眼来电显示，是许义山打过来的：“父亲！”

“器官捐赠书进展得怎么样了？”

“她对我才开始产生好感，现在签字的时机还没有到。”他把车窗摇下来，吹进了丝丝凉风，消去了他心里的一些烦躁。

“那今天的拥抱是怎么回事？我难道老糊涂了？”许义山的语气立刻变了，不复方才那般和蔼。

“我今天发烧，四十摄氏度，那会儿我没站稳，她扶了我一把。”之所以要这么着急离开休息室，就是发觉快到了许义山要上来休息的时间，他不想让许义山看见他跟她在一起，所以才会催促着她快些离开。没想到还是晚了一步，还是让许义山撞见李暖星拥抱着他。

好在当时他背对着许义山，个子又比李暖星高出许多，许义山看不见她到底是在抱他还是在扶他，听见他这么说，也没有多疑，只是让他多跟李暖星接触，尽快取得她的好感，最后又关心他的身体，他不想说话，许义山说话的时候他就只是沉默，不时地嗯一声，表示他在听。等许义山挂了电话，他已经将车子开到了江边。

因为下着雨，江边并没有什么人，他下了车子，一个人坐在江边淋着雨。豆大的雨点打在脸上，让他瞬间清醒了不少。可是没过多久，却在清醒中更加挣扎起来。妹妹要救，小星不能伤害。可他到哪里才能寻得到这世上的双全法，让他不负如来不负卿！

淋了半天的雨，结果就是他的发烧又严重了一些，第二天没有去公司上班。所有的工作都停了下来，活了这么久，第一次请假休息，他躺在被子里睡了一上午，下午的时候怎么睡也睡不着。却什么事都不能做，躺在被子里浑身又酸又疼，病来如山倒，他就是有再多的力气，此时却一点都使不上。

以前不是没有发烧过，只要吃了退烧药，再睡上一觉，等睡醒了烧就会退下去。所以他早上爬起来吃了一颗退烧药，以为下午烧就会退下去，结果现在不仅没有退烧，反而更加厉害了。他想拿电话，叫赵逸辰来他家给他看病，结果却连手都抬不起来。他睁着眼睛看着天花板，只能祈祷他身体的抵抗力能让烧退下去，否则他就只能这么熬下去。

忽然从客厅里传来关门的声音，不一会儿脚步声就离他的卧室越来越近。卧室的门一打开，他看见李暖星满是焦急的脸，他的心在那一刹那好像被什么东西装满了。

"我给你打了好多通电话，你没有接。给你发了好多短信，你也没有回。今天我去你办公室送资料，才知道你发烧没来上班。所以在集团的通讯录上找到李秘书的电话，问他你在哪里，还好早上你跟李秘书说你在这边，不然我去哪里找你。”李暖星走到他身边又去摸了他的额头：“怎么比昨天还要烫了！温度计呢，温度计在哪里？”她急得团团转。

刚刚他连打一通电话都很难办到，现在看见李暖星，反而笑了起来，安慰她：“你不要急，现在拿温度计也没有用。你给赵逸辰打电话，让他带着退烧的东西来我这。冰箱里有冰镇的矿泉水，你拿进来，放在我额头上。”

她按着他说的话，给赵逸辰打了电话，又从冰箱里拿了矿泉水，放在他额头上降温。冰敷的效果很好，水放在他额头上，他就没有那么难受了。再看向李暖星时，看见她红着眼睛，对她笑了笑，想要跟她讲个笑话逗她开心，还没张开口，李暖星就把手捂在了他的嘴唇上：“你不要再说话了，烧成这样就好好躺着休息，我没事。”她为了证明真的没事，挤了一个比哭还要难看的笑脸，又说：“我刚看见厨房里很干净，你早上到现在肯定都没有吃饭，我去做饭给你吃。”

厨房里除了没有蔬菜，基本什么都有，陆子期现在是病人，吃粥也正好。她把袖子挽起来，淘了一些小米，又洗了几颗红枣，放进了电饭煲里。粥正煮着，门铃就响了。她去开门，看见赵逸辰提着医药箱赶过来，赶紧让开身子让他去给陆子期看病。

等赵逸辰给陆子期打完了吊针，她的小米粥也煮好了。赵逸辰出于医生的职业素养，嘱咐陆子期最近不要再加班，好好休息，又留了一些退烧药才离开。

李暖星把小米粥往端给他：“能自己动手吃么？”

挂了吊针，陆子期也有了一些力气，他把碗端过来，慢慢吃着粥，突然问她：“为什么会过来？”

“你以前帮了我那么多忙，你遇到了困难，我也想帮你啊。”

“许氏这么多员工，知道我生病的不止你一个，为什么他们都没过来，你却过来了？”陆子期忽然把粥重重地放在桌子上，厉声问道。

李暖星有些错愕地看着他，他生病了，她就是想来帮点忙，难道这也做错了么？

“说话！”陆子期有些不耐烦。

“我……我……”她根本没想到陆子期会问这个，绞尽脑汁想了半天，都不知道该怎么回答。

陆子期冷笑了几声，冷漠的眼神就像刀子一样刺进她的心口，他讥笑：“你喜欢我？”

“我没有。”她红了眼睛。

“那张画你怎么解释？”他反问。

他终于问了那张画，可是她多希望他永远不要问，至少不要在这种时候问出来。她想找理由去解释，却发现任何借口都显得苍白无力。面对陆子期的忽然变脸，她觉得心里有一个地方碎成了一片一片。

“滚！”陆子期指着门，开口撵人。

她在这里再也待不下去，她有她的自尊，有她的骄傲，只不过是喜欢上他罢了，他若是不喜欢，大可以委婉地告诉她，让她离开，何必要这样咄咄逼人。她拿起桌子上的包包，逃一样的离开卧室。

才走到门口，就听见卧室里传来瓷器碎裂的声音。她知道，他把那碗粥扔在了地上，就因为他发现她喜欢他，所以连她做的东西都不吃了么？她走到门边，弯腰换鞋，尽量不让自己的动作发出一点声响，她要优雅地离开，要证明其实他对她产生不了任何影响。

轻轻关上门的时候，她抱着包一边往前跑，一边流眼泪。就让她放肆地哭这一次，从今往后，她再也不要为他难过了。

陆子期坐在床上喘着气，听见她离开的声音，才下了床走到客厅，站在落地窗前看着她离开的方向，仿佛看见她哭红了眼睛，他闭上了眼睛，深吸了一口气。她越靠近他，他就越无法开口问她要那颗肾。在他吃着她煮的粥时，忽然间想明白了。既然他跟她的相遇从一开始就是别有用心，那再继续下去也只是另有图谋。他跟她始终不能有结果，与其这样浪费她的青春，倒不如伤她一次，让她主动离开，只要她离开了，他就不会再对她的肾有任何想法。

小星，你知不知道，这是我唯一能为你做的事。你虽然现在会痛，可是痛过之后，总有能好起来的一天。而我，却要永久地痛下去。

厨房里弥漫着香气四溢的小米粥的味道，他走进厨房，从橱柜里拿出一只碗，将粥盛出来慢慢地品尝，好像吃着这世上最美味的东西。

从陆子期家回来之后，她除了上班下班，就窝在宿舍里做卷子。还有几天就要毕业考，她没有时间去想那些感情上的事，也许正是因为这样，才没有让沐梓玲起疑心。只是到了晚上失眠的时候，她还是会想起陆子期咄咄逼人撵她出门的脸色。然后抱着膝盖坐在窗台看月亮，一坐就是一晚上。

周四班主任给她打电话，通知她周五学校要开一次大会，让她准时参加。等跟沐梓玲一起去了学校，才知道这次会议是全校大会，大礼堂里坐满了人。当会议一开始，看见张梓桐站在讲台上哭哭啼啼，就知道是怎么回事。她压根没有想到校方会让张梓桐这样做检讨，会议的最后，校方用了很多话来证明她是个好学生。一场会下来，沐梓玲在她耳边不停地在说陆子期的好话，要是放在几天前，她会高兴得像是踩在云端之上，可是现在她除了苦涩还是苦涩。

说到底还是她太贪心，以为他对她的好，多多少少是对她有些感觉。可是当真相揭开之后，她才明白，原来一切都是她自以为是的幻觉。那个曾经在她身前为她挡风遮雨的人，以后再也不会有了。

开完会回来，下午还要去上班，她坐公交赶去单位，路上一直心神不定，连坐错了站都不知道，再转车坐回单位门口公交站，单位已经下了班。她慢吞吞地往员工宿舍的方向走，途经银行时，看见宋远知与一个中年男人正好从银行里走出来，她微微愣住，那个男人她很有印象，是才从集团辞职没多久的副总，赵峰。

像赵峰这样的大人物自然不可能记住李暖星，他出了银行之后，又跟宋远知说了一些什么话，就开车离开了。宋远知早就看见了她，笑着问她要不要一起去吃饭。

“我吃过了。”

才说完这句话，她肚子就咕噜噜地叫了起来。谎话不攻自破，她捂着肚子一脸的懊恼。

宋远知哈哈一笑，爽朗地说道：“我不就是想让你做我的女朋友，你不答应吗，至于躲我跟躲瘟神一样？我宋远知虽然喝着洋墨水长大，但是己所不欲勿施于人的道理，我还是懂得。”

李暖星看了他一眼，没说话，继续往前走。

宋远知叹了一口气，又说：“哎，我这个好人当得可真困难，你爸爸出院，我作为资助人，竟然是最后一个才知道。”

“我这几天忙，忘了跟你说了。”她转过头跟他说，心虚不已。

“那请我吃顿饭弥补一下总是可以的吧？”他话锋一转，给她提了一个建议。

他帮了她这么大的忙，她请他吃顿饭是应该的，她点点头，上了他的车子。

宋远知这次没有跟她客气，直接开着车子到了海天酒店。她在那里做过服务员，知道菜价贵得离谱。她摸了摸钱包，还好银行卡里有点钱，够请他吃顿饭的。

作为老板，宋远知自然知道什么菜做得好吃，他连菜单都没拿，直接报了菜名。等上了菜，他悠闲自在地吃着，李暖星心里七上八下，一桌子下来，怎么都得花个一两千，奢侈得她肉都在疼。

吃完饭，她刷了卡就要回去。宋远知提出开车送她，她正要拒绝，宋远知就把手腕上的表伸到她面前让她看时间，这个点公交车都停运了。从海天酒店到宿舍，打个出租就要花掉一百多，再奢侈下去，她过几天就要喝西北风。没有办法，她只好上了宋远知的车子。

到了凌晨一点多，宋远知才把她送到宿舍门口，她说了一声谢谢，准备下车。

“跟陆子期吵架了？”宋远知忽然问。

“没有。”她不想让别人知道她跟陆子期的事情。才说完话，就看见宋远知狡黠的目光，她恼怒地问：“关你什么事？”

宋远知往车座上一靠，动作慵懒优雅：“我只是很好奇，陆子期这么关心你，怎么会舍得让你难过呢！”

“开门。”她拉了几次车门，都没有打开，有些急了。

宋远知意味深长地看着她："小星，他的世界里，就只有许义山跟许婉云。在梅城念书期间，他没有交过一个朋友，同样的，在美国念书期间，他也没有交过朋友。回了梅城之后，他跟任何人的关系都保持着不冷不热。难道你一点也不好奇，他为什么会对你这么好，又为什么忽然冷落了你？"

"原来让我请你吃饭是假，绕了一大圈，挑拨我跟陆子期才是真。"李暖星转过头看着宋远知，忽然明白过来为什么吃一顿饭要带她去海天酒店，因为距离足够远，他有大把的时间去观察她的表情，她就算掩饰得再好，也不过是个二十出头的小姑娘，在宋远知这只狐狸面前，她总是破绽百出。

"不可否认，你很聪明。"宋远知笑着坐直了身子。

"只可惜，不能让你如愿了。就算陆子期接近我别有用心，那也是我跟他的事，轮不到你来插手。"她试了试推车门，竟然推开了，她走下了车子，对他挥了挥手："你帮了我很多，我打心里感激你。可是有些事情，我不能帮你，很抱歉。"

宋远知早就猜到她会说这样的话，一点也没有生气，反而又问："你想知道你爸爸的车祸是怎么回事么？"

"什么意思？"

"现在我还在调查，只是有了初步结果，准确度还不够。等我确定之后，再跟你说。"

宋远知开着车子离开后，李暖星还在原地站着，爸爸的车祸难道不是酒架司机撞车，然后逃逸么？

离毕业考还有一个周，沐梓玲天天拉着李暖星给她划重点，她一天比一天过得忙碌，这样也好，总比她东想西想过得充实。毕业考结束后，沐梓玲拿着旅行包来了一场说走就走的远行，她继续上班。

自从陆子期家一别之后，她就再也没有看见过他。中午去食堂吃饭的时候，听见新同事对他的一致好评，她心里微微有些苦涩。只要跟他接触过的人，都会发现他的身上闪闪发光。他不喜欢她，她从来都没有怪过他。她不够优秀，凭什么能够跟他站在一起呢？

下班之后，她在财务室里发呆。第一次不想这么早就回宿舍，她想起陆子期给她打电话，问她什么时候来上班的那天，她心里欢呼雀跃，以为到了许氏，就能够有机会跟设计师们好好学习，然后回去好帮爸爸一起做他的服装生意。可是在许氏上班，转眼间四个月过去了，她也成了许氏的正式员工。到现在她和办公室里同事的关系都弄得一塌糊涂，何谈去认识楼下的设计师。

她学不到设计，也不知道在许氏留着还有什么意义。以前至少在集团里还能看见陆子期，可是现在呢，现在她连陆子期都看不见了。她站在窗户跟前往下看，几十层的高度让她看什么都觉得渺小，渺小的就像她站在陆子期的跟前一样。

不知不觉就到了十点多，她锁门离开。到电梯间等电梯，等电梯打开的那一刹那，看见电梯里的人，就想掉头离开，但是电梯里的人却按住了等待键，等她进来。她只好硬着头皮走了进去。

电梯往下降，她不敢说话，其实更多的是不知道该说什么。

“这么晚还不回去？”陆子期开口问她。

“你不也没回去吗？”她才说完话，觉得以她们现在的关系，这么随意的话有些不合适，又改口说道：“陆总这么晚都在加班，作为许氏的员工，自然也要加班的。”

陆子期有些烦躁地扯了扯领带，好看的眉头皱了皱。

电梯叮的一声开了，李暖星松了一口气，赶紧走了出去。

明明是他说出那些伤人的话，让她离他远远的，只是现在她真的在躲避他的时候，他就觉得心里堵得难受。陆总，她就跟集团里所有的员工一样，只把他当成她的领导，连朋友都不是了。

陆子期，这不正好是你所期望的么，那你现在难受又是为了什么？

回到宿舍，躺在床上她死活睡不着，半夜三更爬起来打扫卫生，收拾房间，心想着累一累就能快速入眠，在打扫卫生的时候，她从床底下收拾出来一张业务往来的采购单，她责备自己不小心，这种原始凭据怎么能掉在床底下。又给宋远知发信息，跟他说了声抱歉，等明天下午下班会把原始凭据给他送过去。

发完短信，她把采购单小心翼翼地放进钱包里，然后继续打扫卫生。等累得动都不想动的时候，躺在床上闭着眼睛就睡着了。

第二天去单位上班，科长给了她几张发票，让她做账。她拿着发票看了一眼报销人，觉得名字有点眼熟。把钱包拿出来，看了看宋远知送来的原始凭证，签字人竟然跟王科长送过来的发票上的人是同一个人。她不禁想起昨天在银行门口看见的赵峰。

她拿起通讯录在名单上查了查，找到孙有德的名字，看见职位是副总。心里咯噔一下，如果真是她想的那样，岂不是宋远知在一步步地策划着许氏集团的元老离职，然后跳槽去他开的公司？前几天她在做宋远知的账目时，只能看出来他的公司从事的是服务业，进账出账金额很大，再具体的就不清楚了。她拿着宋远知的原始凭据，坐也不是，站也不是。

好不容易熬到下班，见了宋远知，把原始凭证交给了他，又问：“上次你说如果我想去你那里做会计，你随时都欢迎我去，是真的还是假的？”

宋远知把原始凭据装在了公文包里，笑着说道：“自然是真的。”

“那我从许氏这边辞职，再到你那边去吧。”

宋远知微微有些惊讶：“许氏不是你的梦想么？”

“去了许氏才发现，原来设计这一块，不是我想学就能学的。学不了设计，谈什么梦想呢？”说到这里，她有些失望。

“也许你到了我的公司，又有希望了呢？”

“我就是想在毕业证拿到手之前，不想闲着。”她实话实说。

这时候她的电话响了，一看是陆子期打来的，她对宋远知说了一声抱歉，然后走到离他很远的地方接了电话：“陆总？”

“你跟谁在一起？”

“下班了，我回宿舍了。”知道陆子期不喜欢她跟宋远知在一起，于是撒了一个谎。才说完话，电话就挂断了，她再拨过去，电话是关机状态。转过身，见宋远知还在原地等她，她有些不好意思：“抱歉啊，家里人的电话。”

“没关系。你这边什么时候可以上班，如果时间来得及，我就不打算再找会计了。”

“这么信得过我？”

“疑人不用，用人不疑。”

“正常的交接手续是要提前一个月打辞职报告的，我可能得一个多月之后才能过去。”公司成立之后，每天都会发生业务，尤其是他这种流动资金很快的大公司，于是她又说：“你还是先继续找会计吧。”

宋远知无所谓地耸了耸肩："我可以把公司的账先放到会计师事务所那边，只要你确定来这边上班，到时候从那边转过来也可以，虽然有点麻烦，但是因为是你，麻烦一些也不要紧。"

"我肯定要去的，找工作实在太麻烦了，我也不想再折腾。"李暖星没想到宋远知竟然为了她，把业务放在另外一个公司做，心里有些感动。

等宋远知离开后，她才转身往员工宿舍的方向走。走到拐弯处的时候，她竟然看见了陆子期。九月的傍晚虽然不算热，但也不够凉快。陆子期站在阳光处看着她，脸色阴沉得厉害，似乎她再往前走一步，他就会冲过来捏碎她的骨头。这样的陆子期让她十分害怕，她不禁往后退了好几步。陆子期步步紧逼，她没注意到身后有台阶，眼看着就要摔下去，陆子期把她扶住站稳，很快又松开了她，似乎碰她一下都嫌脏。

她心里难受，又不敢抬头看他，只好低着头。这一低头，才发现地上被摔得四分五裂的手机。原来刚刚他电话关机不是因为没有电，而是他把手机摔碎了，那也就是说，他已经看见她跟宋远知在一起了。既然看见了，为什么还要问她在哪里。

"为什么骗我？"

"你不想看见我跟他有联系。"她不敢再说谎，只好实话实说。

"既然你知道我不想看见，为什么还要见他？"陆子期抓住她的胳膊，咬牙切齿地问道。

"你是站在什么立场上问我这些话的？"她强迫着自己抬起头，正视他的目光。

是啊，陆子期，你是站在什么立场上问她？难道就因为你不喜欢看见她跟宋远知在一起么？可是你从来都没有去争取过要跟她有一个结果，又凭什么去决定她跟谁在一起。

陆子期突然松开她的胳膊，转身往许氏大楼的方向走去。走到大楼里，才想起来他在岔路口等她是因为什么事情。昨天晚上，他跟几个高层坐在一起吃饭，无意间听到李暖星出事那天晚上，喝酒闹事的人出来之后，得了一笔金额不小的钱出了国。他找人去查了银行流水，发现汇款的人是宋远知。所以会在岔路口等她这么久，就是想要告诉她，让她不要再理会宋远知这个男人。她跟谁在一起都好，就是不能跟宋远知在一起。

许氏不到五点就下班，他四点半就在路口等她，结果看见她跟宋远知站在一起，也不知道他们两个说了什么，他看见李暖星不停地点头，宋远知站在一旁谈笑风生，他的双手不自觉紧紧握成了拳头。忍了好久，还是没能忍住给她打了电话，如果他们只是正常的聊天，他相信她会对他说实话，可是她竟然骗了他！

在她说完第一句话的时候，他就把电话狠狠扔在了地上。良好的家教跟平时的冷静，在她骗他的那一刹那荡然无存，他站在路口，看着他们一直聊天，看着她目送着宋远知的车子离开才离开。看见她一直往他这边走，哪怕近在咫尺，她都没有看见他。他就再也控制不住了，本来他只是想要冷静地告诉她，宋远知不适合她，却逼问她为什么要骗他。

他打开水龙头，洗了一把脸，才让自己冷静下来。陆子期，你有什么资格去问她为什么骗她，从头到尾，你一直在欺骗她。她只欺骗了你一次，你怎么就受不了呢？

他看着镜子里那张脸，忽然觉得自己面目可憎，一拳打在了镜子上。拳头立刻有鲜血流了出来，痛过之后，他的心情逐渐平静下来。随便拿了点纸巾包在伤口上，出了许氏的大楼。

第十五章　彼此相爱　相互伤害

是他赶她走的，可是赶走了她，他又后悔。只要碰见她，他的脾气就变得循环往复，时好时坏。她靠近他，他会远离她，可是她远离他，他又忍不住想要把她再拉回来。

既然已经决定要辞职，李暖星就开始写辞职报告，写辞职报告只是第一步，要经过科室领导签字，再由人事部部长签字，最后总裁签字之后，辞职的流程才算走完。她先把辞职报告交给了科长，科长说让她考虑考虑，等下午再给她说确定的结果。

可是还没等到下午，她就被陆子期叫进了办公室。桌子上放着她交给科长的那份辞职报告。陆子期站起来把门关上，转过身冷声问她："这么着急地辞职，是找到下家了？"

陆子期面色骇人，她没敢吭声，只好点了点头。

也不知道是不是被气得没了脾气，陆子期反而笑了几声："是去宋远知那里？"

昨天骗他，让他那么生气，今天她不想再骗他，于是点了点头。

陆子期猛地拍了一下桌子，昨天受伤的地方鲜血又流了出来，可他压根没有感觉到疼，他只是感到前所未有的生气，气他自己把她推了出去，本来她是喜欢他的，因为他的冷言冷语，她就离他越来越远了，纵然气归气，可是他还是知道现在要说什么：“他那里你不许去！”

“你凭什么管我！”李暖星本来不想惹他生气，可是他一开口就带着浓烈的火药味儿，她忍不住呛了他。

陆子期把她的劳动合同扔在了桌子上，翻开第三页念给她听：“为保护集团商业机密，在员工离职期间五年内，不允许进入相同行业公司进行工作。李暖星，你还要让我说得更明白一些么？”

原来宋远知开的公司，竟然跟许氏集团是一样的，那么孙有德会不会就是许氏前任副总？如此说来，她就更要去宋远知的公司一探究竟。

“那好，如果我说，我不去宋远知的公司上班，那你是不是就可以在上面签字了？”李暖星反问。

陆子期紧抿着唇，胸膛气得起起伏伏，他指着门口的方向，铁青着脸说道：“滚出去！”

他抬起来的那只手，恰好是正在流血的手，鲜血滴滴答答地往下流，令李暖星大惊失色，从口袋里翻出纸巾走上前就去给他包扎伤口。离得近了，才发现他受伤的不只是手背，手掌心被什么东西割破，伤口极深，能看见肉都从里面翻了出来：“怎么回事，伤得这么深？”

陆子期低着头看她小心翼翼托着他受伤的那只手，纸巾被她缠绕成一圈一圈，绕在他受伤的地方。怒气渐渐消下去几分，可是在这时候，她的手机铃声忽然响了。当她把电话拿出来，他看见屏幕上显示的是宋远知的名字，怒气又上来不少：“按掉。”

她在给他包扎伤口，哪有心思去接宋远知的电话。把电话按掉之后，放在了他的办公桌上，又继续给他包扎："你这个伤口得去医院缝针的，天气热，不好好处理一下，会发炎！"

"你陪我去？"陆子期脱口而出。

她抬起头看他，以为她听错了。

"我现在受伤了，开不了车，你开车送我去医院。"他故意撇开脸，不让她再看他。他不该一时心直口快，还得再找个借口来解释为什么会让她陪他去看医院。本来只是随便看个地方，只要不看她就好，可是他一低头，看见她的手机屏幕亮着，上面显示着一条短信：辞职报告打好之后，如果陆子期不放你走，你就跟我说……

短信太长，后面的显示不下，可是光看着前面这些字，就足以让他心中的星星之火强烈地燃烧起来，他把手从她的手中抽出来，抓起桌子上的手机大声质问她："这短信是怎么回事？"

李暖星压根不知道什么短信，也被他突如其来的怒火弄得不知所措，拿起手机看完了信息，正想跟他解释，话到嘴边又咽了下去，就让他生气，然后赶她离开，这样她就可以去宋远知的公司，查清楚到底是怎么回事。就算他不喜欢她，可是她还喜欢他。对于他的事，她不能做到不闻不问，也许这就是爱与被爱的差别。

她拿起纸巾，想要捂住他流血的伤口，他却推开了她，虽然力气不大，却让她后退了好几步。

"只要我还在这里，你就休想跟宋远知在一起，我不准你跟他有任何来往，出去！"他把手上缠绕的纸巾通通都扯了下来，像扔垃圾一样丢在废纸桶中，右手不停地捏着眉心，在原地走来走去。看见李暖星还站在办公室里，他没来由得更加烦躁起来：

“我叫你出去，没听见么？”

“你的手流血了……“

“不用你管！”

“要去医院缝针……”

“我叫你滚出去，你要我说几遍，听几遍才够！”他走到办公桌前，把桌子上堆放的厚厚一塌子文件通通都扫在地上，桌子上的水杯也掉落在地上，发出清脆的碎裂声。散落在最上面的几页文件上，有鲜红的血迹。

李暖星张了张口，还想说开车带他去医院缝针，看着他满脸的怒气，话又咽了下去，转身往办公室外走。

是他赶她走的，可是赶走了她，他又后悔。只要碰见她，他的脾气就变得循环往复，时好时坏。她靠近他，他会远离她，可是她远离他，他又忍不住想要把她再拉回来。他知道，只要他现在说一句话，她就会留下。可是话出口之后呢，他还是要想办法让她走。他不能给她希望，再让她的希望破碎。

他想要竭尽所能地让她健康快乐，把世上所有的美好都留给她，可是她却一点点地偏离他想要给她的世界。他怕她跟宋远知越走越近，怕宋远知会伤害她。

陆子期，你就承认吧，其实你并不是什么都不怕的男人！

辞职报告没有批下来，李暖星回到办公室里垂头丧气的。王会计在一旁冷嘲热讽，说她学了本事就想跳槽，世上哪有这样的好事，她低着头坐在座位上不吭声。横竖她要辞职，如果陆子期不批，她就不干活，大不了让集团撵她走人，反正她已经下定决心要离开许氏。

一下午，她什么事情都没有做，打开电脑玩游戏、看电影。

有人来开发票，她也爱理不理的，故意开错了好几张发票。下班那会儿，科长一离开，王会计立马就笑着说道："就冲你这工作态度，我要是陆总早把你开除十八遍了。"

李暖星自顾自地收拾东西，头也没抬一下。等收拾完东西，拿着手提包就走人，既然决定离开，她连最起码的人际关系都不想维持。才出了许氏的大楼，就看见宋远知的车窗摇了下来，他朝她招了招手。她走到他跟前，弯着腰问他："你怎么来了？"

"我猜陆子期不会放你走，所以来给你出主意。"

"出什么主意？"

宋远知没回答她的话，倒是往她身后的方向看了看，她也回过头，看见陆子期正从大门里出来，她赶紧坐上宋远知的车子，让他带她离开。宋远知什么也没问，一踩油门往前开去。李暖星坐在副驾驶的位子上拍了拍胸口："还好跑得快，不然让他看见了，肯定不好离职。"

"不就是辞个职，有必要像战场的逃兵一样么？"宋远知微微侧目看向她，淡淡一笑。

"他好像知道我要去你公司实习，今天拿劳动合同给我看，有从业限制什么的。"

宋远知给她出主意："你真诚实，你完全可以说在我其他公司上班，没有必要跟他说在我的新公司做会计。"

"那要是他再不放人怎么办？"李暖星又问。

"我会想办法让他放你走。"宋远知像是早就做好了准备，安慰她说："这几天你就尽管做好交接工作，半个月内，他肯定会放你走。"

宋远知将她送到员工宿舍，就开车离开。李暖星有些纳闷地看着他车子的离开方向，难道他今天来找她，就是为了给她出主意，然后送她回来么？

接下来几天，她就按宋远知说的，每天上班就是做交接表，有人来找她开发票她就开，期间还不停地故意出错。有些同事有意见，跟科长反映她做事不认真。科长私下找她说了几句，让她好好工作，她听归听，做事的时候仍然马马虎虎。离半个月的期限还有两天的时候，她接到了陆子期的电话，让她到许氏对面的咖啡馆坐一坐，他想跟她好好聊聊。

她知道他要跟她聊什么，无非就是不让她走，可是她去意已决，现在她只想拿到辞职报告的签字，所以她在电话里就问：“见了面，你是不是就可以签字了？”

那头沉默了很久，她听见电话里传来粗重的呼吸声，她知道，这次陆子期又被她气得不轻。

果然，陆子期气急败坏地问她：“你就这么想从我身边离开，你就这么急着要投向宋远知的怀抱？”

到了这个时候，她迫切地想要知道为什么赵峰跟孙有德都在宋远知的公司上班，到底是出于巧合还是另有目的，她索性应了陆子期的那句话：“对，我就是想要跟他在一起，以前我喜欢你的时候，你看不上我，现在我喜欢上他了，而且他也看上了我。所以我想要离开，希望你能成人之美……”

不等她把话说话，电话那头啪的一声挂断了。陆子期再一次挂了电话，她看着被挂掉的电话，出神了很久，这些话说出口，陆子期应该不会再来找她了，她把自己说得朝三暮四，他本来就不喜欢她，现在怕是更加讨厌她了。

宿舍的门被人使劲儿敲了好几下，她缓过神来，走过去开门。门一打开，看见脸色铁青的陆子期大喘着气，额头上还有一些汗，像是从一楼跑到七楼。她愣在原地，完全没想到他会到宿舍来找她。

正想要把门关上，陆子期的手挡在了门上，嘲讽道：“不是想要我签字么，不请我进去坐，我怎么给你签字？”

她让开了身子，让他进来。

陆子期进了宿舍，坐在沙发上，目光如炬看向她：“坐。”

她不敢坐下，怕跟他平起平坐以后看见他的眼神，忍不住会说实话。只有站起来俯视着他，底气才能足一些：“你要签字就赶快签字。签字完就离开。”

“我再问你最后一遍，一定要离开么？”

“对！”她语气十分肯定。

他忽然摇着头笑了笑：“都说女人绝情起来六亲不认，我总算明白了。”

“你什么意思？”李暖星听不懂他在说什么，跟她有什么关系。

陆子期把口袋里的文稿拿出来，放在她的桌子上，眼底尽是冷嘲热讽。

她把文稿拿起来，是一篇新闻稿，上面写着陆子期为帮神秘女洗清偷窃罪名，动用关系妨碍警察办案，并利用在梅城的影响，逼迫张梓桐全校公众检讨……后面还写了很多，可是她已经看不下去了，她根本不知道宋远知所说的半个月期限能让陆子期放她离开，竟然用的是这个方法。

“李暖星，我真是小看了你，知道打蛇打七寸。作为许氏的会计，你明明知道许氏最近股票一直不稳，倘若稍微对我不

出去，都会造成许氏的大幅度波动，所以你就写

想逼我放你离开，对不对？”陆子期紧握着拳头，

起，那双曾经看着她满是温柔的双眼，此刻异常

的冷漠。这样的他让她有些害怕地往后退，仿佛他再说下去，就会忍不住动手打她。

陆子期忽然站了起来，朝着她走去，她往门口的方向跑，想要离开。陆子期三两步就追上了她，拉住她的胳膊将她逼在墙壁上："就算我没有回应过你的感情，可从来没有伤害过你，你因为想要去宋远知那边，就选择以伤害我的方式离开，李暖星，你到底有没有心？"

她看着他满脸痛苦之色，只差那么一点点，她就要全盘托出为什么要去宋远知那边，可是她一低头就看见了桌子上解除劳动合同关系的文件，所有的理智又回来了。孙有德到底是哪个孙有德，连她自己都没弄清楚，就算赵峰是许氏的前任副总，可单凭这一点也不能证明什么。如果跟陆子期说了，只不过让他徒添烦恼罢了。现在他妹妹病情恶化危在旦夕，她一点忙都帮不上。可是许氏这边，她总能出一份力的。她迎上他的视线，心脏跳得比平时快出了很多倍，却弯了弯唇，讥笑他："我有没有心，你难道不知道么？你生病的时候我给你熬粥，你却赶我出你的家门。我用一整晚的时间画了满天繁星给你，你看出我喜欢你，所以故意说狠话让我离开你，却时不时地又朝我靠近，做出在乎我的样子。陆子期，我现在只不过是想找个能喜欢我的人好好谈个恋爱，比起你欲擒故纵的手段，到底是谁更可耻一些？"

陆子期的手骤然握紧，他向来不知李暖星的口才这样好，三言两语就能让他无地自容。欲擒故纵，想到她用这个词形容他，他忽然笑了，从西装上衣的内侧口袋里拿出钢笔，在解除劳动合同关系的文件上签下他的名字，跟她说："本来我不想跟你说那些事，可是你执意要跟宋远知在一起，那我也只能说了。

在海天酒店你被人欺负，跟宋远知有很大的关系。从一开始接近你，他就是有目的的。而且我有必要再提醒你一次，他是有未婚妻的人。”

他都不知道是用什么样的心情说完这番话，也不记得他是怎么离开她的宿舍，只知道上了车子之后，他的手不停地发抖，其实在签字的时候，他就明白，只要签下去，她的世界就跟他再也没有关系了。他可以跟许义山说，李暖星现在跟宋远知在一起，他没有办法再插手。宋远知这个人身份特殊，谜一样的身份背景，总能让许义山对他忌惮三分，也许李暖星跟宋远知在一起，顶多就是被骗骗感情，还有什么能比少一颗肾更严重一些呢？心里一直这样说服着自己，拿着车钥匙插在钥匙孔上，却插了几次也插不进去，他狠狠捶了一下方向盘。他想要保护好她的，只要时间再长一些，他总能想出一个法子，让她没有后顾之忧地离开许氏，他也不会再打扰她。可是现在她一时半刻都不想在他的身边待下去，要用许氏来逼他放她自由。

满世界都在看他出洋相，许氏除了新来的员工，上上下下都说他自私冷漠，上任之后就赶走集团元老，架空许氏，集团内争外斗，压得他快喘不过来气。婉云的病又恶化到药物已经不起任何作用，他一点办法都没有。可是他还有一根稻草，在他快要消沉下去的时候，只要想着那根稻草，他就有力气再往上爬。那根稻草就是李暖星，他以为她不会像许氏那些员工一样，等着他被外界狠狠压死，可是没想到，她比那些员工还要狠，竟然拿他关心她的方式来威胁他，还有什么能比这更可笑的！

，终于插进了锁孔，他一踩油门，逃一样地疾驰

第十六章　新欢旧爱

他只是很想她，在她离开了许氏两个多月之后，他从来没有像现在这样想她。

陆子期签了字之后，李暖星的交接手续办理得很快。不到半天的时间，她就已经正式从许氏离职。第二天就去了宋远知的新公司报道，宋远知带她到公司参观了一圈。新公司很大，毫不逊色于许氏。参观的时候，他有意带她到设计室多停留了一会儿。让她做自我介绍，之后又跟几个设计师说了她想学设计的想法，并且直言让他们多多关照她。

宋远知说了之后，那些设计师们自然对她知无不言，言无不言。短短十几天不到，李暖星就在宋远知的公司学到了比在许氏多出几倍的知识。宋远知对她好的没有话说，会计都已成了她的副业。设计师们喜欢跑财务室跟她聊天，有时候会问她跟宋远知是什么关系，她说是普通关系。宋远知有时候听见他们的话题，只是淡淡一笑，不讨论，也不参与。

她一边做着会计，一边在宋氏学习设计，曾经她想在许氏做的事，在宋氏这里都实现了。她想，她应该觉得知足了，可是为什么心里会有些空荡荡的？她拿出手机，又翻开以前陆子期给她发的信息，指尖轻轻摸着他给她发的最后一条信息：你要多加留意宋远知，好好照顾自己。

从那以后，他没有一通电话，没有一条短信，很多天之后，她才明白为什么陆子期要她照顾好自己，因为她的世界里，他不会再参与进来了。她是好是坏，是死是活，他也不会再过问。也是，她拿了许氏来威胁他，他怎么可能再去关心她呢？

临近下班，宋远知说最近业绩一路飙升，要请大家海吃一顿，地点随便挑，梅城现在最好的酒店就是海天酒店，大家自然纷纷表示要去海天酒店。李暖星没有车，坐宋远知的车子去酒店。去的路上，宋远知忽然问她：“如果我没有未婚妻，你会不会考虑做我的女朋友？”

李暖星歪着头看着他笑：“前提是你得没有未婚妻。”

宋远知也跟着笑了笑，真诚地说：“你聪明善良，跟你相处很愉快。只可惜不是门当户对，倘若你的家庭条件只是比我未婚妻的条件差了一些，我还会尝试着争取一下跟你在一起。只可惜，相差太悬殊。”

第一次他们敞开心扉地聊起这个话题，就像是朋友一样。宋远知的话让她放下了防备，可是门当户对这个词，却让她的心生生地疼了起来。陆子期拒绝她的喜欢，不也是因为他们不是门当户对么？

到了酒店，宋远知挑了一整个层楼，让宋氏的员工通通都坐在一起。很多人第一次遇见这么大的排场，有人拿着麦克风先吼唱了起来，李暖星坐在座位上没什么心情跟着瞎闹，只是不停地喝着手里的果汁。

等饭局开始的时候，宋远知说要出去一趟，接一个很重要的人。不一会儿，他带着人进来了。李暖星只看了一眼，很快低下了头。孙有德，许氏前任副总孙有德。孙有德跟宋远知坐在一起，她坐在孙有德的旁边，从他们言谈举止中，她能察觉到他们认识的时间有很长一阵子了。中间还数次提到周志这个名字，她知道周志是谁，现任许氏集团副总，她很想听清楚他们说的每一句话，可是他们声音太小，后面的话怎么听也听不到了。

虽然听不见后面说了什么，可孙有德的出现就能证明她的猜测是对的，企图对许氏不利的人并不是陆子期，而是宋远知！她一时半刻都坐不下去，想要把这个事情第一时间说给陆子期听。她拿着包包站起来："对不起，我头有些晕，想先回去了。"

正在跟孙有德聊天的宋远知听见她说头晕，转过头问她是不是生病了。

她不擅长撒谎，怕说得越多，破绽越多，只好摇了摇头，头一晃，才发现她真的有点晕。摇摇晃晃得有些站不稳。宋远知伸出手扶住了她，关心地问："是不是吃错东西了？"

"没有啊，我都没吃东西，就是喝了点饮料。"

"饮料？"

她点点头，指了指桌子上的果汁。

宋远知哭笑不得，说："你喝的哪里是饮料，这是果酒。"

李暖星眨了眨眼睛，她只是觉得酸酸甜甜的，哪里知道喝多了会醉。

"大家先吃，我送她回去，等会儿再回来。"

宋远知交代了一下，扶着李暖星往外走，出了包厢，她踩在厚厚的地毯上，感觉就像踩在云端之上。看什么都模模糊糊的，出了酒店的门，她好像感觉背后有人在看她，她扭头看了一眼，看见陆子期挽着一个女人的手正往二楼走。

她以为看错了，揉了揉眼睛，又看一遍，还是陆子期。

“看什么呢？”宋远知也顺着她的方向看过去，眼睛眯成了一条线：“陆子期。”

“还真是啊。”她傻傻地笑了笑，听见是陆子期，她脚下一软，差点摔倒，宋远知稳稳扶住了她，送她回宿舍。

车子开到宿舍楼下，宋远知要扶她上去，她婉言拒绝，她只是喝得有点醉，又不是不省人事。宋远知叹了口气，让她回到宿舍后，给他发个信息，确定她安全到了他再离开。

李暖星点点头，慢吞吞地往电梯的方向走。自从辞职许氏之后，她也搬离了许氏的员工宿舍，在宋氏的附近找了个房子。住在十五楼，住得高的好处就是有电梯，不用上下爬楼，出入很方便。她按了十五楼的按钮，靠在电梯壁上闭上眼睛。仿佛又看见陆子期挽着女人的那一幕。

跟陆子期认识了半年多，从来没有见他跟任何女人有过接触，可这一次他挽着其他女人的手，那代表什么呢？她不想去想，更不敢去想，回了宿舍之后，用冷水洗了把脸，等清醒一些后，才给宋远知打了一通电话，告诉他她回宿舍了。宋远知在电话里笑着跟她开玩笑，说要是她再晚点给他打电话，他就要上来看看，她是不是在电梯里睡着了。这些天跟宋远知相处下来，她能摸清他对她的感觉，她不知道为什么他要设计她在海天酒店被人欺负，可是现在能看得出来，宋远知对她并没有恶意。今天晚上两个人又把话说开，她难得地也跟他开起了玩笑，说要是真睡着了也不怕，反正还有保镖守着。

两个人在电话里又聊了一会儿，她才挂了电话。一晚上什么东西都没有吃，她在冰箱里找到一罐酸奶，拧开之后喝了好几口，胃里才没有刚才那么空了。隔壁的女生艾佳刚从浴室里洗了澡出来，看见李暖星抱着酸奶在喝，跟李暖星说她煮了粥，要是不介意可以一起来吃。

李暖星摇摇头，自从被陆子期赶出他家之后，她有好长一段时间不敢再去煮粥，更不敢去吃。生怕会勾起那天的回忆。一盒酸奶被她喝完，她换了睡衣准备洗澡睡觉。正洗着澡，艾佳就敲浴室的门，说有个电话号码打了好几个电话，可能是有急事找她。她身上还有沐浴露没有冲干净，一时半会儿不能出去，只好问是谁打的。

艾佳女生报了一串电话号码，她澡也不洗了，直接用水随便冲了冲，就往浴室外面走。拿着手机进了卧室，拨通了他的电话。

“我以为你有了新欢，旧爱的电话就不接了！”他阴阳怪气地说。

“是你不要我的。”李暖星受不了他这种语气，语气高了几分，可是才说完，她又软了下来：“你妹妹的病怎么样了？”

“我在你楼下，你下来。”他答非所问。

“别开玩笑了，我知道你在海天酒店。”

“你要是不下来，我就上去。”他开始耍无赖。

她从窗子往下看，竟然真的看见陆子期站在她的楼下。艾佳也是宋氏的员工，她不想让宋氏的员工知道她跟陆子期见过面，尤其是在宋氏的得力骨干都是曾经许氏的元老的情况下。

“我现在就下去，你站在那里别动。”她匆匆挂了电话，穿了衣服就往楼下走。

出了宿舍的楼，她看见陆子期就站在原地一动不动，忽然有些想笑，她让他别动，他就真的一点也没动，真像个孩子。这么想着，她还真笑了起来。

陆子期把车门打开，对着司机说："你下去。"

"陆先生，你喝醉了，我得带你回去。"

陆子期有些不耐烦，他指了指身后的李暖星："她会开车，她带我回去就行。"

司机见状，只好下了车。

既然他喝醉了，应该直接回家，找她做什么？她正疑惑着，就被陆子期推上了车子。

她有些无奈，只好开车送他回别墅，陆子期一直坐在副驾驶的位置上闭着眼休息，等她开到了别墅，才发现他已经睡着了。

有月光洒进了车子里，照在陆子期的身上，她侧着头看他的脸，发现他最近憔悴了不少。自从她从许氏辞职之后，许氏的股票就日益下跌，有的员工见许氏不景气，纷纷跳槽来了宋氏。也是在宋氏的这些天，让她看清了同行竞争到底有多残酷。没了那些技术型人才，就算陆子期有再大的本事，也是无力回天。许氏能撑到现在，其实已经算得上商业奇迹了。

也不知道他有多少天都没睡个好觉了，能在车子上就随随便便睡着，她想把车座放低一些，让他好好睡个好觉，可是才调整位置，他的眼睛忽然睁开了。

她在他的上方，近的连他的呼吸都能感觉得到。第一次这么近距离地挨着他，她有些尴尬，想要往后退一退，陆子期却突然搂住了她的身子，将她禁锢在怀中，亲吻着她的唇。她喜欢陆子期，做梦也想着能跟他做这种最亲密的事，她攀着他的脖子，紧紧拥抱着他。

陆子期将她越搂越紧，激烈地吻着她。她才洗过澡，身上的沐浴露清香好闻，发如锦缎般散在肩上，他一边吻着她，一边抚摸她的发。

正在这时，陆子期的电话忽然响了，李暖星的理智瞬间被拉了回来，她在干什么，下午的时候才看见他跟一个女人亲密地走在一起，现在她却在跟他接吻。她微微推开了他，陆子期皱了皱眉头，想要再去亲吻她，才碰上她的唇，她就躲开了。

“陆子期，今天下午的女人是谁？”

陆子期微微一顿，靠在座位上，揉了揉眉心：“对不起，我喝了太多的酒。”

“酒后失控么？”她冷笑。

陆子期没有说话，只有手机铃声不停地在响。

“为什么不接？”她像是猜到了谁打的电话，又说：“是怕那个女人知道我们在一起？”

陆子期看了她一眼，把手机拿出来按掉了电话，将退出他怀抱的李暖星又捞进怀里，低头去亲吻她的唇，比方才还要热烈缠绵。

他把她当什么，小三、情人，还是备胎？李暖星伸手去打他的背，他却丝毫没有放开她，她挣脱不开，只好去咬他的唇，他像是连痛都察觉不到，任她咬着。他轻轻摸着她的脸，一声一声喊着她的小名，让她有一种错觉，好像他对她也是有感情的。可实际上呢，实际上他早就推开了她。她是很想跟他在一起，可是不想要这种无名无分地在一起。一想到他跟别人在一起，却还亲吻她，她就委屈得难受，她问：“陆子期，在你心里面，我是不是那种寂寞的时候才会想起来的人？”

陆子期抱紧了她：“小星，能不能不要逼我，我迫不得已……”

“那好，我只问你，今天下午海天酒店的那个女人，是不是你的女朋友？”

他没有回答，只把头靠在她的肩上，没有说是还是不是，只跟她说："你对我来说，是不一样的。"

他的不回应，就是说明那个女人是他的女朋友了。李暖星意识到这一点，觉得在他身边就快要窒息，她一把将他推开，狼狈地跳下了车子，陆子期追了上去："小星，你现在还喜欢不喜欢我？"

她强忍着心里的难受，笑着转过头对他说："陆子期，你跟她在一起的时候，就失去了问这句话的资格。"

陆子期看着她离去的背影，苦笑了几声。为什么只要遇见她，就会打破他所有的冷静。只不过是看见宋远知扶着她罢了，他怎么就多喝了几杯酒，还趁着酒醉要她开车送他回家，最后竟然亲吻了她。

为什么会演变成这样，原本他只是很生气，想要问问她为什么要跟宋远知走得这样近，他明明跟她说过让她小心宋远知。可是当他看见她从楼上下来，他有再多的气都没有办法对着她说出来。他只是很想她，在她离开了许氏两个多月之后，他从来没有像现在这样想她。

所以才会借着醉意让她送他回家，最初他只是想让她多陪着他一会儿，没想到竟然在车上睡着了。醒来后，他看见她满眼都是关切之色，恍恍惚惚地以为她还喜欢他，他还没有女朋友，于是吻了她。可是后来电话铃声已经让他清醒过来，他还是想去亲吻她，他知道，这样做会让她很伤心，可是他就是控制不住。

第十七章　前尘旧事

陆子期，我终于找到理由可以放下你了，这样多好。

李暖星一到了办公室，就开始查找这几个月做的凭证，发现大笔的金额都是由赵峰跟孙有德经手的。她把所有大笔金额的数字加起来，算出的合计金额，正好是宋氏现在持有的股票投资金额。又拿着宋氏通讯录细细看了看，发现最近新招的技术型人才，大都是从许氏过来的老员工。其中以孙有德和赵峰的老部下居多。

如果长此以往，许氏就是个空架子，那陆子期肯定会很不好过。只是她有些想不明白，就算许氏的人才流失，但瘦死的骆驼也比马大，不至于股票下滑得这么厉害，除非背后有操盘手，引导着股民抛售许氏的股票，假如她的猜测都是正确的，那这个操盘手到底是谁呢？

忽然有人推门而入，她赶紧整理凭证，不想让人发现她在看什么。

“一上班就这么忙？”宋远知走进来，看见桌子上一堆凭证，帮着她一起整理，问她：“你在研究公司的大笔金额去向啊？”

“因为要做现金流量表，所以就好奇地看看大笔金额的钱去哪儿了。”她找了一个看起来十分合理的借口。

“那你发现了什么？”宋远知和煦一笑。

“没有。”她低着头，将打开的凭证合起来，放进凭证盒子里，不敢去看他的眼睛。

宋远知帮她把凭证放进柜子里，温声问道：“你是不是生病了，我看你的脸色不怎么好。”

她只想赶快回去，然后把她发现的消息第一时间告诉陆子期，所以宋远知此话正好中了她的心意，她点点头，说她有些不舒服。

宋远知送她回去的路上，交给她一个文件，让她看过之后给他打电话。她回了宿舍，迫不及待地打开看了起来。文件的内容详细讲述了她爸爸是因为什么来的梅城，又是怎么出的车祸。原来酒驾出的车祸只是一个幌子，真正让她爸爸出车祸的人，竟然是许义山！她拿着文件夹里的一张照片手都在发抖，那是陆子期的侧面照，身后是一个带着黑色鸭舌帽的男人，身穿无袖背心上刺着一个龙的刺青。她记得当时跟爸爸聊天，问他还记不记得那天撞他的司机是什么样子。他说只能看见他胳膊上的刺着一条龙……

这也就是说，陆子期是知道谁撞了她爸爸，却一直没有告诉她真正的原因。只安慰她说也许是司机酒驾之后，肇事逃逸。因为信任他，所以她从来都没有怀疑过。今天看来，她真是个傻瓜，竟然被陆子期蒙蔽了这么长时间。

她当下不敢多想，立刻拨通了陆子期的电话。怕越想下去，就越会中了宋远知的圈套，在这种时候，她应该问陆子期是怎么回事，而不是去相信所谓的资料，她知道，资料有时候也可以作假。电话很快就接通了，她立刻问他：“陆子期，我爸爸的车祸到底是怎么回事，我要你老老实实地告诉我。”

陆子期在那头沉默了半晌，良久才说：“小星，你是不是知道了什么？”

“不管我知道还是不知道，我总该有权利知道真相，不是么？”

“我父亲一时糊涂，设计了这场车祸，我知道的时候，是你父亲躺在医院很多天之后，我跟父亲为此发生了不愉快，后来我想办法找到肇事司机，向警方报了案。肇事司机被判刑一年，父亲因为没有直接伤人，罚款十万。这就是你想知道的真相。”陆子期平静地说完事情的经过，又说：“我知道，这对你父亲很不公平，可是我已经在尽力弥补……”

“所以你才会对我这么好？”李暖星忽然问他。

“这只是其中一部分。”

“那另外一部分呢？”李暖星逼问，

“对不起……”陆子期满是歉意。

“许义山让我爸爸出了车祸，所以我不喜欢他。你是他的儿子，陆子期，我终于找到理由可以放下你了，这样多好。”李暖星笑了笑：“看在曾经喜欢你的份上，我还是想给提个醒，宋氏集团的业务跟许氏如出一辙，曾经辞职的技术型人才，大部分进了宋氏。赵峰跟孙有德都在宋氏工作”。

“小星，你之所以坚决从许氏辞职，是因为发现了这些么？”陆子期急着问她。

“曾经是。”

“那现在呢？”

“跟你无关了。”她把电话挂断，按了关机键，颓废地坐在沙发里。因为许义山让她爸爸出了车祸，所以她不想再跟陆子期有牵扯，明知道这件事与他无关，如果不是他事后找到了司机，可能这个司机还在逍遥法外，许义山也不会被罚款十万，可是她还是会迁怒于他，也许这是老天在帮她，给她找个不能再去喜欢他的借口。

曾经她为了陆子期去了宋氏，现在也把发现的结果告诉了陆子期，算是偿还陆子期曾经对她的种种好，虽然当初她的初衷并非如此。

以前为了梦想留在梅城，如今看过去，才觉得梦想这个东西实在很可笑，学设计也非一朝一夕就能掌握要门，她竟然还以为在许氏学几年设计，就能回去帮爸爸做一些事。因为太年轻，所以很天真。她不想再天真下去，梅城里有她不喜欢的回忆，有她想忘也忘不掉的人，也有她永远都不可能得到回应的感情。只有离开，她才能跟过去做个好好的了结。

想明白了，她就开始写辞职报告，因为之前辞职过一次，这次写辞职报告更加得心应手。第二天她去了宋氏就把辞职报告放在了宋远知的桌子上，宋氏的会计就只有她，不存在所谓的上级领导，只要宋远知签了字，她就能离开。

辞职报告交了之后，她开始整理手上还没有做完的账，然后写下一个交接清单。随时等着新来的会计过来，然后做交接。正列着清单，宋远知就推开门走了进来。

“我以为你看了文件之后，会问我为什么要给你这些东西，没想到你竟然给我了辞职报告。”宋远知把辞职报告原封不动地放在了她的桌子上。

“你把文件给我，无非是想让我讨厌陆子期，然后不告诉他你想要压垮许氏的计划罢了。只不过你的计划失败了，因为昨天我已经跟他说了。”李暖星把笔放下，迎上他的视线。

宋远知站在面前，颇为欣赏地说："知道为什么我愿意跟你做朋友么？因为我们很像，只要认定的事情，就很难发生改变。"

昨天晚上周志给他发了一条短信，告诉他，他被许氏开了，他就知道李暖星已经把她所了解到的情况告诉了陆子期。然而这种情况他并不担心，一切都在他的掌控范围内。对于他来说，好戏才刚刚上演，看见李暖星在列交接清单，他微微摇了摇头，不赞成地说道："我跟他之间的事，跟你完全没有关系，你不必为了这件事辞职，留在宋氏，你可以一边做会计，一边学设计，这不是你最想做的么？"

"留在这里，继续让你利用么？"李暖星问他。

"为什么这么说？"宋远知有些好奇。

"许氏的王会计，你早就跟她有接触，对不对？"前几天宋氏有一笔一万块要汇入私人银行账号，她对数字极为敏感，看见银行账号末尾为6788的时候，觉得有些熟悉，只是没有多想，早上她做交接清单整理原始单据的时候，又看到了这组数字，打开邮箱翻出了以前在许氏上班时候的员工卡号记录单，竟然发现6788是王会计的卡号。

当时她就明白了，为什么王会计会处处针对她，怕是早就拿了宋远知的好处，想排挤她出许氏。难怪对于她忽然离开许氏，宋远知没有一点疑心，甚至帮她出主意离开许氏，原来一切都在他的计划之中。

让李暖星接触的东西，在宋远知看来都极为零散，让她发现他对许氏的计划，已经让他对她刮目相看，仅凭着一串卡号就能让她发现他跟许氏的王会计有接触，他忍不住拍了拍手："小星，不得不说，你观察得很细致。"

李暖星把辞职报告又往他的面前推了推，把钢笔递给他：“现在你签字放我走，否则我就告你。”

“告我什么？”他并没有拿笔签字，而是一脸平静地看着她。

“海天酒店那晚，我被叫张哥的人欺负，都是你指使的，你说我告你什么？”

宋远知看她十分冷静的模样，有些诧异：“你早就知道了？”

李暖星没有点头，也没有摇头，只是目不转睛地盯着他看。

宋远知忽然又笑了笑：“你不会告我的，如果你告了我，就算你没有被人侵犯，但是流言蜚语也足够把你说得十分不堪。你为了自己的名声，也会忍气吞声。”

“那你就试试看，看看我到底会不会告你。现在你一心一意地想要压垮陆子期，如果这时候你上了媒体头条，国内的人就会看清楚你是怎样的阴险小人，多多少少也会对宋氏的股票有所影响吧？”

“这一招你学得倒是很快。”她这番话完全是当时他托人转交给陆子期的新闻通稿时所采用的手段，如今被她现学现卖，虽然做法很幼稚，可是却是威胁他最快最有效的手段。他拿起钢笔，在辞职报告上签下了他的名字。

既然辞职报告已经批了下来，她把手上的工作清单交给了宋远知，拿着包往办公室门口走。宋远知在她身后说：“在这个时候，你应该趁机要挟我，要我给你赔一笔精神损失费，这样才不会吃亏。”

“你的资助金帮我爸爸交了住院费，这些天我在宋氏上班，学了不少知识，我们算是扯平了。”她头也不回地往门外走去。

宋远知微微有些出神，他以为她知道了他找人欺负她的真相后，会对他大吵大闹，或者对他冷嘲热讽，威胁他给她赔偿，结果她就这样走了。她这么聪明，应该知道现在是敲诈他最好的时机，可是她却白白错过了。

扯平了，她居然说他跟她之间扯平了。他从来都不知道原谅一个人，可以这么简单。

可是为什么，他恨一个人，却要用十几年的光阴，恨到不惜一切代价也要去摧毁他拥有的一切！

既然决定要回家，李暖星刻不容缓地收拾东西，然后给沐梓玲打电话，问她什么时候旅行结束，既然准备回同乡，那沐梓玲的东西就要回来拿走了。结果她要半个月之后才能回来，她只能在梅城继续留半个月。

好在虽然离开了宋氏，房租却是预交了五个月的，她还可以继续住在员工宿舍。不用上班，她有大把的时间可以在梅城闲逛。可是转来转去，竟然鬼使神差地转到了江滩。坐在江滩边上，她想起跟陆子期逛江滩的情形，还想起她画的那张满天繁星，即便当时只是暗恋，可是仍然心存欢喜。如果没有后来就好了，那她就不会像现在这样痛苦。她捡起石头，一颗颗地往江水里扔，扔着扔着，忽然站了起来，转身往江滩相反的方向走，她这是在做什么，最后一次重温她跟陆子期的时光么？

她不需要这种没有温度的回忆，从头到尾，陆子期对她的种种好，只不过是因为许义山设计了她爸爸车祸，出于愧疚，变相做出一些偿还罢了。

李暖星，看看你有多天真，竟然以为你对陆子期来说，真的是不一样的。

回了宿舍，艾佳在单位上班，房子里空荡荡的，她害怕这种冷清的环境，打开电视，想找点节目看，结果发现所有的电视台都在同步直播陆子期的访谈节目，记者跟随陆子期现场拍摄许氏集团的工作环境，记者提问时，陆子期会笑着解释。以前陆子期行事低调，就算有访谈节目，最多贴一张背影照，本来外界就对他十分好奇，现在他公开上媒体节目，自然关注度一下就会上去。他的目的在于维护许氏形象，这只是一种外交手段。李暖星知道，他已经开始迎接宋远知下的战书了。

在许氏上班时，她参加过几次他开的会议，知道他的口才到底有多好。就算第一次上访谈节目，凭他的本事，也不会有丝毫的紧张，在记者问答的环节时，他妙语连珠，有条不紊，不停有记者拍手称赞。在节目的最后，陆子期对着摄像镜头说："从许氏离开的合作伙伴，无论你们出于什么原因离开，一定是因为我做得还不够好。我也一直希望许氏能走得更远，希望你们都能获得更好的发展前景。"

出了问题，他把问题揽在自己身上，没有推卸责任，这个公关手段十分漂亮。赢得了媒体的尊重，又让许氏的员工对他的好感倍增，一举多得。

后面几天下来，媒体对许氏又进行了多次报道，甚至有媒体挖出许氏每年会从公司利润里捐出份额不少的钱，用来资助山区的贫困家庭，有记者专门去山区采访了那些被许氏资助的地区，那些地方的人一听到许氏集团这几个字，很多人都热泪盈眶，写了很长一封感谢信，让记者一并带回给许氏。

关于这些新闻，李暖星并不是想要刻意去了解，她甚至想回避关于陆子期的一切话题，然而艾佳每次下班回来，都要打开电视台看关于陆子期的新闻。有时候两个人聊天，艾佳还不停地跟她聊许氏的话题。久而久之，她就算不关注新闻，也能得到许氏最新的动态。

从艾佳的口中，她知道许氏的股票回升得很快，虽然离宋氏还差一截子，可是按这样回升的速度来看，用不了多久，就能够赶超上去。其实就算艾佳不说，许氏的变化李暖星也能猜得到，之前许氏会吃亏，是因为不知道暗中隐藏着宋远知这样的对手，可是现在敌在明处，陆子期自然会有所应对。

又过了几天，在外地旅游的沐梓玲忽然给她打电话，说了很多安慰她的话，让她暂时不要出门，现在她正在去机场的路上，四个小时就回梅城了。

李暖星问她什么事这么急，沐梓玲没说多余的话，让她上网搜索关键词“陆子期神秘女郎”。

沐梓玲一挂了电话，她打开笔记本搜索了这几个字，才发现这几个字已经上了搜索排行热门，随便翻开一个帖子，就看见陆子期出现在派出所的正面照，身后跟着一个面部打了马赛克的人，可是她一眼就认出，那个人就是她。

帖子标题十分醒目：许氏总裁陆子期为博美人欢心，运用职务之便威胁他人赔礼道歉，有图有真相。

现在陆子期正是梅城最受关注的公众人物，只要关于他的新闻，不管是大是小，都能造成话题讨论。这篇帖子一发出来，不到一个晚上，就被各大网站争相转载，上了大图推荐位。帖子里将陆子期从派出所出来之后，告诫张某某的父亲，让其几天之内务必让女儿公众赔礼道歉的经过绘声绘色地写了出来，仿佛写帖子的人亲眼看见了这件事。

帖子下面留言过万，李暖星只看了几眼，已经沉不住气了，网友大骂陆子期表里不一，一方面在媒体面前扮好人，一方面做禽兽不如的事情。后面一些言论更过分，从一张打了马赛克的照片开始延伸，说陆子期私生活淫乱可耻。攻击性极强的语言直接导致陆子期前期树立的良好形象瞬间崩塌。

搜索陆子期三个关键词，除了神秘女郎之外，还出现了渣男、滚出梅城、许氏垃圾等字眼。她一直都不知道，原来一张照片，可以有这么多的延伸。她打开网站查了许氏的股票，随着网民谩骂声中，许氏的股票今天已经跌停。

她忽然反应过来，幕后的操盘手是宋远知。他知道陆子期会迎战，也猜到陆子期会用什么样的公关手段来重获大家的信心，他不动声色地等待时机，等陆子期在公众面前形象高大的时候，再把他踩在脚底下。如果之前媒体没有报道过对陆子期的采访，公众就不会对他抱有很大的希望，没有希望就没有失望，就算这组照片被爆出来，陆子期也不会在这么短的时间内引起公愤。

宋远知精心谋划的局，从一开始就在给陆子期设下圈套，等着他一步步地往里面跳。而她无形之中，竟然做了帮助宋远知布局的棋子，假如她没有告诉陆子期宋远知的计划，也许陆子期就不会采用这种公关手段，那么许氏就不会这么快陷入一场公关危机。

虽然她想要离开梅城，离开陆子期，可是没有想过要让陆子期陷入这样的局面。看着那些谩骂声，她心里很生气，忍不住去注册了账号，在帖子上发表留言，说陆子期只是好心帮助打了马赛克的女生，并不是要讨她的欢心，他们之间只是很普通的朋友关系。才发了帖子，就有网友进行言论攻击，问许氏给了她多少钱的改口费，骂她是非颠倒、黑白不分。她发的帖子瞬间在一片骂声中沉了下去。

在她焦头烂额的时候，宋远知给她打了电话，约她出去喝咖啡。她没有心情去喝咖啡，可是她想知道，陆子期到底跟宋远知有什么样的深仇大恨，才让宋远知想要毁掉他在乎的东西。

坐在咖啡厅里，宋远知给她点了一杯甜品，他坐在她对面，依旧一脸笑容，以前她以为宋远知总是把笑容挂在脸上是性格使然，可是到了现在，她才明白，他之所以一直在笑，是因为他很早之前就已经运筹帷幄，所有发生的事，都在他的预料之中。

“我今天想跟你讲一个故事，一个你应该好奇已久的故事。”宋远知拿着勺子搅拌着杯子里的咖啡，慢慢地说：“关于我的身份，我之前跟你讲过一点，你知道我从小在国外长大，跟随着母亲一起生活，父亲是中国人，姓宋。以前是做生意的，后来生意做地很大，去了美国，然后认识了我的母亲，结婚后生下了我。原本我有一个很幸福的家庭，父亲很疼爱我，他的毛笔字写得很好，尤其练得一手蝇头小楷。在我小的时候，他就教我练习毛笔字。只是后来我才知道，原来他毛笔字之所以写得这么好，完全是因为他在中国有一个书法造诣很高的旧情人，还跟这个旧情人有了一个孩子。说起来真是可笑，我母亲爱了他这么多年，早就知道他跟旧情人之间的事，却一直保守秘密。如果不是母亲患了抑郁症，记忆力又越来越差，我也不会在搬家的时候，发现了她藏在床铺下的日记本，那我可能一辈子都不知道，当年父亲说去中国出差，其实是为了见旧情人的儿子。我一直想不明白，这个旧情人到底有多大的魅力，能在死了几年之后，仍然让我父亲念念不忘。有时候，我真的不想承认这个男人是我的父亲，他是我母亲的丈夫，又生下了我，却将另一半的爱情与父爱，给了他的旧情人，还有旧情人的儿子。在我四岁那年，他陪我过完了生日，去中国看旧情人的儿子，然后出车祸跌下悬崖，连尸体都找不到。中国有句成语叫多行不义必自毙，他那个下场，正好应验了这个成语。只是我没有想到，他死了之后，母亲的抑郁症越来越严重，就在今年年初，母亲抛下了我，跳楼自杀了。所以我来到了中国，来看一看让我父亲痴心不忘的人到底是什么样子。对了，你知道我父亲叫什么吗？他叫宋陆，宋远知的宋，陆子期的陆。陆子期的亲生母亲，就是他的旧情人。他们母子，就是害我家破人亡的罪魁祸首！你现在总该知道，为什么我要报复他了吧！”

李暖星惊讶地看着宋远知，陆子期一直不知道亲生父亲长什么模样，只知道他母亲早产而死，他虽然没跟她说过，可是她知道，在他心里面，他还幻想他这辈子能有机会与他的父亲见一面，想要问一问他的父亲，为什么把他生下来，却又抛弃他。只是没想到，他根本没有这个机会了。

“陆子期今年二十七，我二十六。你知道这意味着什么吗？意味着宋陆在跟我母亲结婚前，就跟陆子期的母亲有染，而他母亲明明知道我父亲已经结婚，却还要把孩子生下来。如果没有陆子期，我父亲就不会这么念念不忘，我母亲也不会有抑郁症。也许在你看来，我这么做很疯狂，可是我这么多年来，一直都在等这一天的到来，等着看他是怎么从万众瞩目的位置上摔下来！”宋远知缓了缓语气，又说：“曾经我总是看错很多东西，比如以前觉得自己生活得很幸福，可是当父亲死了之后，我才发现那些都是假象。我也错过了很多东西，为了报复陆子期，我学着跟他一样的专业，了解领养他的家庭，研究许氏的运作流程，所有的心思都花费在怎么压垮他。然而这一次，我相信自己不会看错，也不会错过陆子期被万人辱骂的那一天！”

“你让人发的那些帖子，很多都不是真的。”

“对，我承认你说得很对。然而在公众眼里，他们认为看到的就是真相，这就够了！”他笑了笑，看着李暖星十分有信心地说道："而且，照片里的当事人，就坐在我这里。我相信，你能够帮我制造一些假象，让大家更加相信陆子期是个小人。只需要再有一点点的风吹草动，陆子期的处境就会很惨。"

"你凭什么认为我会帮你？宋远知，我不会再傻到被你当成棋子去对付陆子期。"李暖星满脸怒气，把饮料往桌子上狠狠一摔，站起来就要门外走。

宋远知一点也不急，也没有任何生气的迹象："当初许义山设计你父亲的车祸，就是为了让陆子期能够接近你，从而获取你的好感。当你喜欢上他之后，他再问你要你的肾脏，用来救他青梅竹马的妹妹。他费尽心机地钓你上钩，却发现你的肾脏跟许婉云的并不符合，只好再去寻找下一个目标。"

李暖星脸色惨白，愣愣地看着宋远知："你怎么知道的？"

"从他接触你的第一天开始，我就已经调查你了。海天酒店我设计你让叫张哥的人欺负并没有错，只是没想到陆子期会出现，原本救你的人应该是我，这样你对我也会产生好感。从收购酒店，到招聘你做服务员，再到开设会计师事务所，都是在引诱你到我身边。包括在皇夏医院设立基金，也是想引你上钩。破坏陆子期接近你的计划，奈何你对我防备心很强，让我无从下手。"说到这里，宋远知摇了摇头，有些惋惜地说："虽然我并不觉得自己比陆子期差，可是在你这里，不得不说，我是一个 loser。"

"所以，那些都是假的？"李暖星忽然莫名其妙地说了一句。

可是宋远知听懂了："你大可以去问他。"

"资料给我，你收集的关于陆子期接近我的资料。"李暖星已经有些语无伦次。

宋远知把早就准备好的资料放在了桌子上，李暖星拿着资料就站起来，因为太着急，碰洒了桌子上的饮料，她连擦都没擦，匆匆就往门外走。

失魂落魄的李暖星让宋远知的眼底起了一丝疼惜之意，却也只是转瞬而过。为了报复陆子期，他连他的人生都可以不要，一个李暖星又算得了什么?

第十八章　人面不知何处去

原来他自己都已经保不住了，还要想着保你。

李暖星要来了资料，却不知道拿着这些资料有什么用，咖啡馆离她住的宿舍并不远，只要走几分钟就可以到，可是她不能回去，回去之后就要面对沐梓玲，凭着沐梓玲的火爆脾气，肯定会把本来就水生火热的陆子期搅和得更加鸡犬不宁。她需要静下来，好好想想自己该怎么办。是帮助宋远知报复陆子期，还是假装看不到陆子期现在的处境，任他自生自灭。

他接近她的目的不只是偿还许义山对她爸爸的亏欠，还要她的一颗肾。她知道前者的时候，尚且还能说服自己不要去怪罪他，要怪也只能怪她自作多情。可是后者呢，后者让她又悲又痛。原来他从一开始，就在设计让她爱上他。从开始到现在，她就像一个小丑一样，小心翼翼藏着对他的喜欢，他一早就知道了她的心意，却不戳破，任她的感情日生夜长，到最后他说出她喜欢他，再让她滚出他的家。当时她并不觉得这有多羞耻，可是现在呢，现在她只要回想起那个画面，就觉得是一场噩梦，陆子期给她的噩梦。

那他的吻呢？宋远知送她回宿舍那天晚上，她开车送他回去，在车上他吻了她，又算什么呢？她苦笑了几声，难道是不甘寂寞么？

她漫无目的地往前走着，脑子里乱成了一锅粥。她看见周围的人都拿异样的眼光看着她，对她指指点点，她听见有人说神秘女郎几个字，她的心慌乱了不少。低着头往前面走，忽然有人冲上来，将她狠狠推倒在地上："呸，真不要脸，害的陆子期现在被网民骂得这么惨。"

"你怎么知道是她啊？"旁边的人赶紧拉住她："别弄错了，咱们走吧。"

那个女生骂骂咧咧的，指着李暖星说："怎么可能看错，那天陆子期带她从派出所出来的时候，我正好路过。"

刚刚还劝她的人一听这话，拿着手里的包就去打李暖星。李暖星被推得崴了脚，想站起逃，但却没能站起来，包包打在身上虽然不疼，可是却像刀戳进她的胸口一样让她心痛得快要死掉。三人成虎，越来越多的人都围在她身边，骂她是狐狸精，给陆子期惹了大麻烦，让她对媒体公众道歉，还陆子期一个清白。

这些人都是跟她差不多年纪的女生，平时就把陆子期当成偶像一样天天挂在嘴上，现在陆子期因为一张跟她的照片被网民怒骂，她们把气都撒在她头上。几个人围在一起，七嘴八舌地骂她，声音一浪高过一浪，她就是想解释都解释不清楚。

不知道哪个人先动手打了她一下，围在前面的人都开始动手。

"住手！"忽然有人在后面喊了一声。

人群里有人转过头看了看，赶紧拉住正在打人的女生："别打了，是陆子期，陆子期过来了。"

几个动手打人的人立马停了下来，都去看陆子期。

陆子期这几天被网上的舆论压得快喘不过来气，只是出来透透气，看见有人聚众闹事，只是想过来制止。没想到等人群散开，看见地上被打的人是李暖星，脸色变得铁青。沉着脸色走到她跟前，把她扶起来："你有没有事？"

她摇了摇头，现在她不想惹事，只想赶紧离开，一瘸一拐地往前走去。

陆子期跟在她身后，想要去扶她，她一把推开他："别碰我。"

他转过身，看着那些人说："关于网上照片的事，过几天我会开新闻发布会给你们一个真相，她跟这件事情一点关系都没有，你们不要把她牵扯进来，她是无辜的。今天你们围攻她的事，我也会追究你们的相关责任。"

李暖星脚步一顿，却很快又往前面走去。

围观的人你看看我，我看看你，最后都没再敢开口说话。

陆子期转过身子就去追李暖星，坚持要扶着她走，她拗不过他，又不想大庭广众之下跟他闹，只好由他扶着。他的车子就停在附近，他扶着她上了车子，坐在车子里，陆子期没有说话，她也不说话，两个人都是沉默。

"你要去哪里？"

"我的肾不匹配许婉云？"

他们两个同时开口。

陆子期看了她足足有一分钟，最后点了点头。

"我以为你在承认之前，至少会找一些借口来掩饰你的目的，没想到你这么快就承认了。"她自嘲地笑了起来："因为没有你要的肾，所以你连敷衍都嫌浪费时间吗？"

"小星……"他喊她的名字，喊过之后，却又说不下去了，他要说什么，说他最初接近她确实是为了她的肾，可是后来却喜欢上了她么？现在这个时候说出来，连他自己都不信，更何况是她呢？

李暖星从包里拿出宋远知给她的文件，放在他跟前，他拿起来看，看完之后，他点点头，向她承认："这份资料写的都是真的。"

她再也忍不住，拿起包就去砸他："你怎么可以这样欺骗我，看我出尽洋相。"

陆子期不躲不闪，任她拿他出气，一遍遍地跟她说对不起。他越跟她道歉，她就越难受。如果伤害了人之后，只要多说几次对不起就可以弥补一切，那她是不是可以拿着刀子捅他一刀，让他尝尝什么叫作心痛的滋味，再跟他说一句对不起，她们就可以两不相欠？

"你早就知道我喜欢你了，为什么不早早地开口要我的肾，这样我就能早点做检查，就算不匹配，我也不会喜欢你这么深，也不会跟个傻子一样，哪怕掉进你的圈套里，还无法怨恨你。"她说着说着，眼泪就往下掉，她以为在知道真相之后，对陆子期只有恨，却没有想到陆子期再一次帮她解围的时候，她竟然会心软。

她坐在车子里泣不成声，他一直看着她，连一句安慰的话都没有说，以前她的情绪稍微有些变化，他都会关心不已，现在他却无动于衷。李暖星，你到底还在哭什么，他从来没有爱过你，连对你的好都是假的，你哭成这样又是给谁看？

"你放心，这件事情我会尽快解决，不会让你陷入麻烦，这些天你不要出门，等风平浪静之后，我会给你打电话……"

"够了！"李暖星撕心裂肺地喊了出来："你不要再演戏了，现在我已经对你没有任何利用价值，你还这样关心我，不过是怕我帮助宋远知对付你。你放心，我不会报复你，但也不会再为你做任何事！”

她拉开车门，下了车。一瘸一拐地往前走，她知道，她走路的样子一定很丑，可是她懦弱得连恨一个人的勇气都没有，丑又有什么关系呢？

好不容易走到路边，她招手拦了一辆出租车，报了宿舍的地址。回了宿舍，沐梓玲在客厅里急得团团转。看见她一瘸一拐地走回来，气得双手叉在腰上，指着李暖星就是一通数落：“跟你说了让你不要出去，你偏要出去，现在被人欺负了吧！”

李暖星坐在沙发上没吭声，一直低着头，今天发生了太多的事，任何一件事都让她承受不了。

“你倒是给我说一句话啊，别跟个哑巴一样，哪些人欺负你了，长什么样子？你这脸上的抓伤还有腿上的伤，不可能都是一个人弄的吧！聚众闹事往大里说可以是威胁人身安全你知道么？去派出所报案，再让她们陪精神损失费，不能就这么便宜她们了……”

“玲子，我求求你，不要再说了！”她抬起头，满脸都是泪。

“好，我不说了，什么都不说了，你别哭，你还有我呢。”看见她哭了，沐梓玲立马闭上了嘴，坐在沙发上抱着她，轻轻地拍着她的背。

正劝着，对面卧室的门就开了，艾佳满脸的不耐烦：“哭哭哭，吵死人了，好不容易过个周末，不能出去哭啊？”

沐梓玲站起来，火药味十足，冲着她说：“你嫌吵就出去啊！”

“呦！我说怎么现在才哭呢，敢情来了个帮手啊。”艾佳一脸的厌恶，看着李暖星满脸错愕的样子，呸了一声，又说：“现在还装纯情呢，陆子期花这么大工夫把你从派出所里捞出来，你陪他睡了几次了？”

李暖星的脸色一下苍白起来，是不是网上又说了她什么。她回卧室就要去打开电脑，沐梓玲立马把她拦住了：“你别听别人瞎胡说。”

“只准她做，不准人说啊。”艾佳就是看热闹的，生怕事情闹不大，故意添油加醋。

沐梓玲看见李暖星的手都在发抖，知道她气得连话都说不出来，为她又心疼又难受，转过身就朝艾佳脸上打了一巴掌：“你他妈就不能闭上嘴？没看见她现在都难受成这样了，还想挑事儿是不是？”

艾佳个子没有沐梓玲高，身体也没沐梓玲壮，挨了一巴掌之后闭上了嘴，又转身回了卧室。

李暖星缓了好一会儿，才回过神来，跟沐梓玲说：“艾佳没有恶意，她是被网上的言论煽动了。”

“这个时候，还为别人说好话，你就顾好自己吧。”沐梓玲从冰箱里拿了一根冰棍，进浴室拿了她的毛巾，把冰棍裹起来：“没有冰袋，凑合着敷一下，要不你脸上的肿可半天都消不下去。”

经沐梓玲这么一打，艾佳老实了很多，一整天都没有出门，到了晚上也不敢出来做饭，沐梓玲做好了晚饭，李暖星催着她去叫艾佳一起出来吃，沐梓玲半天不肯动，还是李暖星叫她出来吃饭。艾佳别扭地坐在桌子上，最后吞吞吐吐地说中午说得那番话，是宋远知交代她这么说的，她是员工，只能听老板的吩咐。

沐梓玲气得一拍桌子，骂宋远知小人。在这种时候添油加醋，肯定不安好心。

自始至终，李暖星一直都没有开口说话，沐梓玲看她脸色不好，就安慰她：“你放心，陆先生多厉害啊，这些小事儿他肯定能摆得平。现在帖子才发出来，陆子期不做正面回应是对的，一般这种花边新闻都长久不了，那些网民们顶多就是自己闹闹罢了，如果当事人出面了，反而会延长这种新闻的时效。到时候网上就会吵得更厉害。小星，你不要怪陆先生没帮你，现在他的沉默，就是对你最大的保护，因为谣言总是不攻自破。”

“以后也没有陆先生了。”她把筷子放下，站起身往卧室里走去。

沐梓玲愣了愣，一时半会儿没有从她的话里反应过来，等她明白过来之后，看见李暖星躺在床上已经睡着了。

这些天因为网上舆论吵得太厉害，沐梓玲怕李暖星上网去看新闻，把网线都给拔了，连电视机的机顶盒也扔了出去。为了防止李暖星会用手机上网，沐梓玲不知道从哪儿的旧货市场给她弄了个只能发短信接电话的老式手机。艾佳继续回宋氏上班，却没有再提宋氏和许氏的半点事情。

李暖星知道她们都是为她好，于是每天只在宿舍里看书听歌，外面的世界她也不想去关心。等这阵风声过了之后，她就立马买机票回家，什么梦想，什么爱情，她通通都不要了。她现在只想找一个能让她安安静静生活的地方。

中午沐梓玲出去买菜，她就躺在沙发上看沐梓玲写的小说，小说写的是古代的爱情故事，她看到女主与男女阔别多年之后再相遇，男主有如花美眷在侧，而女主却孤身一人。女主强颜欢笑地面对挚爱有了新欢，回家后，提笔写下唐朝崔护的一句诗：人面不知何处去，桃花依旧笑春风。

她忽然想起来，沐梓玲这本小说刚签出版的时候，她看见沐梓玲拿着笔在本子上写小说，她歪过头偷偷去看她写的什么，就看见最后这一句诗，当时沐梓玲还跟她嬉笑打闹，不让她看前面写了什么，她只觉得古诗很悲伤，没想到故事也很悲伤。

她想，要是她能把跟陆子期发生过的事也当成看沐梓玲写下的故事就好了，这样，她在经历的时候也许喜怒哀乐都能体会，可是故事结束就会散场，她就只当是看戏路过而已。就算心有留恋，却不会这么难以割舍。

门铃忽然响了，打断了她的思绪。她缓过神来，发现自己竟然又在为了陆子期出神，很可笑是不是，他这样伤她，可是她竟然还想着他，真是犯贱，她连报复他的勇气都没有，却还想着一个想要她肾的男人。走到浴室里，她洗了一把脸，让自己清醒了一些，才出去开门。

本来以为是沐梓玲忘记拿钥匙，没想到按门铃的人是许义山。她立刻就要去关门，许义山却把手放在了门框上。要是她强行关门，他的手就会被夹住。她气着问他："我没有找你算我爸爸的账，你还敢来找我。许义山，你不要欺人太甚。"

"我来告诉你真正的真相，说完之后，你再做决定要不要恨陆子期。"

她几乎没有考虑，直接侧了身子让他进来。进来之后，她又开始懊悔，不是下定决心再也不去管陆子期的事了么，为什么旁人只说了一句话，她就不假思索地让人进来了？

许义山才进了房间，就开始咳嗽。李暖星站在一旁看着他，过了好一会儿，她才别别扭扭地指了指沙发："你坐吧，我去给你倒杯水。"

其实她只想让他把话说完，然后赶他离开，就像陆子期知道她喜欢他之后，撵她离开那样。有一阵子没有见到许义山，看见他满头白发，现在又是个病秧子，她应该庆幸的。可是她就是狠不下心逼他说完话就走。

她不是圣母，面对伤害过她的人，她想硬下心肠也去伤害对方。可是只要一想到这个人跟陆子期有关，她就下不了狠心。

在厨房里，她倒了一杯凉白开给他，又去卧室里拿了一些润喉片，放在桌子上。做完这些，她转过头不想多看许义山一眼，又不肯离开客厅，想要知道从他嘴里说出的真相是什么样子。

许义山咳了好一会儿，才渐渐停下来，看着放在他跟前的润喉片，眼里微微有些惊讶，在她眼里，他应该是十恶不赦的凶手，可是在这个时候，她还会给他倒水拿润喉片，他忽然有些明白，为什么陆子期会瞒着他做了很多事的理由，这样心地善良的女生，连他这种久经风霜的老人都险些被打动，何况年轻气盛的陆子期。他把资料都拿了出来，放在桌子上："所谓的真相都在这里，你好好看一看。"

他说的资料，是两份检查报告，和一份病例，还有一张人体器官捐赠书。检查报告里，有一份是她的，还有一份是叫安茜的，检查报告上的数据跟安茜的相差不多，她不能完全可以看懂，但是因为陆子期想要她的肾救许婉云的时候，她去上网查了什么样的情况下可以换肾。这两份报告里，ABO 血型配型、交叉配合实验、白细胞抗原、群体反应性抗体，几组检查数据都跟许婉云的相符合。可是她觉得有什么地方不太对，从宋远知那里拿回来的报告跟许义山给她的不一样，她记得检查报告出来的数据跟许婉云的相差很大，所以才会配型失败，这也是陆子期对她变化很大的原因。

李暖星去卧室里，把宋远知给她的检查报告拿出来又做了对比，两个检查都是皇夏医院出的报告，只不过时间前后不一样。

先出的那张是七月八号，是学校做检查的那几天，后出的结果是她从许氏辞职之后。那也就是说，陆子期赶她离开他的家，并不是因为肾脏不匹配，既然他要着急救她的妹妹，完全没有道理撵她走才对。她感觉自己走进了一个死胡同，无论怎么想都想不明白。还有她为什么会有两个检查报告，她一点也找不到头绪。

安茜的报告是这几天才做好的，她忽然想起来在海天酒店的时候看见陆子期挽着安茜的手，难道陆子期是因为她的肾而跟她在一起?

她打开安茜的病例，看见脑癌晚期几个字，医生诊断最多只能活两个月，她就一切都想通了。她拿着第二次的检查报告看着许义山问："这个报告是假的，对不对？因为他不想让我捐献肾给婉云，所以他做了假的数据报告？"

她想起那天他喝醉之后抱着她亲吻，一遍遍地喊着她的小名，她问他，她是不是他在寂寞的时候才能想起来的人，他满脸痛苦，让她不要逼他，他说是迫不得已。当时她伤心得过了头，以为他带着一些乞求的语气，只是想让她不要揭发他的恶性，没想到他真的是有难言之隐。

"安茜现在躺在重症监护室，随时都有可能去世。陆子期前些日子陪着她，是因为答应了她的要求，在她临死前，让她妈妈知道她有一个很爱她的男朋友，捐献出肾脏的代价，就是要让陆子期照顾她的家人。"许义山把公文包打开，拿出协议的复印件，递给她："设计车祸的人是我，跟子期没有关系。后来为这件事，他没有再回我们的家，就算在医院里会碰面，他也不会跟我说话。我让他接近你，让你喜欢上他，再让他问你要你的肾脏救婉云，可是过去了几个月，他一点动静都没有。

后来又改了检查报告，他说你现在是宋远知的人，他不好再下手，只能再找合适的肾。可是李暖星，许婉云的病根本不能再拖，没有合适的肾脏，她随时都可能会死。我一手把陆子期带大，当作亲生儿子一样养了他二十几年，婉云也喊了他二十年的哥哥，可是当她躺在了重症监护室的时候，他却见死不救，甚至没跟你提起过半句有关肾的事情。我早就知道，你已经喜欢上了他，我甚至答应只要他能说服你救婉云，我就让你们在一起。他却要跟我断绝父子关系，你知道么，断绝父子这一招，本来是打算让你发现陆子期接近你的真相后，让他拿这个跟你说的。然而当你知道真相之后，他在你面前闭口不言，连我也不见了。不管许氏有什么事，他都只管自己处理。如果不是李秘书瞒着他给我打电话，说他下午要开新闻发布会，澄清你被人误解这件事，我到现在都不知道，原来他自己都已经保不住了，还要想着保你。”

“你说什么？”

“你没有看新闻么？那篇帖子被人肉搜索，把你的照片贴的满网站到处都是。”许义山看她并不知情，把手机递给她。

她打开手机浏览器，看着满世界在骂她狐狸精，那些谩骂他的留言都被沉了下去。李暖星三个字，甚至被人当成了骂人的脏话。

“李暖星，做错事的人是我，如果你要恨，就恨我。自从他知道我设计了李长生之后，就没有再把我当成一个父亲。我已经煎熬了半年，如果婉云不会死，我也不想做小人……我知道，我现在说什么都晚了，可是看在他想要保护你的份上，你能不能给他打个电话，让他知道，你现在很安全。让他不要做傻事。那些流言蜚语，过一阵子就会散去，他只要不出面开发布会，舆论就不会再把焦点转到他身上。许氏的好坏对我来说已经不重要，我只想要一家三口好好的过日子。”许义山低下头，对她说：“对不起，该结束这一切的人是我，可是我现在无论说什么，都会被人说成护犊心切，不仅说的话大家不会相信，反而会把脏水往他身上泼得更凶猛，我只能来找你……”

李暖星静静坐在他对面，把手机还给了他。

该说的话都已说完，许义山见她没有丝毫要帮助陆子期的意思，只好站了起来往门外走，背影佝偻，仿佛瞬间又老了很多岁。

第十九章　有情人终成眷属

“你会一直在我身边的，对不对？”他有些不确定，总觉得今天发生的一切，就好像是个梦。

召开新闻发布会的时间在下午四点，不到两点的时候，许氏集团的门前就停了很多车子，记者早早地就开始调试话筒，摄影师把摄像机也扛在肩膀上，随时等着陆子期出现之后进行采访。

由于神秘女郎一事在网上闹得很凶，有骂李暖星的，也有骂陆子期的，双方持着不同的理论，互相进行人身攻击。多个社交网站已经面临浏览量过高而瘫痪。在许氏新闻发布会一出之后，网民要求为了记者能公平公正地进行报道，发起投票活动，得票人数最多的人作为观审员一起出席发布会。由于全名参与活动投票，许氏只能同意下来。

在记者还没入场的时候，观审团就已经坐在会议室里。会议室里不知道谁先说了一句等着看陆子期出丑的话，立马有人站起来开骂，问是不是李暖星陪他睡过之类的话。维护李暖星的一方不甘示弱，问许氏给了他们多少钱，让他们昧着良心为他洗白。发布会还没开始，战火就从网上烧到了会议室。

陆子期推开了会议室的门，身后跟着很多记者，从进许氏到会议室，不管记者问什么问题，他都没有回答，只有身旁的李秘书在旁边回答："陆总会在新闻发布会的现场回答所有的问题，请大家稍安毋躁。"

现在陆子期到了会议室，看见会议室里的两拨人已经开始打了起来，他厉声喝道："住手，再闹就让保安把你们请出去。"

陆子期在旁边跟李秘书小声说了一些话，就看见李秘书恭恭敬敬地对跟着他身后的记者说："陆总这两天生了病，他需要到休息室里休息一下，稍后会准时召开发布会。大家先随我入场。"

李秘书的话才说完，会议室里就有人嚷嚷道："呦！发布会还没开就开始摆架子了？"

那些正入场的记者不约而同地都回头去看陆子期，陆子期脸色未变，转身准备去休息室。还没走两步，就听见那个人骂："你他妈就不是个男人！"

陆子期转过头看着那个人，那个人昂着头，理直气壮地说："怎么，只允许你做，不允许我说啊。你要是跟李暖星没有关系，会去派出所找她？你把李暖星害得这么惨，人家一小姑娘才二十来岁，现在被网上骂得连门都不敢出，要不是我们这帮人默默在她身后支持她，你会开发布会？"

"注意你的言辞，陆总开发布会就是为澄清李暖星的事。"李秘书气不过了，在旁边帮着说话。

"那就现在开呗，早一点晚一点有什么区别？"

"陆总高烧几天了，身体状况不好……"没想到这个人这么难缠，李秘书只好说了陆子期生病的事，希望大家能体谅一个病人。

哪知道他的话才落，又有人站起来，皮笑肉不笑地说道：“我们怎么知道陆子期是真病还是假病，要是看我们人这么多，吓得逃跑了怎么办？”

周围一片哄堂大笑，连记者都忍不住笑了笑。

陆子期紧抿着唇，往会议室里走，李秘书拦着他：“你吊针还没打呢。”

“不打了。”他抬脚往里面进，走到会议台上：“既然我说了要开发布会，就不会临阵退缩，我就在这里陪着你们一起等，等到四点钟其他记者到场之后，再开发布会。”

又有人说：“看吧，他压根就没病装病，现在还想博取同情心呢。”

明明陆子期生病是真，这个点才三点不到，陆子期早来了一个小时，就是要在办公室里打吊针，最近陆子期跟许义山闹得很僵。已经很久没有回家，也不知道为什么，连自己的房子他也不回，就在办公室里睡觉工作。许氏股票连续跌停，陆子期最近的口碑很差，很多往来客户已经不再跟许氏合作。陆子期一方面在挽救许氏的信誉，不停地跑访老客户，一方面又在想办法为李暖星做澄清。已经有好多天没有好好休息，加上前阵子高烧退了又烧，烧了又退，他的身体情况一直不好。今天早上陆子期差点没起来，李秘书就商量着发布会延迟两天再开，可是陆子期偏偏要坚持，说临时改时间，会让网民觉得他在戏弄他们。

现在陆子期准时赴约了，也准备就李暖星这件事情做出解释，但是这些网民却再三刁难陆子期，让一向沉着的李秘书也急躁起来，他对着那些人说：“陆总真的在生病，请你们不要再为难他了，如果你们不信，我可以去拿陆总的输液瓶，还有他现在正在吃的药……”

“那也可以造假啊！”

这些人摆明着就是要他难堪的，陆子期冲李秘书摇了摇头，让他不要再说了。

他站在会议台上，长期的发烧不退，让他的头有些晕，他手撑着桌子，对着下面的人说：“我知道，这里面有骂我的，也有骂李暖星的。请你们稍安毋躁，我会跟你们解释真相。”

从今天陆子期出现，一直到他进了会议室之后总共就说了两句话，每一句都让人找不可以挑剔的地方，让那些原本看他好戏的人终于闭上了嘴。

到下午四点，记者已经来齐，摄像机跟话筒都放在了会议台上，陆子期开始讲那天在派出所发生的事情，从张梓桐诬陷李暖星偷项链开始，到他给张梓桐的父亲打电话，让其问出项链一事的真相，最后再到张梓桐回学校做检讨的经过，原原本本地说了出来。

会议室里的人都听得很仔细，等陆子期的话一说话，就有人站起来问他：“连派出所的民警都没有判定张梓桐诬陷李暖星偷项链，你凭什么认定张梓桐是诬陷李暖星的？你这就是滥用私权，逾越执法。”

“我去派出所的时候，李暖星已经做完了笔录，我没有干扰民警办案，怎么会逾越执法？我跟李暖星认识很长时间，她是什么样的性格我知道。”陆子期解释：“她不会做出偷窃的行为，况且……”

“况且她当时在跟你交往对么？”一直支持陆子期的人这下终于有了话可以说，那方的人也站了起来：“她快要毕业才跟你认识，算算时间，也不过才半年，可是她却能让从来不对外界事物关心的你去派出所接她，还动用自己的关系，让学校为她出面澄清。陆先生，你知道么，她在跟你交往的同时，还跟宋远知有交往，网上的帖子你没有看过么？有一天很晚，她跟宋远知从海天酒店出来，她就是个人尽可夫的女人……”

“你说谁人尽可夫！”原本一直态度很好的陆子期忽然脸色立变，看着方才说话的那个人：“你有什么事实依据，难道仅凭一张照片就可以无中生有，捏造事实？”

“看！我就说她是狐狸精吧，陆子期都被她迷惑成什么样儿了？”

“就是，看她那张脸长得也就一般般，怎么有这么大的本事，陆子期就是被她祸害的！”

一直辱骂李暖星的网民本来就很嚣张，现在看见陆子期情绪激动，立刻炸开了锅。

“要是陆子期没有心怀鬼胎，会对李暖星那么好？”维护李暖星的人忽然有人反问。

然后有人跟着说：“对啊，以你在梅城的身份，要找什么样的女人找不到，凭什么就单单对李暖星这么好？说，你到底图她什么？”

全场的人都看向陆子期，会议室刹那间鸦雀无声。

“因为……”

会议室的忽然门被推开：“因为开始的时候是我喜欢他，一直缠着他不放。”

李暖星跑得气喘吁吁，手里的手机还在播放着现场直播，还好，差一点她就来晚了。要是被陆子期说出是为了她的肾脏才对她好，那他的这辈子就真的毁了。

会议室的人将视线又转向李暖星，完全不知道另一个当事人也会来到现场。不等他们开口问话，李暖星就走到会议台上，牵住陆子期的手："就是你们看到的那样，因为我一直在追他，后来他被我的真心打动，才会跟我在一起。我既然跟陆子期在一起，要是看上张梓桐的项链，完全可以让陆子期买一个相同的给我，没有必要去偷。"

支持陆子期的网民看不下去了，骂她："那你为什么开始的时候不澄清，让全世界的人误会陆子期！你这个狐狸精，对得起陆子期的一片真心么？"

"你跟陆子期交往，还跟宋远知在一起，你知不知道什么叫作恬不知耻！"

陆子期将她护在身后："我现在是开新闻发布会，你们只能提问题，谁允许你们开口骂人的。保安！保安都干什么吃的，还愣在那里？把闹事的人给我请出去！"

七八个保安走上前，将带着攻击性语言的人带了出去。那些网民看见陆子期不再是说说而已，只好暂时安静了下来。

坐在最后一排的记者忽然站了起来，拿着手里的一个打印的文件，看向陆子期，咄咄逼人地说道："皇夏医院有医生提供一份数据检查报告。发现许氏集团今年为李暖星所在的学校免费体检时，却对李暖星进行多项不符合常规检查的体检。这些体检数据都是只有做匹配肾脏时才会做的。而你的妹妹许婉云因为得了肾衰竭而快要死了，你是不是发现李暖星喜欢你之后，才悄无声息地安排了这场检查？而你出现在派出所，也是想要让李暖星更加喜欢你，这样你问她要肾脏救许婉云，她才不会拒绝？是不是这样？"

陆子期正要说话，李暖星从他身后站出来，对着那个记者说："为我们学校免费体检这件事，许氏从我上大一的时候，就已经开始在做了。陆子期接任许氏以后，也只是遵循以前许先生的习惯，为什么要把这一次的检查定性为陆子期的个人所为？”

所有在会议室里的人原本听见陆子期为了救许婉云而接近李暖星时，都窃窃私语，交头接耳，议论着等下该怎么提问陆子期。也有很多人都抱着肩膀在看好戏，看李暖星的反应。没想到李暖星却在这个时候站出来为陆子期说话。难道他们两个人真的是恋人?

记者没想到李暖星会这么伶牙俐齿，被她问的说不出话来。

“作为体检报告，这些原本只该是医院和体检者才会有的隐私数据，你是从哪个医生那里拿来的？”李暖星又问。

在场的记者转头看向提问的那个记者，对呀，这种隐私数据，他是怎么拿来的?

那个记者完全被她的问题问住了，半天没回答上来。

李暖星又说：“这份体检报告，是我自己要求做的。因为那时候我已经喜欢上了陆子期，知道她的妹妹得了重病，所以才会想要试试看自己的肾能不能匹配她的肾。难道我喜欢他，为想为他做点事情也不可以么？”

会议台上，陆子期紧紧抓住李暖星的手，他没有想过她会来，更没有想过在她知道他鄙无耻地接近她的目的后，还会再站在这里帮他说话。

他低头看着站在他面前的李暖星，见她挺直了腰板面对记者的犀利提问，忽然很想将她拥在怀里，一直以来，他都想好好呵护她，让她不受伤害，可是他做的总是不好。他想要开好这个发布会，让所有的人都知道她的善良可爱，也做好了把他接近她的真相说出来的准备，可是她却想要维护他的尊严与形象。

他想，在这个世界上，再也没有人能像李暖星这样，只为了他好，无论受多少委屈她都不怕。他当着众人的面，将她搂在怀里，轻轻地吻了吻她的额头。

“我跟陆子期一直没有出来做正面回应，完全是因为想要让那些流言蜚语自己散掉。没想到会有人揪住那些虚无缥缈的事情不放。至于陆子期到底有没有动用关系强迫张梓桐公众道歉，我这里有一份主持会议老师的录音，相信能给你们解释。”

之所以会来这么晚，就是因为她去了一趟学校。她把手机的录音器打开，传来老师的录音，解释了让张梓桐道歉，是校方的行为。

“陆子期难道没有威胁张梓桐的父亲么？”

李暖星笑了笑，反问那个人：“要是有人跟你说你的孩子做了坏事，难道你不会去问问自己的孩子到底有没有做坏事么？这本来是人之常情，为什么因为跟陆子期有关，你们就要拿放大镜去看他呢？”

她握住陆子期的手，看向众人说道：“无论陆子期被外面的人说成什么样子，我都只信他本来的面目。”

陆子期看了一眼手腕上的表，新闻发布会的时间已差不多结束，他挽着李暖星说：“这是我第一次开新闻发布会，也是最后一次。该解释的都解释了，如果还要再对李暖星或者我进行言论攻击，我将请律师走相关法律程序，希望你们能明白其中利害！”

发布会一结束，陆子期就带着李暖星出了会议室。他走在她的左边，从开发布会到现在，都没有松开她的手，李秘书在他们身后长长舒了一口气。

进了办公室，李秘书就准备打电话叫赵逸辰过来给陆子期打吊针。陆子期的心情现在很好，没有刚刚那么难受了，他表示自己可以去医院打针。现在新闻发布会一开，陆子期的负面影响很快就会消除，许氏的公关危机自然迎刃而解，那些让他头疼的问题都会随之而散，他自然不用再在办公室里加班。

李秘书提出要开车送他去医院，陆子期没说话，只是目光深邃地看着李暖星。李暖星只觉脸烫得很厉害，蚊子哼哼了一样对着李秘书说："我开车去送他。"

看见有情人终成眷属，李秘书眉开眼笑，连连说好，出了办公室去忙别的事儿了。

"真傻！"陆子期吻了吻她的唇。

"你才傻，明知道救婉云事不宜迟，还不跟我说，既然我的肾能跟她匹配，为什么不跟我说，你不赌一把，怎么知道我不会救婉云……"

"我不想让你受委屈。"

"那婉云呢，如果没有安茜，你就眼睁睁看着她死么？"

"你都知道了？"他惊讶。

"那你还想瞒着我多久？"她看着他笑，把他从椅子上拉起来："走吧，赶紧去医院打针。"

他任由她牵着往电梯的方向走，心里满得已经容不下任何人和事。原来这就是爱情的滋味，他原本以为已经失去她了，却没想到她还会回到他身边。

到了车子跟前，他还是牵着她的手，李暖星歪着头摇了摇被他牵的那只手："你不松开，我怎么开车啊？"

"你会一直在我身边的，对不对？"他有些不确定，总觉得今天发生的一切，就好像是个梦。

就在陆子期的车子旁边，一辆车子的门被打开。宋远知下了车子，没有往常那般温柔的笑，朝他们走去。没想到李暖星不仅没帮他，反而站在陆子期的身边破坏了他的计划，陆子期已对他起了防备之心，再想打垮他又要好几年，可是他等了十几年，复仇的日子他早就受够了。他不想再等下去，今日必须要做一个了断。

他走得很快，几乎是跑着的，到了陆子期的身后，他从袖子里拿出早就准备好的刀子，就要往陆子期的身上捅。

一直跟陆子期黏在一起的李暖星，忽然看见陆子期身后的宋远知，想都没想就把陆子期推开，宋远知的刀子捅在了她的胸口处。

宋远知愣在了原地，他一直都知道，李暖星爱着陆子期，却不知，她爱他，竟然连性命都可以舍弃。他没有想过要伤害李暖星，他想伤害的人，在这个世界上，自始至终都只有陆子期一个人。

陆子期大惊，抱着摇摇欲坠的李暖星，看见她嘴唇张张合合，似乎是想要说些什么，他凑近她耳边仔细听，终于听清了她要说的话。

她说："不要伤害宋远知，他是你弟弟。"

胸口的剧痛让她说完话之后就晕了过去，陆子期将李暖星横抱起，目光冷冷地看着宋远知："如果她有事，我不会放过你。"

皇夏医院的走廊里，急诊手术室的灯还在亮着，陆子期靠在墙壁上，时不时地往手术室的方向看着。

宋远知坐在椅子上，满脸地不解，他不懂，为什么李暖星看见他拿着刀子的时候，不是吓得躲开，而是推开陆子期。若说爱，他也知道什么是爱，他爱李暖星，却仍然会用李暖星作为一颗棋子，用来打败陆子期。

手术室的灯忽然灭了，陆子期疾步走到门口，门一打开，陆子期就急着问：“她怎么样？”

“没有生命危险，手术做完后，会有一阵子的昏迷情况，因为个人体质不一样，所以醒来的时间不一样。”主治医生才说完话，李暖星就被推了出来，病房早就准备好，就在休息室。

护士推着病床往休息室的方向走，陆子期跟宋远知两个人跟在后面。快走到休息室的时候，陆子期忽然拿出手机，打开相册给他看一张泛黄的老照片：“这是你父亲？”

宋远知点点头，看见照片里的宋陆笑得那么开心，那是他一辈子都没有见过的。

“原来他就是我父亲。”虽然已经有了心理准备，可是听到宋远知的回答后，他仍然有些不能释怀，将手机收了起来，跟宋远知说：“你比我幸福得多，至少你还可以开口喊他父亲，我却只能喊他叔叔。至于为什么会生下我，是因为在宋陆没认识你母亲前，跟我母亲是恋人。母亲是书香门第，家里人看不起经商的人，所以他们被家族观念活生生地拆散。后来我母亲被家里人逼婚，一向文静的母亲忽然反抗，要跟家里断绝来往。宋陆不忍心看见我母亲跟家里闹僵，才会出国。但是母亲的家里人没有想到，她会跟宋陆有了孩子，逼着她打胎，她想留下这个孩子，只好离家出走。只是她身体很不好，在生下孩子之后就去世了。”

陆子期深深吸了一口气，又说：“隔着一个大洋彼岸，我母亲未婚先孕，整日躲躲藏藏，知道宋陆结婚之后，已经是怀孕八个月之后的事。她心如死灰，却还是把我生了下来。也许是她知道自己活不长，在生产前几天的时候，就找到了救助所。跟人说，如果她死了，就把孩子送到孤儿院。自始至终，她没有提过宋陆的名字，连家里人是谁也不说。所以救助所的人，都当她是个孤儿。”

宋远知看着陆子期，一句话都说不出来，他想过无数个宋陆背叛他母亲的事，却没有想过，在宋陆出国之前，竟然还有一段这样的故事。

“而我母亲的家族，因为母亲离家出走多年没有回去，早就以为她死了，所以我一出生就是个孤儿，除了知道自己为什么会姓陆，其余一无所知。”陆子期从口袋里拿出一块玉佩，年代久远，却散发着温润的光泽，他递给宋远知：“可是我姓了陆姓二十七年，才知道，原来这个姓，只不过是宋陆的名而已。”

宋远知低头去看，见玉佩上有一个字，陆。

所以救助所的人，才会以为她的孩子就是姓陆么?

“宋陆回国，确实是因为出差，因为生意做得很大，所以也渐渐做起了慈善。而我所在的孤儿院，正好是他做慈善的一家。我跟很多孩子一样，喊他宋叔叔，也许是跟他有眼缘，他一直对我最好。有一次他无意之间看见我脖子上的玉佩，对我就更加好了起来。他教我写字，听我念诗，却对我的身世只字不提。他没有背叛你的家庭，也想通过他力所能及的方式照顾我。宋远知，说起来我要感谢你，如果你不是我弟弟，我或许仍然不知道，原来我的身世竟然是这样的。我母亲在离家出走之后，就换了名字重新开始生活，宋陆结婚后，她不想毁了他的幸福家庭，更加不愿意告诉别人她的名字。除了玉佩，她什么都没有留下。可是如果打听一个叫宋陆的人，在我出生的地方，就没有人不知道。再打听一下曾经跟宋陆曾经的情人，总能找到我的身世。”陆子期说完要对宋远知说的话，转身往休息室里走去。

宋远知在他身后问：“你恨他么？”

“我只把握好现在。”

宋远知看着手里的玉佩，良久之后都没能回过神来。

医生说手术之后，李暖星昏迷一阵子就能醒过来，可是两天过去了，李暖星还是没有醒，陆子期索性把许氏的工作通通都放在了休息室里做。

到了中午他该打吊针的时候，就躺在李暖星的旁边，看着支架上几个输液瓶紧挨在一起，他就忍不住笑了起来，转过身轻轻拥着昏迷中的李暖星。

许义山也会过来看李暖星，见她满脸苍白，在旁边板着脸就说：“你这种病秧子，要是放在以前，我是压根瞧不上的，做我许家的媳妇儿，身体不好怎么行。我还等着抱孙子呢，你要是再不起来，我就让子期去找别的女人了。”

许义山前脚走，宋远知就后脚跟进来：“你要是还不醒，我就准备把陆子期跟安茜的新闻发到网站上去。依我看，这次的新闻绝对比上次还要备受关注。”

说归说，李暖星一点动静都没有。

宋远知看着坐在一旁黑着脸的陆子期，朝他笑：“看来，你在嫂子心里的地位不重要嘛……”

他话还没说完，陆子期就抬脚把他踹出了病房。

下午的时候，赵斯文跟沐梓玲也一起到医院看李暖星。陆子期本来手上有好几份文件要签，看见赵斯文来了，把合同丢给宋远知签，搬了把椅子坐在李暖星的病床前，当着赵斯文的面握住李暖星的手，无声的宣告，李暖星是他的人。

沐梓玲捂着嘴偷偷笑，趴在李暖星的耳边悄悄说："小星，你快起来看陆先生的小媳妇儿样。"

赵斯文腼腆地跟着笑："你要是再不醒，我就打算继续追你了……"

陆子期瞥了他一眼，给赵逸辰打了一个电话，不一会儿，赵斯文就被赵逸辰的电话给叫回了家。

李暖星昏迷这几天，陆子期天天陪在她身边，跟她说了很多之前没有跟她说过的话，跟她说，他最喜欢去江滩丢石子，等她醒了，他想跟她一起去。跟她说，那张满天繁星是他看过最漂亮的画，早已经被他装裱好，就挂在他的卧室里，每天都要看好几遍。看着她眼皮子微微动了动，他觉得她应该是能听见他说话的，于是又跟她说，那张画的背后，他把她的名字加在了他名字的前面，也许对她来说，他是耀眼的星辰，可是对他来说，她才是最明亮夺目的那颗星星，照亮了他所有阴暗的角落。他一遍遍地喊着她的小名，满眼温柔。

第二天，许氏有个特别重要的会议要开，陆子期不得不暂时离开休息室，临走之前再三叮嘱护士，要小心照顾好李暖星。

宋远知在旁边看不下去了，抬腿踹了他一脚，让他开完会再赶紧回来缠绵。

许氏集团三十三楼的走廊里鸦雀无声，会议室的门忽然打开了，一个身穿休闲衣的小伙子耷拉着脑袋没精打采地走了出来。

刚走到财务室门口，就被李会计拉了进去。李会计揉了揉他的头发，大着嗓门喊着："小郑，又被 BOSS 训了？"

小郑重重地点了点头。

“这次又是因为什么啊？”李会计眼睛睁得老大，凡是跟BOSS有关的事，她最喜欢八卦了。

小郑将胳肢窝里的文件递给她看，李会计看了半天也没看出什么名堂，小郑指着表懊恼地说：“文件上，我就写错了一个字，陆总就……”他做了一个抹脖子的动作，然后没音儿了。

“哈哈，你写错了字被骂都算轻的，陆总本来就是力求完美的人，一个标点符号都不允许出错，现在少奶奶又昏迷不醒，他心情不好，你可正好撞枪口上了！”李会计悄悄在他旁边说。

小郑挠了挠头：“不知道少奶奶什么时候能醒过来，我们的苦日子啥时候是个头啊。”

李会计正准备再说话，会议室的门打开了。她抬头一看，出来的人是小郑的直属上级——王经理。她看了看小郑，小郑急得左顾右盼，生怕王经理会找他麻烦。

王经理走到财务室，狠狠瞪了一眼小郑，将他从财务室里拉出来，一到了经理室，伸手在他头上敲了一下子，疼得小郑龇牙咧嘴。王经理冷哼了两声：“疼，这会儿你知道疼了，刚刚陆总当着许氏员工训我的时候，我的心可比你疼得厉害多了。今年年终奖没有了你知道么，你说你什么时候写错字不好，偏偏在少奶奶昏迷住院的时候犯错。你就是被训几句，我可是一年的奖金都没有了！”

“以前我也经常错字，也没挨训啊。”小郑被王经理训了几句，觉得心里挺憋屈，低着头小声地说着。

“你还敢狡辩？”王经理气得牙疼！又说得口干舌燥，拿着杯子咕嘟咕嘟地喝了几大口水，还想再继续教训小郑，抬眼看见一向稳重的李秘书急急地往会议室那边走。他赶紧跑到李秘书的身边拽住了他，压低声音说："现在先别进去，陆总正开批斗大会呢，你现在去，没准等下你就被训了。"

李秘书神秘地朝他笑了笑："我准备去将咱们的骨干解救出来呢。"

今年是李秘书的本命年，算算都三十六了，这会还装神弄鬼的，让王经理有些摸不着头脑，看着他打开了会议室的门，摇了摇头继续去训小郑。

李秘书打开会议室的门后，就看见集团十几个骨干坐在椅子上都低着头，陆总坐在会议桌的正中央眉头紧蹙，面前放着那些骨干递上来的报表。也不知到是不是有什么数据做得不对，反正此时陆总的面色看上去是十分不好的。李秘书再悄悄看了一眼其他的骨干，平日里都是腰板挺得比谁都直的人，现在就像被班主任训斥的小学生一样。有几个骨干看见是李秘书来了，急忙向他投来求救的眼神，他们都知道李秘书若是没重要的事不会在开会的时候进来，心里都盼望着陆总能赶紧散会，好让他们都脱离苦海。

李秘书走到陆子期的身旁，将他的手机递给了他。那些骨干就算低着头，用余光还是能看到李秘书递手机的动作，心里为李秘书捏了把汗，boss从来不会因为私人电话而中断会议，等下李秘书肯定也会挨训的。

也不知李秘书俯在陆子期的耳边说了些什么，陆子期蹭地一下从位子上起来，拿着手机就往会议室外走。那些骨干你看看我，我看看你，觉得此刻的陆总的变化让他们一下子消化不了了。

陆子期出了会议室一边拨打着电话，一边往总裁室走，到了总裁室后，电话却一直都没人接听，兴许是急的，他额上有些汗沁了出来。当他将总裁室的门上了锁后，宋远知才按了接听键。还不等他说话，宋远知就问：“等待的滋味好受么？”

陆子期压根不想跟他说话，开口就问：“小星怎么了？”

如果不是小星有事，宋远知也不会主动跟他联系。

“有一个问题，我始终都想不明白，为什么我们两个人同时接近她，又都帮了她很多忙，可是她却始终都没能喜欢我，哪怕是最后知道你接近她的目的是为了她的肾，却依旧那么护着你？”那头的人并没有回他的话，忽然这样问他。

“也许是老天觉得我前半辈子活得不快乐，所以让她出现在我的生命里。”陆子期十分认真地开口道。

“她醒了，说想要见你，因为虚弱，刚醒来没多久，又睡着了。”宋远知沉默了片刻，这才开口说打电话是因为什么。

知道李暖星醒了，他匆匆抓了车钥匙就往电梯走去，等电话挂断后，他又给李秘书打了电话，吩咐宋秘书散了会，让他们回去继续工作。等下了电梯，他将车子开得飞快，直往皇夏医院奔去。一停了车，他便往休息室里跑去。

宋远知坐在李暖星的病床前陪护，看见陆子期来了，他起身离开，走出了病房。脑海一直回荡着李暖星醒来之后跟他说过的话，她说：“当时那把刀子捅进我身体的时候，我特别害怕会死掉，我更怕你会跟陆子期永远斗下去。就算当年陆子期的母亲有错，可是这么多年过去，你们的父亲都死了，各自的母亲也死了，就只剩下你们两个兄弟在这个世界上，还有什么能比亲情更重要呢？”

他不知道该跟李暖星说什么，这十几年来，他一直为复仇做准备，却没想到，原来根本没有错的人。关上病房的门，他悄悄离去。

陆子期放轻了脚步来到她身边，见她手背上因为输液扎出了许多的小孔，密密麻麻的，他的心跟着疼了起来，虽然针孔不是第一次见，可这些日子针孔越来越多，他有时候都不敢去看。如果不是她挡下了宋远知的那一刀，现在躺在医院里的人应该是他。

真傻！看着在床上睡得正熟的李暖星，眼底泛起一丝柔情。他的手朝她手背伸了过去，想要摸一摸那些针孔，手还没伸到跟前她就翻了个身子。输液管被她压住，他见了连忙想要将她的身子扳正，让她好好睡，却又怕将她惊醒，只好起身将输液瓶从架子上拿了下来，蹑手蹑脚地将输液管从她身下抽了出来。等他将输液瓶再往架子上挂时，她又往床里面睡了过去。这下输液管就不够长了，陆子期就站在病床边将输液瓶一直举着，有小护士巡查时，见陆子期这么个高大帅气的男人举着输液瓶怪辛苦的，要走上前将李暖星叫醒，陆子期微微摇了摇头，让小护士出去了。

李暖星这一觉睡得特别香，睁开眼睛时，见到自己面对墙壁睡着了。急忙去看自己有没有将输液管压住，这一看，才发现陆子期一直给她举着吊瓶，她抿着嘴笑了起来。

陆子期看见她笑了，自己也跟着笑了起来。

“真傻！把我叫醒啊。”

“想让你多睡一会儿。”她眸子亮若星辰，让陆子期仿佛怎么看也看不够。

李暖星躺在病床上，朝他招了招手：“你过来，我有一句悄悄话想跟你说！”

陆子期俯下身子，凑近了她。

她双手环在他的腰上，一脸的知足，感慨道：“我特别特别喜欢你，想这么抱着你，已经想了好久了。”

她还爱着他，他一直都知道，可是她再说出口的时候，他明明是很想笑的，但是不知怎的，有泪流了出来。

李暖星慌了：“你这么大男人怎么说哭就哭了。”

他再也控制不住地将她轻轻搂在怀里，吻了吻她的脸，这一次，他再也不会让她受半分委屈，要给她这世上最好最真的爱。

第二十章　番外：回眸一笑

他想，这就是爱情，他想要的爱情。

等李暖星伤势好了一些后，再三要求陆子期推着她到重症监护室外的玻璃窗外看许婉云。她一脸担忧地问："婉云能不能熬过去啊？"

陆子期蹲下身子，握住李暖星的手："婉云不舍得我跟爸爸，肯定能熬过去的。"

许义山正从电梯里走出来，听见陆子期喊了那一声爸爸，虽然不是当着他的面喊，却让他红了眼眶。

陆子期察觉身后有人来，转过头去看，见是许义山，脸色微微有些不自在。

李暖星冲着许义山眨眨眼睛，笑得比花还灿烂。

"快！通知许婉云的主治医生，安茜脑死亡，抢救无效，可以立刻做肾脏匹配手术。"隔壁重症监护室的人忽然出来，对着陆子期说。

陆子期立刻打电话给赵逸辰，让他赶紧上来做手术。

赵逸辰做手术的时候，她们三个人都在走廊外面等着。陆子期不时地问李暖星要不要回去休息，李暖星被问烦了，干脆捂住他的嘴不让他再说。

明明是许婉云做手术，可是她却比陆子期跟许义山还要紧张。不停地看着时间，希望能赶快做完手术。

许义山来回地在走廊里踱着步子，一直搓着手。手术灯一灭，三个人都看向手术室的方向。医生一出来，三人几乎同时问："她怎么样？"

"配型很成功，明天应该能醒。"赵逸辰笑了笑："你们都放心吧，手术才做完，她怎么也要睡一晚上才醒，你们都去好好休息一下。明天再过来看她。"

说是让他们好好休息，结果三个人都只睡了几个小时，天还不亮的时候，就都到了许婉云的病房里坐着等她醒。

后来李暖星实在扛不住，坐在轮椅上直打瞌睡。陆子期沉着脸让她回去休息，她不情不愿地哼哼了半天。陆子期拿她没办法，只好让她在隔壁先睡一会儿。并且跟她保证，只要婉云一醒，他肯定第一时间叫醒她。

李暖心这才放心地睡了过去，再醒来的时候，已经到了十二点多，陆子期坐在她的床边看文件，她急着问："是不是婉云还没醒，不是说睡一晚上就好了么？"

陆子期放下文件，跟她解释："婉云早就醒了，爸爸在陪她说话，连我都不让听。所以我才没叫醒你。"

李暖星还想再说什么，就看见许义山走了进来。

许义山满眼慈爱地看着她，笑着说："婉云想见你，你去跟她聊聊天，好不好？"

李暖星点点头，让陆子期把她抱到轮椅上。陆子期推着她往许婉云的房间走，等到了床跟前，又说："你要是你觉得闷，就叫我进来，我就在门口。"

他还记得当时许婉云不喜欢李暖星，故意耍小心机对付她的事。怕她在婉云这里又吃了亏，有些不放心。

“你会不会说话啊，有你这么聊天的么？”李暖星瞪了他一眼，让他赶快出去。

等陆子期一出了病房，李暖星才回头去看许婉云，发现她正对着自己笑。许婉云没对着她笑的时候，她就觉得许婉云很漂亮，许婉云一笑，她就觉得许婉云更漂亮了。

“你真好看。”被她盯着看，李暖星有些不好意思了。

“嫂子……”许婉云虚弱地开口。

李暖星睁大了眼睛，仿佛有些不敢相信自己听见的话。

许婉云想要去握李暖星的手，无奈才做了手术，使不上劲。好在李暖星也做过手术，知道她想干什么，于是握住了她的手。

“谢谢你愿意原谅我哥，谢谢你还跟他在一起。他对我这个没有血缘的妹妹都这么好，对你肯定也很好。小星，我祝你们幸福……”她说着说着，眼泪开始往下掉。

“我们肯定会幸福的，你不要哭了啊。”以为婉云怕她从此抢走了陆子期，她拿着纸巾给她擦眼泪，又安慰她：“我跟他在一起，也会对你很好的，不要难过。”

“小星，你真好。”难怪陆子期会爱上她，难怪爸爸会让她们在一起。

有风吹过，吹开了病房的门。李暖星回头去看，正好看见陆子期也在看她，对他嘿嘿笑了两声。

他想起曾经看过的诗句：回眸一笑百媚生，六宫粉黛无颜色。曾以为那只不过是活在诗词里的神话，可现在才明白，这世上真有这样的笑，让他的眼底再容不下旁物。

他想，这就是爱情，他想要的爱情。